D'AUTRES GENS

Martin Amis est né en 1949 à Oxford. Journaliste au *Times Literary Supplement*, puis responsable du supplément littéraire du *New Statesman* entre 1977 et 1979, il a ensuite écrit pour *The Observer*. Surnommé « l'enfant terrible des lettres anglaises », Martin Amis a été désigné en 2008 par le *Times* comme étant « l'un des plus grands auteurs britanniques depuis 1945 ».

MARTIN AMIS

D'autres gens

Une histoire, un mystère

TRADUIT DE L'ANGLAIS PAR GÉRALDINE KOFF-D'AMICO

LE LIVRE DE POCHE

Titre original :

OTHER PEOPLE
A MYSTERY STORY

Prologue

Voici une confession. Elle sera brève.

Je ne voulais pas avoir à lui faire ça. J'aurais infiniment préféré une autre solution. Enfin, c'est comme ça. Vraiment les règles de la vie sur terre étant ce qu'elles sont, cela se comprend. Et puis, elle l'avait voulu. Je voudrais juste qu'il ait existé un autre moyen, plus autonome, plus économique et plus élégant. Mais il n'y en a pas. C'est la vie et mon devoir le plus sacré est qu'elle ressemble à ce qu'elle est. Et puis, au diable ! Finissons-en !

PREMIÈRE PARTIE

1

Dommage irréparable

À sa première bouffée d'air, un immense sentiment de gratitude impuissante l'envahit. « Tout va bien », soupire-t-elle, le temps reprend son cours. Clignant des yeux, elle essaie d'en chasser toute cette eau ; mais il y en a beaucoup trop et, bien vite, elle abandonne et les referme.

Quelqu'un se penche sur elle et lui dit d'une voix si proche qu'elle pourrait venir de l'intérieur de sa tête :

— Ça va maintenant ?

— Oui, dit-elle.

— Alors je vous laisse. Vous êtes seule désormais. Attention. Conduisez-vous bien.

— Merci, dit-elle. Je suis désolée.

Elle ouvre les yeux et s'assoit. Elle cherche l'homme qui vient de lui parler. Il a disparu. Mais d'autres personnes circulent tout près. Et pour une certaine raison, ils ne sont tous là que pour aider son passage.

« Comme ils doivent être gentils, pense-t-elle. Comme ils sont gentils de faire tout ça pour moi. »

Elle est dans une chambre blanche, étendue sur un chariot blanc squelettique. Elle y réfléchit un moment et s'y trouve parfaitement à sa place. Ici, elle ne risque rien, se dit-elle.

Dehors, un homme en blanc marche d'un pas pressé devant sa porte ouverte ; il hésite, passe la tête dans sa chambre et se détend soudain.

— Allez, debout ! dit-il d'une voix lasse, les yeux clos.

— Comment ?

— *Debout !* Il est temps. Vous n'avez rien, allez !

Il s'avance les yeux tournés vers une table basse où sont éparpillés divers objets.

— Ce sont toutes vos affaires ? dit-il.

Elle regarde : un sac noir, des morceaux de papier vert, un petit cylindre doré.

— Oui, murmure-t-elle. Ce sont toutes mes affaires.

— Vous feriez mieux de partir alors.

— Bon, d'accord, dit-elle.

Elle se laisse glisser du chariot. Elle regarde ses jambes et pousse un gémissement. Sa pauvre chair est toute grumeleuse et déchirée. Machinalement, elle se penche pour toucher. La chair est intacte. Les lambeaux viennent d'une espèce de tissu effiloché qui recouvre sa peau. Elle va bien.

L'homme renifle et lui demande d'une voix épaisse :

— Où vous *êtes-vous* fourrée ?

— Je sais pas, murmure-t-elle.

Il s'approche.

— Les WC ? dit-il très fort. Vous voulez aller aux *WC ?*

— Oui, s'il vous plaît, dit-elle sans trop d'espoir.

Il se tourne, marche vers la porte et se retourne. Elle se lève et tente de le suivre. Elle découvre que de lourdes extensions courbées ont été fixées à ses pieds. Elles ont sans aucun doute pour but de rendre tout déplacement très difficile sinon véritablement impossible. Ses jambes flageolent sur ce sol bizarrement incliné.

— Allez, prenez vos affaires. Il secoue plusieurs fois la tête. J'vous jure !

Il l'amène dans le couloir. Maintenant elle le précède, et elle sent ses yeux sur son dos ; elle jette des coups d'œil furtifs à droite à gauche. Il semble y avoir deux catégories de gens à l'extérieur. Dans la première, la plus importante, ils sont vêtus de blanc. Dans la seconde, moins nombreux, ils sont ficelés dans diverses tenues et se laissent porter ou conduire, impuissants et implorants. « Je dois appartenir à cette catégorie », pense-t-elle, tandis que l'homme la pousse dans le couloir et lui indique une porte.

Les premières heures sont les plus étranges. Où est son intelligence des choses ?

Dans l'étroite pièce qui goutte, à la statuaire de porcelaine qui ne lui suggère rien, elle pose sa joue contre le mur froid et cherche des indices dans sa tête. Que contient-elle ? Son esprit tourne sans cesse, mais à vide, comme un ciel muet. Elle est convaincue qu'il n'en va pas de même pour les autres et, à cette pensée, un liquide répugnant remonte soudain du fond de sa gorge. Elle se redresse et se tourne vers la pièce où elle rencontre sur le mur la face étincelante d'un carré métallique ; par cette fenêtre lumineuse, elle entr'aperçoit brièvement une silhouette effrayée à l'épaisse chevelure noire, qui la regarde et s'esquive aussitôt. « Tous les autres aussi ont donc peur, ou suis-je la seule ? »

Elle ne sait pas combien de temps elle est censée rester là. D'un moment à l'autre, l'homme peut entrer et revenir la chercher ; à moins qu'on ne la laisse traîner ici aussi longtemps qu'elle le voudra, indéfiniment, qui sait. Puis elle se dit que le monde est une pure invention de son esprit. Mais dans ce cas, elle n'a pas eu une très bonne idée si elle y sent tant de menace unanime et de malfaisance immanente.

L'énigme est rapidement résolue : l'homme est parti quand l'étroite porte lui livre passage. Sans s'arrêter, elle se dirige, comme les gardiens en blanc qui veillent sur leurs patients, vers la lumière qui court et tourbillonne gaiement sur les murs blafards. Tout à coup, le couloir s'élargit à un endroit où cesse tout mouvement et où se tiennent de nouvelles sortes de gens : les uns, debout, furtifs et affligés, d'autres, couchés, suent dangereusement sur des tables tendues de blanc ou poussent des hurlements tandis que les gardiens les escamotent en courant. Une personne couverte de sang beugle spectaculairement au milieu de la pièce, les mains posées sur ses yeux. Derrière elle, des portes ouvertes à deux battants laissent entrer une bouffée d'air frais et lumineux.

Elle s'avance en contournant prudemment ces poches de résistance vibrant de confusion et de désespoir. Personne n'a le temps de l'arrêter.

Elle fuit l'intérieur. Quand elle tente d'accélérer le long du couloir de verre, les appareils qui emprisonnent ses pieds l'arrêtent d'un coup brutal et douloureux. Elle se penche pour les examiner et découvre, surprise et ravie, qu'ils ne sont pas trop difficiles à enlever. Deux hommes qui passent en portant une civière lui crient dessus et froncent les sourcils expressément en lui désignant les engins abandonnés par terre. Mais maintenant, elle peut respirer l'air vif et elle fuit l'intérieur.

Tout d'abord l'extérieur lui semble pareil, à une échelle différente. Tout le monde doit toujours avancer en troupeau désordonné dans de hauts couloirs couverts par endroits. Un bon nombre de gens sont en mauvais état, mais il s'en trouve bien peu pour les guider ou les porter. Ceux qui ont un besoin pressant de vitesse et de bruit emploient d'innombrables chariots variés qui s'agglutinent et foncent en meutes fumantes et indociles dans les larges allées centrales. Les rues sont pleines d'affichages et de symboles dont le sens lui est froidement refusé. Faute de le pouvoir ou de le vouloir, ou peut-être simplement faute de temps, personne ne se donne la peine de l'empêcher de se joindre au flot humain cahotique, bien que beaucoup en fassent mine. Ils la fixent ; ils fixent ses pieds ; ils sont tous habitués à leurs propres appareils ; où peuvent bien être les siens ? Elle a commis sa première erreur, elle le sait : personne n'est censé aller sans cela et elle est désolée. Mais elle avance, elle avance sans cesse, parce que c'est ce que tout le monde doit faire.

Il y a six catégories de gens à l'extérieur. La première catégorie est formée par les hommes. Des six, c'est la mieux représentée et aussi la plus variée. Certains vont là où ils doivent aller d'un pas traînant, en rasant humblement les murs, en espérant ne pas se faire remarquer ; s'ils la regardent, ce n'est que rarement, le temps d'un rapide coup d'œil méfiant. En revanche, d'autres s'avancent avec une arrogance provocante, une liberté presque criminelle, le menton levé agressivement ; eux ne manquent pas de la regarder et plusieurs poussent des croassements désapprobateurs.

Les personnes de la deuxième catégorie sont moins inquiétantes ; elles sont rabougries, tassées, leur essence vitale mystérieusement réduite. Elles vont par deux, en boitant, avec une prudence si maladroite qu'elles progressent à peine ou, au contraire, elles tourbillonnent, dispersent leur énergie et s'agitent vainement. Mais certaines sont si mal en point qu'on doit les pousser dans des boîtes à roulettes fermées, malgré leurs pitoyables cris de protestation contre leurs guides qui appartiennent à la troisième catégorie. Celle-ci ressemble en bien des points à la première, le haut et le bas mis à part ; leurs jambes sont souvent sans protection et ces personnes marchent avec dextérité sur la pointe des pieds, chaussées d'engins élaborés aux courbes arquées (« Je dois appartenir à cette catégorie », se dit-elle en se souvenant de la pièce étroite et se touchant les cheveux). Elles la regardent un court instant, voient ses pieds gourds, et se détournent d'un air peiné. Les gens de la quatrième catégorie sont des hommes qui ont un sérieux problème avec leurs cheveux : certains n'en ont presque pas, d'autres s'étouffent avec et d'autres encore les portent tout simplement à l'envers, le visage dévoré par cet enchevêtrement qui grimpe jusqu'à un immense menton sphérique de scalp nu. Ils n'ont pas l'air de s'en inquiéter. Les gens de la cinquième catégorie restent isolés dans les coins, ou fendent la foule penaude ; ils ne parlent pas comme les autres, ils se disent tout bas de sombres choses ou s'écartent brutalement et vont se tordre les mains en admonestant l'air. Elle pense que ce sont probablement des fous. On voit dans la cinquième catégorie des gens issus de toutes les autres, mais ils vont toujours seuls. Les gens de la sixième catégorie, bien sûr, portent des bas entortillés et ne savent pas ce qu'ils sont censés être ni où ils vont. Elle pense en voir un ou deux, mais en y regardant de plus près, ils entrent toujours dans une autre catégorie.

Aucun de ces gens-là ne lui rappelle grand-chose. Elle sent bien qu'elle est tout près de l'action humaine impénétrable et extatique, que tout ce qu'elle voit est mystérieux et tend vers une grande fin héroïque qui l'exclut résolument. Et elle est toujours incapable de dire jusqu'à quel point les choses sont vivantes. Pour l'instant aucun changement, se dit-elle. Puis, imperceptiblement, il se produit quelque chose de terrible.

Les canyons abrupts étaient surmontés d'un dais impérial du bleu des calmes lointains, où de lourdes créatures blanches incroyablement jolies somnolaient, flottaient, croisaient et lézardaient. Les lents crucifix qui traversaient le ciel les transperçaient sans effort et sans mal. De plus, elles étaient esclaves d'un foyer d'énergie jaune et tumultueux si puissant qu'il avait le pouvoir de blesser les yeux de qui osait regarder dans sa direction.

Mais tout cela se met à changer. Les créatures ouatées perdent leurs contours, elles dérivent jusqu'à la voûte de l'air, qu'elles couvrent, puis elles se fondent en une seule pente grise étendue sous leur maître qui, son pouvoir perdu, s'empourpre, bouillonne de colère, ou s'éteint peut-être à jamais, pense-t-elle en remarquant les terribles changements autour d'elle. Humiliés, sincères et soulagés, les gens de toutes catégories se mettent comme de juste à se hâter, la peur au ventre. Le chatoiement s'épuise et ses couleurs pâlissent sans résister, les uns s'effacent furtivement, les autres brutalement. Bientôt les hauts murs vitrés semblent supplanter les couloirs où les gens acceptent tout au moins de se partager ce qui reste d'activité : les chauffards téméraires s'éloignent par deux à tombeau ouvert. Au-dessus d'elle, le lointain violacé suinte de plus en plus bas. Hurlant de panique, toutes roues dehors, montrant enfin leurs vraies couleurs, les chariots du ciel se bombent vers le sol alors que les gens se hâtent de fuir à l'abri de l'air qui déferle.

Où vont-ils se cacher ? Bientôt, il n'y aurait plus personne et elle se retrouverait seule. Quelqu'un de la deuxième catégorie passe en boitillant, s'arrête, se tourne et lui dit timidement :

— Vous allez attraper la mort.

— Vraiment ? dit-elle.

Elle marche toujours. Les gens s'attardent aux endroits bien éclairés. On avance parfois dans un silence triste et glacé en se mesurant aux relais de lumière jaune, puis, au tournant suivant, on se retrouve dans une galerie vibrante d'activité affairée. Seuls ou par petits groupes, ils finissent par plonger dans l'obscurité, décidés à arriver quelque part, tant qu'ils le peuvent encore. Parfois, certains la fixent, mais sans vraiment lui porter attention : ils regardent ses pieds, son visage, puis retournent peut-être à ses pieds, selon leur catégorie.

Un temps, le déferlement s'abat sur les rues. Elles fourmillent de haine galvanique enfin libérée. Les gens essaient leurs voix, comptent les sons rauques qu'ils peuvent émettre ; d'autres s'engouffrent, tête baissée, dans la pénombre la plus profonde, comme si eux seuls connaissaient une bonne cachette où se terrer. C'est alors que sa perception du danger monte brusquement en flèche. Chaque tournant lui semble receler plus de dangers et de douleurs possibles, prêts à se déchaîner ; bientôt, quelqu'un ou quelque chose sentirait le besoin de lui causer un dommage irréparable.

Assez, se dit-elle, décidée à en finir à jamais avec ces choses.

C'est en voyant le monde défiler à toute allure à ses côtés qu'elle comprend qu'elle court. Elle se rend compte que cela lui plaît. C'est la première impulsion claire et irrésistible qui lui soit venue. Les couloirs de briques se dévident. Ce qui reste de gens se retourne sur son passage ; quelques-uns crient. Un moment, l'un d'eux se traîne maladroitement dans son sillage, mais elle le distance rapidement. Elle se sent capable d'aller à la vitesse qui lui plaît. Elle se dit que courir lui fera gagner du temps, qu'en accélérant les choses, le prochain événement viendra forcément plus vite.

Elle arrive finalement à un endroit totalement désert. Le sol de ciment s'étire et change de vie. Elle ne sait pas où elle était, mais elle en a atteint la limite. Par-delà des barreaux pointus, la terre verte s'élève en ondulant doucement. Elle remarque qu'au-dessus de sa tête les lourdes créatures se sont réfugiées sous leur toit pailleté, devenu rouge et lourd, et leur divinité éclaire d'un argent sombre le lac obscur. Soudain, elle voit une brèche dans la cage : une allée perce la terre verte, son entrée marquée d'une simple barre blanche horizontale. Elle s'avance, passe sous la barre et court de toutes ses forces sur le sol moelleux. Elle a tôt fait de se trouver une bonne cachette. Un arbre se penche sur un creux humide et, à bout de souffle, elle s'y couche, recroquevillée sur elle-même. Son corps commence à trembler. « Ça y est, se dit-elle, c'est ma mort. » La douleur qu'elle a portée toute la journée s'échappe de son corps mystérieusement noué. Son visage aussi se liquéfie et elle ne peut retenir les sons que des convulsions internes forcent entre ses lèvres. « Doucement », se dit-elle. À quoi bon se cacher pour faire autant de bruit ? Les ombres se font plus lourdes. Le sol se creuse pour l'accueillir. Puis enfin, l'air semble bruire de lames et de flammes, alors qu'au-dessus du ciel vampirique les points de vie s'éteignent.

2

Tout le monde est bizarre

Les statistiques prouvent indiscutablement que tous les amnésiques sont au moins partiellement conscients de ce qu'ils ont perdu. Ils savent qu'ils ne savent pas. Ils se souviennent qu'ils ne se souviennent pas, ce qui est déjà un début. Mais *elle*, ce n'est pas son cas, *ah non*.

Bien sûr, en pareil cas, c'est toujours le stade initial qui est le plus difficile. Mais je suis plutôt satisfait. Si, si vraiment. Voici la première phase terminée et elle y a très honorablement survécu. Entre nous, je vous dirais que ce n'est absolument pas mon style. Je n'avais pas vraiment le choix, bien que j'exerce naturellement un certain contrôle. Il n'y avait pas d'autre solution. Comme je vous l'ai déjà dit, c'est elle qui l'a voulu.

… Récapitulons.

Un parc londonien en pente douce, un bouleau argenté penché sur un creux luisant, une fille couchée

21

dans la rosée fraîche. Il est sept heures vingt-neuf du matin et il fait onze degrés. Au-dessus de son corps, les feuilles desséchées par le vent clappent de la langue. Rien d'étonnant à cela. Que diable est-il arrivé à cette fille ? Son visage n'est que cheveux et boue confondus, ses vêtements (enfin, ce qu'il en reste) soulignent chacune des courbes de son corps, ses cuisses nues sont serrées très fort l'une contre l'autre sous le soleil matinal. En vérité, si je ne savais pas mieux à quoi m'en tenir, je dirais que c'est une clocharde, une prostituée abandonnée, une ivrognesse ou un cadavre (elle a l'air bien près de l'état de nature : et j'en ai vu des filles comme ça). Mais je sais à quoi m'en tenir et, en général, les gens ont la fin qu'ils méritent. Mais celle-là, qu'a-t-il bien pu lui arriver ? Parce qu'il lui est arrivé quelque chose. Approchez et cherchons ensemble. Il est temps de se réveiller.

Ses yeux s'ouvrirent et elle vit le ciel. Pendant un bon moment, ses pensées s'obstinèrent à se bousculer. Elle se demandait en même temps où elle était et comment elle y était arrivée sans trouver de réponse. C'était probablement un tour que lui jouait sa mémoire, effaçant aujourd'hui, hier. De sorte qu'elle devrait toujours recommencer à zéro et n'avancerait jamais. Parmi ses premières pensées, la seconde peut-être, le souvenir de la veille lui revint, et avec lui la notion de mémoire, et elle se rappela qu'elle avait perdu la sienne. Perdue, elle était toujours perdue, et elle en ignorait toujours les conséquences. Elle explora les sombres recoins de son esprit, mais le temps se perdait dans les brumes, à un moment quelconque de la veille. Elle se demanda ce qui arrivait quand on la perdait, la mémoire. Où allait-elle et était-elle vraiment perdue, ou était-on supposé pouvoir la retrouver ? « Enfin, je suis toujours là, se dit-elle pour conclure. En tout cas, je ne suis pas morte ou quelque chose du même genre. » Le sommeil avait un côté inquiétant qu'elle n'approfondit pas. Même elle pouvait dire que c'était une journée magnifique.

Elle s'assit. Ses sens humides s'éveillaient. Elle clignait à la lumière qui était de retour après un long voyage, le temps de son sommeil. Là-haut, de petites créatures attiraient son attention par leurs cris stridents. Elle leva les yeux et se rendit compte qu'elle savait le nom des choses. C'était facile, une ruse toute simple de son imagination. Elle pouvait nommer les oiseaux, et même jusqu'à un certain point les identifier : les moineaux, un corbeau qui la fixait sombrement ; elle pouvait même vaguement les relier à des souvenirs de la veille : les chiens nerveux, efflanqués, humbles ou hargneux, un chat qui s'étirait dans un magasin, ses griffes contre la vitrine. Elle ne savait pas trop comment fonctionnaient les choses ni les rapports qu'elles avaient entre elles. Étaient-elles vivantes, et jusqu'à quel point ? Où se situait-elle par rapport à elles ? En tout cas, elle pouvait les nommer et elle était contente. Tout était peut-être plus simple qu'elle ne le pensait.

Dès qu'elle se leva, elle les vit. Juste de l'autre côté de la bande de terre verte et humide, un terrain vague jonché de détritus devant une rangée de maisons oubliées. Il y avait d'autres gens. Certains étaient debout, d'autres, assommés, étaient encore allongés par terre, et un petit groupe était assis pêle-mêle. Elle se sentit un instant nouée par la peur et faillit courir à sa cachette ; mais la joie et la fatigue étaient trop fortes. De plus, elle pressentait que de toute façon rien n'avait d'importance, ni ses propres pensées ni même la vie. Elle commença à s'avancer vers eux, mais comme elle marchait mal ! Ces gens semblaient appartenir à la cinquième et à la deuxième catégorie, ce qui d'une certaine façon la rassurait.

Elle était arrivée en boitant à portée de leurs lents regards ; l'un d'eux se tourna et sembla la dévisager froidement, sans s'étonner. Même à cette distance, leurs visages rayonnaient d'une rougeur maladive qui suggérait de rapides transformations sous leur peau. Elle s'approchait. Personne ne se tourna vers elle, même si certains savaient qu'elle arrivait.

— Marie avait un petit agneau, chantonnait l'un d'eux d'une voix mécanique qui ne s'adressait pas à elle. Sa tête était blanche comme neige…

Elle s'approcha encore. Maintenant, s'ils le voulaient, ils pouvaient lui faire du mal. Mais il ne s'était encore rien passé, et elle se dit avec lassitude qu'elle était probablement libre de marcher parmi eux à son gré (pour ce que ça valait) et qu'elle était même condamnée à errer parmi les vivants, à tout jamais invisible.

Mais l'un d'eux se tourna et lui dit :
— Approche. Qui es-tu ?
— Marie, mentit-elle rapidement.
— Moi, c'est Modo, et elle, c'est Rosie.
— Neville, dit un autre.

— Hopdance, dit le quatrième.

— Allez, viens donc au chaud.

Avec nonchalance et soulagement, ils lui firent une place. Elle s'assit sur leur grille carrée qui recouvrait une vaste machine souterraine dont les battements rythmés les réchauffaient.

— Tiens, rince-toi le gosier, Marie. C'est très bon contre le froid, dit Neville en lui tendant une bouteille brune et brillante.

Elle n'avait eu que le temps de goûter son crachin pétillant quand Rosie la lui réclama.

Neville continuait de parler à la cantonade :

— Vingt-deux ans. J'étais l'un des six meilleurs représentants de Littlewood. Ma propre voiture et tout. Même qu'ils voulaient faire un article sur moi dans les journaux. Mais je leur ai dit non, j'veux pas de publicité.

— Non, tu veux pas de publicité, approuva Rosie d'un air solennel.

— Vous pouvez vous la garder, vot' pub ! que je leur ai dit.

— La pub ! Ha ! dit Hopdance.

Puis il secoua la tête comme si avec ça le sort de la publicité était définitivement réglé.

Elle résolut de se méfier de la publicité. C'était évidemment quelque chose de très mauvais si on devait si soigneusement l'éviter, même ici... Elle les scruta : derrière leur haleine chaude, leur peau était engourdie et lustrée, mais ils avaient tous des yeux de glace. Je suis comme eux, pensa-t-elle, et peut-être l'ai-je toujours été. Et comme elle les regardait l'un après l'autre et lisait sur chaque visage des séquelles diverses, elle devina qu'il n'y avait probablement que deux catégories de gens. Il n'y en avait que deux sortes ; simplement toutes sortes de choses pouvaient leur arriver.

Exact : mais seulement jusqu'à un certain point (je m'aperçois que j'ai généralement pas mal d'explications à donner, particulièrement au début). Après tout, ces gens sont des clochards.

Vous savez de quelle sorte de gens je veux parler. S'ils sont des clochards, c'est parce qu'ils n'ont pas d'argent, parce qu'ils ne veulent rien vendre, contrairement à la majorité des gens. Vous vendez bien quelque chose, n'est-ce pas ? J'en suis sûr. Je sais que c'est mon cas. Pourquoi pas eux ? Les clochards ne veulent tout simplement pas vendre ce que les autres vendent : ils refusent de vendre leur temps.

Temps à vendre, temps vendu : voilà notre principale activité. Nous vendons notre temps, eux gardent le leur mais ils ne gagnent rien, et ils perdent tout leur temps à penser à l'argent. C'est une vie étrange que celle d'un clochard. Pourtant elle leur plaît. Être clochard est de plus en plus à la mode comme le montrent les statistiques. Il y a de plus en plus de clochards qui se passent d'argent en permanence.

J'ai forcément assez souvent affaire à ces gens-là. En un sens, mon travail m'y oblige. Mais j'y renoncerais très volontiers : ils me font toujours perdre mon temps. Un bon conseil : évitez-les, vous vous en porterez bien mieux.

— Je sais ce que tu es, Marie, l'avertit Neville se penchant pour lui administrer une petite tape sur la cuisse. Tu es simple d'esprit.

Marie acquiesça.

— Vous voyez ? dit-il.

C'était vrai. Elle savait peu de choses, et le peu qu'elle savait, elle devrait le garder pour elle. Elle devrait apprendre vite, et les autres devraient lui montrer comment.

— Mais pourtant, n'es-tu pas une beauté ?... ajouta-t-il doucement. N'est-elle pas une beauté, hein ?

Marie espérait qu'il se trompait. Mais visiblement, l'accusation n'était pas grave car son hostilité disparut et il se détourna pour boire au goulot. « Ce n'est pas trop mal ici », se disait Marie, mais elle était curieuse de savoir combien de temps cela durerait.

— Bon, allez ma jolie, je t'emmène. Debout.

Marie leva les yeux, pleine d'espoir. « C'est quelqu'un de la troisième catégorie, comme moi, une fille », se dit-elle. Marie l'avait déjà remarquée, elle était comme tenue à l'écart, exclue par sa propre conscience de sa monstruosité tragique. Elle était énorme, une des personnes les plus grosses que Marie eût jamais vues. Ses cheveux innombrables étaient d'un rouge violent et s'échappaient en spirales folles. Ses yeux étaient de glace.

On aida Marie à se lever en silence. Comme elle se redressait, le fourbe Neville se jeta faiblement sur elle. La grosse fille lui donna un grand coup de poing sur la nuque et le frappa si adroitement qu'il s'écorcha le front sur la grille métallique.

— Tu vas la laisser tranquille, Neville, espèce de sale petite pourriture ! Oh ! je te connais ! Ouais, ouais, ça va. Elle a besoin d'une bonne amie qui veille sur elle, voilà ce qu'il lui faut.

Neville grommelait tout bas, recroquevillé loin d'elles.

— De quoi ? *De quoi ?* Non mais fais gaffe ou je vais te cogner. O.K. Allez, viens, ma jolie. Partons d'ici. La lie de la terre, voilà ce qu'ils sont, de pauvres types. Enfin, pas tous. Nom d'une pipe, il n'y a plus de respect. Hein, on se demande où il est.

Roulant des épaules, la grosse fille poussa Marie vers la rangée pâle de maisons oubliées. Dès qu'elles eurent tourné le second coin, elle s'arrêta et regarda Marie avec soin des pieds à la tête.

— Je m'appelle Sharon, et toi ?

— Marie.

Sharon regarda Marie dans les yeux. Elle fronça les sourcils. Son visage large semblait porter une couche supplémentaire de chair, une boursouflure rajoutée après coup et greffée sur ses traits naturels. C'était une couche-écran, on sentait que tout ce qui se lisait sur ce visage était décalé, pensa Marie, qu'un temps se perdait entre son expression et les sentiments qui avaient pu la susciter.

— Eh ben dis donc, on t'a drôlement arrangée !

Elle rit d'une voix rauque et commença à rajuster les vêtements de Marie.

— Nous le faisons toutes pourtant, n'est-ce pas ? C'est quand même drôle. Moi aussi, j'aime bien ça de temps en temps. À condition que ce soient des types sympas et juste pour le plaisir.

Elle leva l'index :

— Mais je ne me laisserai pas pisser dessus, ah !
ça non, pas question ! ajouta-t-elle avec une hauteur
considérable. Je ne me laisserai pas pisser dessus !

Elle brossa les épaules sales de Marie.

— Hum, ils auraient quand même pu t'amener
quelque part après. Ils auraient bien pu te donner
vingt balles pour un joli petit hôtel. Mais tu connais
les hommes. On est vraiment bêtes de les aimer, non ?

Marie allait acquiescer, mais Sharon fonçait déjà
en avant, et elle la suivit. Marie marchait de plus en
plus mal. Elle attribuait cela à la douleur immense
nouée au plus profond de son dos. Quelle douleur,
quelle douleur rapace ! Elle souffrait de la sentir obs-
tinément naturelle, familière, et pourtant mystérieuse,
toute simple, sans gravité, mais tellement *douloureuse.*
Voilà bien le problème de la douleur, elle ne dérangerait pas vraiment si, parfois, elle ne faisait pas si mal.

— C'est là que je couche, moi, quand je suis par
ici, dit Sharon en la conduisant le long d'une série de
rideaux métalliques derrière lesquels elle pouvait voir
de vieilles voitures endormies.

— C'est pas que j'y sois trop souvent, remarque.

Elles longèrent les murs nus d'un antre vide. Il y
régnait une odeur saumâtre d'humidité et de vieux
mêlée à une odeur plus riche, humaine, qui prenait
à la gorge. Par terre, un homme emmitouflé dans ses
vêtement leva peureusement les yeux. Près de lui, une
bouteille renversée grinça doucement sur son axe.

— Fais pas attention à lui, marmonna Sharon rapidement. C'est Impy. En vérité, il s'appelle Tom, mais

je l'appelle Impy parce qu'il est impotent, pardon, impuissant. Pas vrai, Impy? Comment tu vas ce matin?

— J'ai froid, dit Tom.

— Eh bien, sors et va t'en chercher. Ne me regarde pas. Ça, c'est Marie, et n'essaie pas de poser tes sales pattes sur elle. Mais qu'est-ce que t'as, ma fille? T'as l'air d'accoucher. Tu as mal?

Marie hocha la tête en s'excusant.

— Où ça? Dis-moi où.

Marie se caressa doucement les flancs.

— Ils t'ont aussi arrangé le dos? C'est une douleur *comment*?

— Juste une douleur toute simple.

De nouveau le froncement de sourcils et ce petit laps de temps pour qu'il apparaisse sur son visage.

— Eh ben dis donc! T'es vraiment simple d'esprit, toi.

Elle tendit ses mains moins rudes que ne le craignait Marie dont elle prit la taille.

— Là, dit-elle.

Marie se sentit un peu soulagée.

— Tout le monde est spécial. Voilà ce que la vie m'a appris. Tout le monde est spécial. Fais pas attention à lui. C'est pas la première fois que tu vois ça, pas vrai, Impy?

Tenant gracieusement la main de Marie levée, Sharon l'aida à sortir de sa jupe. Elles regardèrent toutes les deux et virent le réseau compliqué de bandages et d'attaches.

— T'es dans un sacré état. Où t'as bien pu te fourrer? Bon ben enlève ta culotte. T'as dû te fourrer dans un drôle de truc. Par ici. Allez. Mon Dieu, c'est pas possible. T'as vraiment besoin qu'on te prenne en main.

Sharon passa les doigts dans le bandage central qui commença à se détacher sans peine.

— Pourtant t'es jolie. J'aurais bien voulu être brune. Ça dure plus longtemps. Et puis, tu parles bien, pas vrai, Impy ? Voilà, accroupis-toi maintenant. *Allez*, nunuche. Tu… laisse-toi aller… C'est *tout*… Voilà. Ah ! non, tu vas pas te mettre à pleurer. Petite bête. Ça arrive à tout le monde. Tout le monde est spécial. Tu sais ce que ma grand-mère me disait ? Tout le monde est bizarre, ma chérie, sauf toi et moi, et même toi, ma chérie, tu as l'air un peu bizarre… On va te sortir d'ici, tu vas voir. On va te prendre en main.

3

Sens dessus dessous

Bien sûr, ce que Sharon entendait par prise en main était plus que vague pour Marie. Prise, prise en main : ça sonnait bien, et n'ayant de toute façon pas de meilleure idée, celle-ci lui parut bonne.

Elles retournaient ensemble vers les rues turbulentes. L'herbe était douce aux pieds de Marie ; elle voyait l'énorme masse de Sharon se balancer à ses côtés. Elle avait déjà moins peur à l'idée de réintégrer le présent astronomique et vociférant. Elle était contente que tout le monde fût bizarre. Marie leva les yeux. Les lourdes créatures flottaient à nouveau entre ciel et terre et roulaient doucement sur le dos pour jouir du soleil. Elle était curieuse de savoir ce que Sharon pouvait bien avoir en tête pour elle.

— Putain ! s'exclama soudain Sharon.

Elle s'arrêta et posa une main sur l'épaule de Marie.

— Pardon.

Elle plia une jambe et alla toucher son pied.

— Je *déteste* marcher dans l'herbe avec ces talons.

Et, de fait, ses talons avaient l'air particulièrement vicieux, courbés, effilés et pointus, attachés à ses chevilles par des brides métalliques.

— Bon Dieu, il va falloir qu'on te trouve aussi des chaussures. D'habitude, tu sais, j'ai une petite garde-robe ici, mais… Tu dois *crever* de froid. Oups !

Elle se redressa en grommelant.

— Et encore, on a de la chance que le temps ait changé !

Elles marchaient toujours. Le temps avait changé. Elles avaient de la chance. Tout s'arrangeait. Marie avait tendance maintenant à rejeter ou, au moins, à atténuer le poids insidieux de ce qui lui était arrivé pendant son sommeil. Car il lui était arrivé quelque chose. Oh ! ça oui, aucun doute ; quelque chose l'avait attaquée pendant la nuit, l'avait déchirée, l'avait mise sens dessus dessous. Une chose, en tout cas, qui haïssait sa vie, qui voulait assassiner son âme. Était-ce ainsi que le passé vous revenait ? Peut-être. Dans un sens, on pouvait comprendre que le passé attende la nuit pour pénétrer ainsi, sournoisement. Mais le pire était qu'elle avait voulu cette violence, qu'elle l'avait appelée, et qu'elle en avait voulu plus encore.

— Tu sais, Marie, dit Sharon, je serais pas foutue – pardon – pas capable de te dire pourquoi je reviens ici ; la tête sur le billot, je pourrais pas. Juste pour Impy, je suppose, pauvre poire sentimentale que je suis. Je ne suis pas habituée à ce genre de compagnie en réalité. Je ne suis pas comme eux. Mais pas besoin de te faire un dessin, on boit un ou deux coups et tu connais la suite… Quand je me réveille, je ne sais jamais comment j'ai pu atterrir ici. Mais nous le faisons tous, pas vrai ? C'est idiot, non ?

— Oui, dit Marie. Je suppose.

Marie arpentait à nouveau des rues, mais cette fois elle avait un but, ce qui les rendait moins luxuriantes à ses yeux. Sharon connaissait le chemin ; elle marchait d'un pas sûr, elle fonçait même et pourtant elle ne voyait rien. Les rues ne la frappaient pas, pas plus que les autres gens et leurs orages imprévisibles.

Elle marchait vite, et Marie devait toujours courir après Sharon. Elle la guidait à travers des rues de dimensions et d'apparences diverses. Les véhicules criards s'en étaient approprié certaines où tout n'était plus que mouvement, jusqu'à l'air même qui semblait chasser les foules en rafales et bourrasques. Dès qu'assez de gens s'étaient rassemblés à un coin, les voitures s'arrêtaient et grondaient d'impatience les unes derrière les autres. Il arrivait qu'un homme s'élance comme une toupie folle et traverse les rapides en esquivant la charge aveugle des voitures hargneuses. Les maisons s'étaient approprié collectivement d'autres rues, et là régnaient la fierté civique et la paix, l'air même y était calme. On ne voyait que très rarement sortir quelqu'un de ces maisons et presque jamais personne n'y entrait. Avide de percer les lois de la vie, Marie en conclut qu'une fois à l'intérieur on y restait, à l'abri des rues et de leurs périls. Ici, d'autres voitures s'avançaient timidement, si elles n'étaient pas déjà complètement immobiles, et les gens pouvaient traverser plus ou moins à leur guise.

— L'argent, l'argent, l'argent…, marmonnait Sharon. Tu n'en as pas ?

— Quoi ?

— De l'argent.

— Je ne sais pas trop.

— On va bien voir… Tu as dû en avoir ton soûl, la nuit dernière, ma petite.

Sharon fouilla d'une main experte le sac de Marie qui la regardait, émerveillée. Elle n'y avait absolument pas pensé, et pourtant ce sac ne l'avait jamais quittée, il était maintenant encore pendu à son épaule. Marie perdit presque l'équilibre quand les gestes de Sharon se firent soudain plus précis et fébriles et que ses mains s'enfoncèrent plus profondément.

— Eh là, mais qu'est-ce que c'est que ça ?

Sharon tenait dans ses doigts tremblants deux bouts de papier chiffonnés et un peu lustrés.

— Tu sais ce qu'on peut avoir avec ça ?

— De l'argent, risqua Marie, mais Sharon ne l'écoutait plus.

Elle traversait la rue à pas de géant. Marie courait presque.

— Qu'est-ce que t'en dis ? haletait Sharon. Un whisky ? Deux bières chacune ? Ou un bon porto ?

Elle ralentit.

— Et que dirais-tu d'une bouteille d'Emva ? dit-elle, rusée.

Elle s'arrêta et regarda Marie, les yeux plissés.

— Ou peut-être plutôt de la bonne gnôle…

— Oui, dit Marie. Plutôt.

— Oui, oui, je crois que ce serait mieux, opina Sharon qui s'était remise en marche.

— Tu sais, à cette heure, l'alcool est plus rafraîchissant, non ? C'est vraiment affreux pourtant, mais nous le faisons tous, pas vrai ? Maintenant, attends-moi là, pousse-au-crime, va ! Je reviens dans deux secondes.

Sharon fit son entrée au son d'une cloche. Marie perça le reflet du verre et découvrit qu'elle savait lire. « Voilà qui est mieux », se dit-elle. Les affiches lui parlaient en style élémentaire d'argent et de marchandises. Celui qui avait écrit les chiffres se trompait sans cesse et était toujours obligé de les barrer et d'en réinscrire de nouveaux à la place. Les yeux de Marie connaissaient un truc qui permettait au regard de traverser la vitrine et de pénétrer dans la pénombre intérieure. Les bouteilles représentées et vantées par les affiches flamboyaient sur les murs. Sharon était à l'intérieur de cette caverne compliquée, plongée dans ses transactions. L'échange se fit, l'homme donna même quelque chose en plus à Sharon avant qu'elle ne se tourne et revienne derrière les reflets jusqu'à la porte.

— Je revis, dit Sharon dans une petite rue voisine.

Le bouchon se laissa dévisser après un grand craquement.

— À ta santé, ma belle.

Son visage lourd, couvert de son épaisse couche de temps, semblait à la fois vitreux et brûlant. Elle enfourna la petite bouteille dans le trou de sa tête, sa bouche, cette partie privée étrange et humide qui semblait parfaitement déplacée à cet endroit, trop vivante et animale dans ce visage amorphe. D'un geste discret, Marie leva une main et vérifia. Oui, elle aussi en avait une. Et, de l'intérieur, elle pouvait suivre l'os dentelé, incurvé, jusqu'aux dures lèvres internes. Était-ce la seule partie du corps que l'on puisse sentir à la fois de l'intérieur et de l'extérieur ? Elle n'en sentait pas d'autres. Elle en conclut que les bouches devaient être très importantes.

— Voilà qui est sacrément mieux, dit Sharon.

C'était à Marie de boire.

— Vas-y, insista Sharon. Rince-toi le gosier.

Marie ouvrit la bouche et versa.

— J'ai jamais vu ça ! dit Sharon quelques minutes plus tard. Qu'est-ce que t'as, bon Dieu ? Tu dois être dans un drôle d'état, ma fille. Si une petite goutte de bon cognac te fait tousser et te met sens dessus dessous ! C'est pas normal, ça !

— Je suis désolée, dit Marie.

Sharon but.

— C'est très bien d'être désolée, mais tu en as gaspillé la moitié.

Sharon but.

— Le cognac est censé te faire du bien. Sharon but.

— Je suis désolée, dit Marie.

Sharon laissa à terre le cadavre de la bouteille. Elle regarda vivement Marie.

— Je ne suis pas alcoolique, tu sais !

Marie la fixa à son tour. « Oh que si, pensa-t-elle. Je parie que tu l'es. »

Bien entendu, Sharon *est* alcoolique (et ce n'est qu'une de ses multiples qualités)... Les alcooliques : vous savez à quoi *ils* ressemblent. J'en étais sûr. Il y a toutes les chances pour que vous en connaissiez un ou deux personnellement ou quelqu'un qui en connaît. Réfléchissez un peu... Alors, combien en connaissez-vous ? Il y a vraiment énormément d'ivrognes ces temps-ci. Je ne serais pas vraiment étonné si vous en étiez un vous-même. Non ?

Les ivrognes sont des gens incapables de rester sobres. Ils préfèrent être ivres. Ils ne supportent pas d'être eux-mêmes. Dans un sens, ils n'ont pas tort. Il est plus difficile d'être soi-même que d'être ivre. Les ivrognes ne sont pas eux-mêmes. Ils sont ivres. Ils ne ressemblent pas aux autres gens, bien qu'ils aient été semblables avant de boire. Il y a toutes sortes de gens, mais il n'y a qu'une sorte d'ivrognes.

Une fois soûls, tous les ivrognes pensent, sentent et se comportent exactement de la même façon. Sobres, les ivrognes n'ont qu'une seule idée en tête : boire. Ils y pensent tout le temps. Ils ne pensent qu'à ça. Vous vous demandez peut-être à quoi ils peuvent penser quand ils ne sont pas soûls, c'est tout simple : ils pensent à se soûler.

La plupart d'entre eux savent certaines choses qui expliquent qu'ils ne puissent supporter d'être eux-mêmes, et certains en savent beaucoup. Mais ils pensent tous en savoir plus que les autres ivrognes, et ils se croient tous différents. Ils ont tort. Ils ne sont pas différents : ils sont ivrognes, et tous les ivrognes savent les mêmes choses. Elles leur paraissent plus tristes et plus intéressantes ; elles le sont d'ailleurs dans un sens. Ils ont tous leurs raisons et certaines sont bonnes. Je ne blâme personne d'être ivrogne.

D'ailleurs, selon moi, tous les gens seraient des ivrognes s'ils en avaient le courage. Nous nous sentirions tous beaucoup mieux si nous étions tout le temps soûls. Mais c'est très dur de devenir ivrogne ; seuls les ivrognes peuvent y parvenir.

Je tombe toujours sur ces individus assez troublants et regrettables. Vous en rencontrerez d'autres encore, mais tous sous mon contrôle, bien sûr ; tous sous ma protection et mon contrôle.

Sharon expliquait à Marie pourquoi il lui arrivait parfois de boire un peu – c'était bon pour ses nerfs, disait-elle, et puis elle aimait rigoler de temps en temps – quand, soudain, à l'improviste, les immeubles s'écartèrent pour révéler une immense faille battue par les vents dans les entassements compacts de la ville. Seules quelques rues magiques et arquées avaient été retenues pour chevaucher cette fauchée d'air. Tout le corps de Marie en bourdonnait. Elle aurait fait demi-tour et essayé de fuir à nouveau, mais Sharon la poussa en avant, sans la moindre peur. Comme elles franchissaient cette grande ouverture dans le ciel, Marie regarda en bas et vit que l'étendue bourbeuse à leurs pieds était en fait vibrante et bouillonnante, elle se déchiquetait sans cesse pour se jeter dans les airs et tenter d'attraper les oiseaux criards qui tournaient et planaient juste au-dessus de sa surface, pleins de rage et de mépris.

— C'est trop grand, dit Marie.

— Pardon ? J'adore le fleuve. Coule doucement, douce Tamise, Nous traversons, dit-elle en indiquant du menton les structures massives percées comme des remparts sur l'autre rive. D'abord, nous allons à la maison, et puis je t'amène au pub.

Marie se demandait à quoi ressembleraient ces endroits tout en se hâtant derrière Sharon vers le sud.

— Nous sommes arrivées, cria Sharon.

Marie était derrière elle dans un vestibule cubique. Ainsi c'était comme ça à l'intérieur ; elles étaient à la maison. Tout y était rembourré ou renforcé, et il y faisait plus chaud qu'elle ne l'aurait pensé.

L'instant d'après, une porte vitrée s'ouvrit brutalement dans le couloir. Un homme qui joignait les attributs de la petitesse à ceux de la corpulence passa la tête, la retira aussitôt, consterné, et déboula le couloir vers elles.

— Oh ! que non, ma fille, grommela-t-il. Allez, dehors, ouste !

— Allez, ne sois pas *mesquin*, s'écria Sharon tandis que l'homme commençait à la repousser vers Marie et la porte.

— Tu n'as rien à faire ici.

— Mais, merde, je suis *chez moi* ici !

Sharon était bien plus redoutable que l'homme avec qui elle était gauchement aux prises, et pourtant toute sa force et sa résolution semblaient fondre à vue d'œil. Elle avait l'air de quelqu'un qui aurait encore à faire tout ce qu'il avait déjà fait. On va nous rejeter dehors, pensa Marie, c'est sûr. Mais soudain, les traits de Sharon se contractèrent à nouveau sous la couche de temps et, comme en réponse, ses épaules se convulsèrent, ce qui arracha un cri violent au petit homme rond qui alla bien vite se coucher par terre.

— Tu vois ? Tu vois ? dit-il.

— Allez, papa, arrête ! Je ne t'ai même pas touché !

Comme elle se penchait sur lui, avec toutes les marques de la sollicitude, une jambe jaillit, et ils ne furent plus soudain qu'une violente mêlée aux pieds de Marie.

— Maman ! hurla-t-il. À l'aide, quelqu'un.

— Qu'est-ce qu'il y a *encore* ? gémit une voix usée par la soumission.

Une femme apparut sur le pas de la porte et sortit en boitant de la pénombre.

— Ah ! je vois, voilà qu'elle assassine son propre père maintenant, dit-elle du même ton.

La main boudinée d'un des combattants essoufflés s'échappa de la mêlée au sol et la nouvelle venue en profita pour l'écraser du pied droit. Marie remarqua que sa chaussure était grotesquement démesurée, arborant une extension de la taille d'une brique sous sa semelle, peut-être prévue pour ces interventions.

— C'est ma main que tu piétines, maman ! s'exclama l'homme. Attrape-la par les cheveux.

— Allez, Ada, bon sang, donne-nous donc un coup de main, dit la femme à Marie. Gavin ! Gavin !

Avant que Marie ait eu le temps d'obéir à un pareil ordre, Gavin descendit l'escalier et en soupirant extirpa l'un de l'autre les gens au sol. Marie contemplait ces retrouvailles tempétueuses avec un sentiment de panique provisoire. (Elle savait que les *rues* étaient pleines de pièges, de trous et de filets…) Pour elle, tout cela n'avait aucun sens, mais eux comprenaient peut-être.

Ils le lui prouvèrent.

L'instant d'après, Sharon, sa mère et son père papotaient aimablement dans la quiétude du salon, cellule interne étriquée aux prismes bien trop variés pour que les yeux de Marie puissent seulement commencer à les décomposer. Le temps passait, des flots de temps. Bien loin d'exiger une explication de sa présence ou de l'ignorer complètement, M. et Mme Botham faisaient constamment appel à elle pour qu'elle corrobore ou appuie leurs attaques joviales contre leur fille. Marie ne comprenait pas pourquoi elle était censée savoir quoi que ce soit qu'ils ne sachent déjà. Et, bien que la façon dont ils l'appelaient Marie la rassurât, elle ne pouvait s'empêcher de se demander à quoi elle leur servait. Ça a pourtant de quoi surprendre, se disait-elle, une fille sans chaussures ni mémoire. Mais ils ne semblaient pas se poser la moindre question; soit à cause des liens qui les unissaient (ce qu'appuyaient des expressions outrées telles que « sa propre fille », « son propre père » ou « ta propre mère »), soit parce que tout le monde était encore plus bizarre que Sharon ne lui avait laissé entendre.

Pourtant ce serait bien triste s'il n'y avait rien de plus. Elle se refusait à admettre cette possibilité. Gavin était assis à côté d'elle. Depuis le début, il s'était démarqué par une réserve glacée et lui n'avait pas cette aura, cette dérive de temps perdu. Marie était particulièrement impressionnée par ses yeux. En plus de leur abondance de couleur et de lumière, ils semblaient savoir des choses que les yeux de personne n'avaient su jusque-là. Ils savaient des choses qui étaient ailleurs.

Il se tourna vers elle et lui demanda :

— Toi aussi, tu fais partie de la bande ?

— Quelle bande ? dit Marie.

— Celle des artistes de la gnôle.

Il jeta un coup d'œil vers les trois autres.

— Eux n'arrêtent pas, dit-il. Ils ne savent jamais ce qui se passe.

— Et toi ?

— Moi quoi ?

— Toi, tu le sais, ce qui se passe ?

— Maintenant, si vous voulez bien nous excuser, intervint Sharon bien fort. Je crois que mon amie Marie aurait envie d'un bon bain chaud.

— Mais bien sûr, pauvre petite, dit Mme Botham. Comment s'est-elle mise dans un état pareil ?

— Oh, fit Sharon. Ce n'est rien, juste un petit accident.

Aussitôt enfermées à l'abri dans la porcelaine et l'acier de la salle de bains, Sharon se jeta sur un placard qu'elle se mit à fouiller. Elle montrait la même frénésie que lors de la fouille du sac de Marie. Et elle eut, bien sûr, la même récompense.

— Maintenant, tu peux parler, dit-elle en ouvrant une bouteille marron dont elle but abondamment.

— Gavin, il est comment ?

— Gavin, tu peux l'oublier. C'est un pédé. Tu sais pas les reconnaître ? T'as pas vu toute cette merde qu'il a sur les yeux ?

— Ah ! je vois, dit Marie, abandonnant tout espoir pour le moment.

— Sûr qu'il est beau, remarque. Maintenant, ma jolie, on n'a pas vraiment besoin d'un bain, hein ? Un bon brin de toilette suffira, non ? Tu sais, juste sous les bras et ton trou d'amour. Attention à tes jambes, parce qu'elles vont bientôt s'ouvrir, pas vrai ? ajouta-t-elle, lourde de sous-entendus. Ôte-moi ça. Voilà. Bon, voyons voir. Pour commencer, je peux te passer mes bottes blanches. Quelle est ta taille ? La jupe plissée de maman en nylon rouge t'ira bien. Remarque, elle sera un peu courte, mais il n'y a pas de mal à ça, hein ? Eh ? Excuse-moi, ça chatouille ? Je suis affreuse, je sais, oui, oui, lève les bras. Hum, je peux te passer mon polo blanc, il mettra en valeur tes petits tétons. Ils vont en tomber raides !

Elle s'en alla et revint presque aussitôt.

— Tu sais, Marie, assieds-toi, tu sais, je serais bien étonnée si on se faisait pas un petit bénéf avant la fin de la soirée. Hop ! Elles sont un peu grandes, mais ça ira. Je parie que Whitey sautera comme un *kangourou* quand il te verra, s'il est là, bien sûr. Il te tombera dessus comme un vautour. Non, tu l'enfiles comme ça. Tu n'as pas besoin de culottes ou autres à cette époque de l'année. De toute façon, je crois pas en avoir une seule de propre ; et puis *eux*, ça leur sera bien égal. Rentre juste ça dans ta jupe. Je te dis, ils vont croire qu'ils ont la berlue quand ils te verront. Bien. Voyons de quoi tu as l'air ?

Sharon rouvrit grand la porte du placard et Marie se vit. Elle détourna vite la tête.

— Qu'est-ce que t'as ? Allez, regarde et admire… *Voilà.* Tu pourras pas dire que je m'occupe pas de toi. Tu es à croquer ; appétissante à souhait. Je te le dis : quand tu arriveras au pub, ils vont te *dévorer vivante.*

Si l'entrée dans la maison n'avait pas été facile, la sortie ne le fut pas davantage. Sharon dit à Marie de se préparer à sortir à toute vitesse. Quand elles descendirent, M. Botham les attendait déjà devant la porte, bras croisés.

— Vous n'allez nulle part, mademoiselle, dit-il. Vous restez à la maison.

Ils se bagarrèrent sans conviction, et Mme Botham arriva en boitant dans le couloir pour apporter sa contribution scandalisée. M. Botham jura que Sharon ne franchirait cette porte qu'en passant sur son corps. Elle la franchit quand même, et Marie avec elle.

— N'y va pas, Marie, pour l'amour de Dieu ! lui cria Mme Botham. Ne l'accompagne pas ! Tu le regretteras…

Marie était bien convaincue que Mme Botham avait raison. Cela ne faisait que confirmer ses soupçons sur les foyers et les maisons : il était difficile d'y entrer, mais une fois à l'intérieur, mieux valait y rester.

4

Les gros mots

Le pub était un lieu public, un de ces rares endroits où l'on pouvait entrer sans y être invité. On avait donc fait tout le nécessaire pour mettre les sens à aussi rude épreuve que possible, autrement tout le monde y viendrait et personne n'en repartirait jamais. Il régnait une chaleur fétide empuantie de sciure et de malt, et un stratagème ingénieux s'attaquait aux oreilles : un rideau sonore s'abattait et se refermait astucieusement à brefs intervalles trompeurs qui ne vous laissaient jamais le temps de mettre vos idées en place. Tout invitait bruyamment à l'échange : la verrerie multicolore bien calée au-dessus de sa tranchée, les lourdes machines avec leurs battants cliquetants, leurs conditions et leurs exigences. Même l'air piquait les yeux et les faisait larmoyer. C'était déjà plein depuis un bon bout de temps, mais personne n'était jamais refoulé. Dans la haute pièce qui proliférait sans fin, des groupes se formaient, boucles et cercles de pouvoirs exclusifs, qui s'ouvraient parfois à un nouvel arrivant ou se refermaient sur un départ. Ils jouaient tous avec ce que Marie savait être du *feu*.

— Bien sûr, je ne suis pas nymphomane ou rien de pareil, tu sais, lui assurait Sharon, les yeux sur la porte. À mon avis, ce n'est qu'un mot absurde, tu trouves pas ? Mais où sont-ils ? Ce que je veux dire, c'est que j'aime bien prendre du bon temps, c'est tout.

Du temps, il lui en fallait de plus en plus au fur et à mesure que le temps passait. Sharon était connue ici, crue et reconnue : on lui faisait crédit. Quelques minutes d'humbles prières au bar lui gagnaient un Stingo à chaque fois. Marie en eut un aussi, liquide noir pétillant, si ouvertement hostile au palais qu'après quelques gorgées prudentes elle le reposa sur la table et l'y laissa. Mais Sharon ne pouvait s'en lasser ; elle semblait aimer la façon dont il la ralentissait et lui fermait les yeux derrière la couche de temps.

— Ça me met dans l'ambiance, dit-elle. Il n'y a pas de mal à ça, n'est-ce pas ? En tout cas, à la tienne et bonne chance.

Marie trouvait aux remarques de Sharon plus d'intérêt qu'on n'aurait pu s'y attendre. Le mal, la chance, le temps, c'était là justement le genre de choses sur lesquelles elle était impatiente d'en savoir plus. Les références qu'y faisait Sharon étaient bien sûr trop personnelles pour l'aider, mais elles lui disaient que le langage était là, quelque part, qui attendait d'être découvert et utilisé. Chaque mot reconnu était un peu d'elle-même retrouvé ; elle se reconstituait, comme si ses tissus, pareils aux cellules d'une ruche, étaient tout doucement ressoudés. Elle avait déjà compris que le langage représentait ou même comportait un ordre quelconque qui ne pouvait absolument pas subsister dans tout ce qu'elle avait rencontré jusque-là : une ombre qui passait sur un mur incolore, des voitures qui se poursuivaient à la queue leu leu, le murmure mystérieux de l'air qui blessait l'esprit de celui qui essayait d'en saisir le fil...

C'était peut-être la *lecture* qui lui donnerait la clef de l'ordre que renfermait le monde, pensait Marie, et elle était impatiente d'exercer ce nouveau talent qu'elle s'était découvert. Il n'y avait pas grand-chose à lire dans ce lieu public. Seules quelques sèches annonces de possibilités d'échanges et une ou deux choses comme : « VOUS ne devez pas être FOU pour travailler ici, mais ça AIDE ! » et « D'accord, vous êtes difficile, MAIS avec un petit effort, vous pourriez être IMPOSSIBLE ! »

— Merde ! Oups ! gloussa Sharon. Excuse-moi. Je l'ai renversé sur ma robe. D'habitude, je ne parle pas mal... Mais ça nous arrive à tous, pas vrai ?

Sharon retourna au bar. Elle s'était absentée longtemps, mais elle revint les mains vides. Elle s'assit lourdement.

— Pauv' cons ! grommela-t-elle.

Au bout d'un moment, l'air très digne et appréciateur, elle se mit à contempler le verre que Marie avait délaissé. Sa main glissa sur la table.

— Je sais pas pourquoi c'est si mort ici, dit-elle.

Marie parcourut rapidement la salle du regard et écouta. Elle se demandait pourquoi les gens employaient si souvent des mots comme « *con* ». Il n'était pas comme tous les autres mots, même si ceux qui l'utilisaient faisaient comme s'il était semblable. Et ils l'employaient si souvent que l'air en semblait bourdonner.

Au centre de la pièce, deux hommes se poussaient, encouragés par les cris de plusieurs spectateurs. Mais de toute façon, on les entendait à peine. Marie pensa : si la mort est comme ça, alors à quoi ressemblera *la vie* ?

— Ce que j'veux dire, tu vois, c'est qu'il y a des types, continuait tristement Sharon, avec lesquels c'est de l'électricité. Plus fort que toi et lui. Ce truc de l'électricité, eh ben moi, je l'ai avec pas mal de types ; avec la plupart en fait. Je suppose que j'ai de la chance, c'est tout. Je…

Une sorte de cri rauque lui échappa. Elle avait scellé sa main sur sa bouche, mais trop tard.

— Oh !… excuse-moi. Tu vois, j'aime bien avoir du bon temps. Y a pas de mal à ça. Mais il y a de sacrés cons parfois ! Le problème, c'est que moi, j'ai connu beaucoup de types et que si tu en connais trop, ils te passent des maladies ; alors, t'es censée t'arrêter. Mais moi, tu vois, j'peux pas ! Et puis, pourquoi j'devrais ? J'veux dire, j'suis une fille jeune et saine !

Les larmes commencèrent à couler sans retenue sur ses joues. Marie se demanda si les autres aussi fondaient souvent comme ça. Sharon renifla et reprit :

— Quand j'étais petite, je voulais être bonne sœur. Ma mère me disait que je serais très jolie avec un voile de bonne sœur. Je peux encore, je veux dire qu'il est pas trop tard, il est jamais trop tard, non ? Il est jamais trop tard pour changer. Et puis, tu as toutes ces années de bonheur devant toi… Le père Loubart est le seul homme qui m'ait jamais comprise. Je m'en irai et… Les voilà ! Eh, Jock, Jock, nous sommes là !

Deux hommes se joignirent à elles, et Marie vit qu'elle aurait de sérieux ennuis. D'abord parce qu'il fut tout de suite évident que Sharon n'était plus avec elle, si elle l'avait jamais été. Sharon l'avait amenée aussi loin qu'elle l'avait voulu, et maintenant elle se retrouvait seule. Sharon n'était plus avec elle ; elle était contre elle.

Ce qui ne veut pas dire que les hommes n'avaient pas de quoi suffisamment l'inquiéter en eux-mêmes : Jock, mastoc, était grand et lent et beaucoup trop gros ; la lumière humide s'engluait à ses cheveux noirs. Il avait beau parler peu, sa bouche était toujours ouverte et sa langue paressait sur ses dents d'en bas. On pouvait difficilement dire à quel point Jock était dangereux. Son camarade, qui se faisait appeler Trev, donnait une tout autre impression. Petit et nerveux, moulé dans ses vêtements, de tout son corps émanait une lueur caramel, tachée de son, pareille à son odeur, et ses cheveux orange sale étaient nimbés de jaune sous les lumières. Trev était beaucoup plus près de Marie que Jock et il semblait déterminé à s'en approcher encore.

Ils avaient tous les deux le même air négligé plein de défi. Et tous leurs yeux étaient comme ceux de Sharon.

— Où tu l'as trouvée, celle-là ? demanda Trev, en soufflant sur la joue de Marie.

Sa voix suivait un rythme particulier, un peu chantant et pas déplaisant.

— Sur le terrain, dit Sharon.

— D'où elle vient ?

— C'est vrai, ça, d'où tu viens, Marie ? demanda Sharon.

Marie sentit une vague de chaleur lui monter au visage. Elle aurait tant voulu savoir s'il valait mieux montrer sa peur ou la cacher.

— Tu vois, dit Sharon. Elle en sait que dalle ! Tu es simple d'esprit, n'est-ce pas, ma chérie ?

Marie leva les yeux, le visage de Sharon s'épanouissait sous l'effet de ces hommes nouveaux et de ces nouvelles boissons. C'était son heure de gloire. Marie savait qu'elle ne recevrait plus aucune aide de sa part maintenant.

— Regarde-la ! dit Trev avec sérieux, et il s'arrêta. Non, mais regarde-la. On dirait une de ces foutues stars de ciné.

— Tu vois, dit Sharon. Elle vaut bien dix billets. Allez, Trev, je te l'ai nettoyée et tout, rien que pour toi. Tu m'as dit que tu me les donnerais la dernière fois avec Janet.

— Commence pas à me parler de fric, Shar, riposta Trev. Ne me chauffe pas les oreilles !

— Janet, c'était une vraie pouffiasse ! lança Jock d'une voix épaisse.

— C'est ce que je dis, déclara Sharon. Marie, elle, c'est autre chose. Dis quelque chose, Marie. Allez, dis quelque chose aux copains.

— Elle baise ? demanda Jock.

Sharon tourna brusquement la tête vers lui (est-ce que je baise ? se demandait Marie).

— Bien sûr que oui ! s'écria Sharon, indignée.

Marie était très contente que Sharon la soutienne encore. Mais Sharon se pencha alors vers Trev et lui dit :

— Elle est simple d'esprit. Elle dira rien. Tu peux lui faire tout ce que tu veux.

Marie sentit à nouveau le souffle de Jock se rapprocher, une haleine humide, fétide, presque palpable sur sa joue, qui semblait à chaque question se condenser en fines gouttelettes poisseuses.

— Comment tu t'appelles ?

— Marie.

— Quel âge as-tu ?

— Mon âge.

— Où habites-tu ?

— Là-bas.

— Ah ! tu habites là-bas ? Vraiment ? Et quel jour sommes-nous ?

Marie sourit.

— Combien font deux et deux ?

Marie sourit.

— Et t'as pas un homme qui s'occupe de toi ?

— Je...

— T'es sacrément belle, tu sais ? Eh, Jock ! dit-il sans détourner ni les yeux ni la voix de Marie. Je dis qu'elle est sacrément belle ; ça, Sharon, sûr que tu sais les dégotter. Écoute, Marie, maintenant on prend encore un ou deux whiskies et ils ferment ici, alors nous allons chez Jock, et je t'envoie au septième ciel. Qu'est-ce que t'en dis ?

Marie haussa les épaules et accepta. Derrière elle, dans un paroxysme d'authentique dégoût, une machine vomit de l'argent dans son auge métallique. « C'est l'heure ! C'est l'heure ! »

Trev et Jock sont des criminels, j'en ai bien peur. Ils gagnent leur vie par des moyens si dangereux et déprimants qu'ils seraient insupportables pour presque tout le monde. Tout tourne autour de l'argent comme toujours, bien sûr. Marie ne sait pas encore grand-chose de l'argent.

Jock, par exemple, avait fini par découvrir tout jeune que le meilleur moyen de gagner de l'argent était d'attaquer des gens faibles qui en avaient déjà. Qui étaient les gens faibles ? Il en distinguait quatre catégories : les jeunes gens faibles, les jeunes filles faibles, les vieillards faibles et les vieilles dames faibles. Au bout de quelques attaques, il conclut que, les vieilles dames étant les plus faibles, elles constituaient les meilleures victimes. (Et puis elles semblaient moins en souffrir, probablement parce qu'elles n'avaient jamais beaucoup d'argent.) Son casier judiciaire devint bientôt une longue liste monotone de grand-mères assommées. Sa technique était simple : il leur fonçait dessus, frappait de toutes ses forces et essayait de s'enfuir avec leur argent. L'ennui, c'était que même les plus vieilles semblaient décidées à ne pas se séparer de leur sac ; Jock détestait la façon dont il devait fouiller à travers le cuir crevassé, plein de boîtes dorées à masques mortuaires, tandis que les vieilles poussaient des cris perçants avec leur suffisance habituelle. Il se contentait parfois de frapper aussi fort qu'il osait et, haletant, il restait là jusqu'à ce que la fuite lui parût sûre, et il s'enfuyait avec grand talent, courant vraiment très vite. C'était vraiment ce qu'il faisait de mieux. Dans les moments difficiles, Jock se rappelait les quelques succès qu'il avait connus et ses yeux s'emplissaient souvent de larmes de fierté au souvenir des vitesses qu'il avait parfois atteintes.

Trev est différent. Il a deux passions jumelles : la boisson et la bagarre. Il ignore pourquoi il fait et refait toujours les mêmes choses abominables, mais il continue. Il l'attribue parfois à la haine éclatante qu'il ressent pour tous ceux qu'il ne connaît pas ; mais il voue la même haine à ceux qu'il connaît, donc il doit y avoir une autre raison. Comme tout vrai héros, Trev a une faille tragique : il croit et affirme se battre très bien, alors qu'il n'en est rien. De sorte que c'est toujours lui qui provoque les combats que les autres finissent. En revanche, il remporte ses combats contre les femmes, et il en a beaucoup. J'espère qu'il n'arrivera rien de grave à Marie. Quel dommage, c'est vraiment le moins qu'on puisse dire, qu'elle ait dû se faire recueillir par des individus pareils au tout début ! Elle est encore tout bonnement incapable de se défendre contre eux. De plus, quand on voit des criminels, la police n'est pas loin, croyez-moi. Et que Marie ait affaire à *elle*, c'est bien le dernier de nos désirs.

Sharon accompagnée de Jock et Marie, escortée par Trev, ils montèrent une ruelle si étroite que les sommets des immeubles semblaient presque appuyés les uns contre les autres pour se maintenir debout. Marie était étonnée de la façon dont les couples s'étaient formés. Elle pensait qu'ils seraient assortis par couleur ; Sharon et Trev étaient du même roux après tout, alors que Marie était aussi brune que Jock. Mais ils s'étaient mis par taille : Trev était petit et solide, comme elle.

Sharon et Jock aussi s'appuyaient l'un contre l'autre pour se maintenir debout ; ils exploraient l'ombre profonde ensemble. Quelques pas derrière venait Marie, le bras roux du roux Trev bien ferme sur ses épaules brunes ; il s'assurait qu'elle ne partirait pas. Soudain Jock et Sharon s'enfoncèrent dans la nuit (mais ils haussèrent tous deux la voix en un étrange gémissement pour que les autres ne les perdent pas) et Trev plaqua Marie contre un mur et essaya de couvrir sa bouche avec la sienne. Encore les bouches, vous voyez. La sienne était aussi privée que celle de Marie ; elle renfermait beaucoup d'humidité et d'air fétide. La bouche de Marie, d'elle-même, essaya plusieurs fois de glisser sous la sienne, ce qui fit se serrer les bras de Trev derrière sa nuque, et sa bouche qui était vivante glissait toujours en quête de la sienne. Marie commençait à comprendre maintenant. Mais elle n'était pas encore sûre du genre de mal que Trev voulait lui faire. Elle descendait un escalier tout fissuré quand Sharon se retourna un instant et lui lança, hautaine :

— Et ne dis pas que je ne m'occupe pas de toi !

Marie, qui n'en avait aucunement l'intention, était immobile et clignait des yeux devant cette maison à moitié enterrée. Elle se vit soudain derrière une porte hâtivement claquée, en larmes, nue et à genoux. Elle se sentit poussée en avant par Trev. Il l'avait presque là où il la voulait maintenant.

— Allez, Marie, dit-il. On y est.

Marie baissa la tête et continua à descendre les marches.

Plus tard, quand elle essaya de rassembler les divers fragments épars de cette trop longue nuit, ils lui revinrent par bouffées brûlantes et vibrantes d'images et de battements de cœur... Une pièce sombre et rance, un voile carré de lumière laiteuse sur le mur ; les autres qui se passaient de lourdes bouteilles brunes et qui avalaient des noix blanches ; Sharon qui se levait, retombait, sautait sur un pied, ôtait ses vêtements par-dessus sa tête avec des craquements d'électricité, s'effondrait à nouveau en riant sans gêne avec Jock derrière un paravent. Puis la lente attaque de Trev. Elle aurait été bien incapable de dire ou de comprendre ce qu'il voulait. « Défais-toi ! J'te dis de te *défaire* ! » disait-il. Il cherchait, tâtait, sondait sa peau en quête d'ouvertures. Si elle avait su ce qu'il voulait, elle se serait moins défendue. Il la frappa deux fois sur la bouche au début. Elle se dit que cela faisait partie du tout. Elle entendait les grognements méthodiques du couple derrière le paravent. Elle essaya de vider son corps de tout son pouvoir de résistance. Elle commençait à comprendre. Ses deux pointes rouges et humides voulaient se rapprocher autant que possible, la pénétrer. Ses deux langues voulaient ses deux bouches. Je peux le supporter, pensa-t-elle. Mais ce n'était pas tout. Il l'étala différemment, sur le côté, les jambes écartelées, il commença à préparer quelque chose de très compliqué au centre de son corps à elle qui se mordit la main pour déplacer la douleur. C'était vraiment nouveau, mais il y avait plus encore ; cela lui rappelait quelque chose, à ce moment même : accroupie par terre, dans le garage, une bouteille qui grinçait encore sur son axe, Impy qui la regardait et Sharon qui disait que tout le monde le faisait. Trev rit et s'écria :

— Salope, tu l'as déjà fait, oh ! que oui, tu l'as *déjà* fait !

Marie ne pouvait pas croire qu'elle l'avait déjà fait, elle savait en tout cas qu'elle ne voulait jamais le refaire. Soudain tout le corps de Trev se contracta et elle sentit un horrible grognement sur son épaule. Puis il se laissa glisser hors d'elle, sur le côté, et s'éloigna.

— Réveille-moi dans une heure, dit-il. Avec ta langue.

Marie resta un moment immobile. Je suis morte, pensa-t-elle. Il m'a tuée. Pourquoi ? De quel droit ? Et il va bientôt me tuer de nouveau. Donc, quand Trev se mit à tousser, donnant les premiers signes du réveil, une idée lui vint qui lui parut tout bonnement lumineuse. Elle se dit : non, pas moi ; lui, le tuer lui. Elle chercha vite à tâtons dans tous les détritus qui jonchaient le sol. Elle trouva une brique en forme de coin, lourde et pointue. Elle frappa deux fois et, à chaque fois, il y eut deux craquements.

Elle le frappa sur la bouche, bien sûr. Où aurait-elle bien pu frapper sinon là ?

Elle était prête quand les autres se réveillèrent. Elle aussi avait un peu dormi, et le passé était venu et l'avait à nouveau torturée pendant qu'elle gisait inerte et sans défense. Elle serrait les genoux, assise contre le mur, bien loin du corps roux de Trev, effondré, et de sa respiration sifflante. Marie avait froidement inspecté le bas de son visage en lambeaux rouges, et elle l'avait détourné de sorte qu'il embrassait le coin de la cheminée désaffectée. Elle attendait. Finalement, Sharon et

Jock reprirent vie sur le sol ; ils défirent leurs membres raidis et douloureux et se rapprochèrent en geignant.

Enfin, Jock fut debout au milieu de la pièce, complètement nu et légèrement haletant.

— Ben merde alors ! Trev en a pris un sacré coup, cette fois ! s'écria-t-il.

— Je suis désolée, dit Marie qui allait expliquer ce qu'elle avait fait et pourquoi.

— C'est pas ta faute. (Il s'approcha.) Quel con quand il se met à boire. (Il s'agenouilla.) Merde, il s'est défoncé la mâchoire ! dit-il en se tournant vers Marie avec stupeur.

— Reste pas là, dit Sharon, encore étendue.

Elle regardait Marie, blême. Sharon n'était plus avec elle ; elle était passée dans l'autre camp.

Marie se précipita dehors. La lumière l'aveuglait encore quand une main ferme s'abattit lourdement sur son épaule. On la poussa vivement dans la rue, une poitrine collée contre son dos. Marie pensa, tout naturellement, qu'on allait encore la baiser.

— Pure routine, ma jolie, dit une voix mâle neutre. Détends-toi et on ne te fera aucun mal. On va s'occuper de ton affaire en un rien de temps.

D'une main plus douce, il la conduisit à un bus noir auquel deux hommes en complets bleus cloutés d'argent étaient nonchalamment adossés. Le bus s'ouvrit pour la laisser entrer.

— Elle allait sortir, chef. Viens donc, mon ange, monte.

Marie fit ce qu'on lui dit. Les portes se refermèrent. Elle s'assit sur un rebord étroit et se gratta la tête. Une barre de soleil rayonnait sur elle à travers les fenêtres grillagées.

Ce ne fut qu'au terme de quelques secondes confuses que Marie se rendit compte qu'elle n'était pas seule. Elle sentit son souffle avant de voir l'homme face à elle, silhouette voûtée et massive. Elle dut mettre sa main devant ses yeux pour parvenir à distinguer les siens, verts et étincelants dans l'ombre négative.

— Nom, dit-il.

— Non ?

— Votre nom ?

— Marie.

Il soupira.

— Quel est votre deuxième nom, Marie ?

— Marie Lagneau.

« Marie Lagneau, ça sonne bien », se dit Marie.

— Ça sonne bien, dit-il. Innocent, en tout cas. Je vous ai déjà vue, non ? Je vous connais ?

— Je ne vous ai jamais vu, dit Marie.

Il y eut un long silence. Le sang de Marie recommençait à couler.

— Qu'est-ce qui vous amène par ici, ma jeune Marie Lagneau ? Ces gens ne sont pas votre genre, n'est-ce pas ?

— Non, je ne crois pas qu'ils puissent l'être.

— Alors, fréquentez ceux qui le sont. Écoutez, si je vous revois, vous aurez des ennuis. Beaucoup d'ennuis. Compris ? Allez, vous pouvez partir.

— Merci.

Il ouvrit la porte d'un coup.

— Laisse-la partir, Dave, dit-il. Elle n'est pas de la bande.

Marie descendit la rue, bien droite, le dos tisonné par le feu de leurs yeux. Après avoir tourné le second coin, elle s'appuya contre un mur et pressa une main sur son front. La chose la plus étrange chez lui était son haleine. Son odeur faisait écho à son plus ancien souvenir, deux jours plus tôt, à son réveil dans cette chambre blanche. Elle s'en souvenait maintenant. Quelqu'un était là avec elle à son réveil ; quelqu'un lui avait demandé si ça allait et lui avait dit de bien se conduire… Eh bien, je ferai de mon mieux, se dit-elle, et elle reprit sa marche.

Autre chose l'intriguait dans son haleine ; le souffle de tous les autres était vivant ; pas le sien. Son souffle était mort.

DEUXIÈME PARTIE

5

En progrès

— Encore un peu de thé, ma petite ?

— Oui, merci, dit Marie.

— Alors, comment vous sentez-vous ?

— Bien. Je me sens de mieux en mieux.

— Les choses vous reviennent, non ?

— Euh, un petit peu, mentit Marie.

— Ce n'est qu'une question de temps, dit Mme Botham, pensive, rien qu'une question de temps.

Marie regardait en souriant Mme Botham qui regagnait en boitant son fauteuil inviolable, carré dans un coin, près des fausses flammes. Le mot « *boiter* » décrivait mal, pensait froidement Marie, l'asymétrie spectaculaire de la démarche de Mme Botham : elle marchait comme un sauteur d'obstacles mécanique. Marie l'attribuait au fait que l'une des jambes de Mme Botham était environ deux fois plus longue que l'autre. Le membre standard arborait son extension spéciale, une sorte de brique noire ; mais cela ne suffisait guère à compenser la disparité ; et sa jambe la plus longue semblait gênée par sa propre prodigalité et se courbait vers l'extérieur en un arc compatissant. M. Botham, ainsi que Gavin bien sûr, avait mentionné quelque chose qui aurait mal tourné avec la jambe de Mme Botham, il y a de ça des années, quelque chose qui portait un nom sinistre serait venu et la lui aurait allongée. Personne ne disait comment ni pourquoi.

— J'ai rencontré une dame au dispensaire, reprit Mme Botham, pleine de sollicitude. Elle avait reçu un coup sur la tête un soir, eh bien, après, elle ne se rappelait plus rien !

— Elle était probablement beurrée, dit Gavin qui, assis sur le canapé, regardait, comme à son habitude, un magazine plein d'hommes menaçants, à moitié nus.

C'étaient tous des culturistes, et leurs corps étaient dans un état terrible. Mme Botham tourna brusquement la tête vers son fils.

— Elle n'était pas beurrée, Gavin ! Pardon, ivre, rectifia-t-elle pour Marie, à nouveau souriante. Elle était *amnésique*. Elle ne se souvenait plus de rien ! Le matin, elle ne reconnaissait personne, pas même son propre mari qui la serrait dans ses bras ou ses petites filles, Mélanie et Sue.

— Ce n'est pas de l'amnésie, m'man.

Les traits de Mme Botham, qui avaient semblé jusque-là détendus, prêts à un sommeil résigné et mélancolique, se durcirent, soudain sur le qui-vive.

— Ah oui ! Et qu'est-ce que c'est, alors ?

— Une cuite, répondit Gavin sans lever les yeux.

— Gavin ! Pourquoi traites-tu ta propre mère comme ça ? Pourquoi ? Je t'en prie, dis-moi pourquoi, Gavin !

Gavin tourna une autre page de son magazine, et une autre tête minuscule émergea, rayonnante, de sa forteresse.

— Parce que tu es une alcoolique, maman.

— Mais non, intervint M. Botham, qui était resté assis à table, plongé dans un silence béat, comme à son habitude. Ta mère est une ancienne alcoolique.

— Ah non ! mon chéri, s'écria Mme Botham, à nouveau comblée. Là, c'est *toi* qui te trompes. Il n'existe pas d'anciens alcooliques…

— Que des alcooliques.

— Que des alcooliques.

— Que des alcooliques, dirent-ils en chœur.

— Et elle était *amnésique* ! lança Mme Botham à son fils. … Et puis de toute façon, toi tu es pédé.

— C'est vrai, maman, dit Gavin en tournant la page.

— Vois-tu, Marie, reprit Mme Botham, quand on est alcoolique, on le reste. Oh ! si seulement j'avais pu amener Sharon aux Alcooliques Anonymes ! Mais pas moyen. Elle était toujours trop soûle. Sais-tu, Marie, que les vrais alcooliques (là, elle ferma les yeux), ils n'ont peur de rien ! Rien ! Oh ! j'ai tout pris, je l'avoue : alcool à brûler, térébenthine, lotion après-rasage, eau de Cologne, tout, produit pour l'argenterie, désherbant, white-spirit, liquide pour la vaisselle ; tout : désinfectant, sirop pour la toux, gouttes pour le nez, Glassex, Optrex, j'ai tout pris. Tu vois, Marie, ça, c'était avant que je ne mette ma sobriété au-dessus de tout ça. Je n'ai rien de plus précieux que ma sobriété. As-tu jamais cherché le mot sobriété dans le dictionnaire, Marie ? Jamais ? Vois-tu, ce n'est pas seulement le contraire de l'alcoolisme. Il est aussi synonyme de sincérité, quiétude, modération, tranquillité, santé d'esprit, dignité, tempérance, modestie, sincérité...

Marie se carra dans son fauteuil. Mme Botham lui avait déjà fait tout un sermon sur la sobriété une demi-heure plus tôt ; mais Mme Botham était tellement ivre maintenant qu'elle avait oublié ou que ça lui était totalement égal. Ce n'était pas Marie que ça gênerait. Les yeux fixés sur le visage gourd et garé de Mme Botham, elle voyait Sharon partout, et elle usait d'une technique qu'elle avait apprise à perfectionner les jours derniers. Quand Mme Botham vous parlait, il suffisait de regarder dans sa direction sans vraiment écouter. Ce n'était pas Mme Botham que ça gênerait. Tout ce qui l'intéressait, c'était de parler. Ça n'avait pas vraiment de rapport avec vous mais avec elle. Mme Botham le reconnaissait d'ailleurs assez souvent. Elle répétait toujours à Marie à quel point il était agréable de lui parler. Elle disait que c'était ce qu'elle aimait le plus, avoir quelqu'un à qui parler.

Marie allait même jusqu'à jeter des coups d'œil autour d'elle de temps en temps, ou encore elle envoyait ses sens aux aguets en patrouille. Là, sur la table, il y avait l'assiette bleue vide, la théière et sa famille. Tous les soirs, à neuf heures, Mme Botham se traînait jusqu'à la cuisine et s'y enfermait. Elle disait détester le journal de vingt et une heures. Marie la comprenait. Elle aussi avait peur de la télévision. C'était une fenêtre qui donnait sur tout ce qui se passait de l'autre côté – trop de choses – et Marie essayait de s'en protéger. À neuf heures et demie, Mme Botham émergeait d'un pas triomphal, portant la petite métropole sur son plateau : les deux piles égales de toasts suant de beurre, le thé rose bouillant si fort qu'il faisait pleurer la bouche, les biscuits bruns disposés en éventail comme les chiens endormis sur la boîte d'où ils venaient. Selon Gavin, Mme Botham profitait toujours du fait qu'elle était seule à la cuisine pour s'y soûler. Marie le croyait. Mme Botham insistait toujours pour tenir de grands discours sur la sobriété quand elle revenait. Mais ça ne dérangeait pas Marie. Elle était très reconnaissante à Mme Botham de tout ce qu'elle avait fait en l'accueillant si bien chez elle.

— T'en fais pas, Marie, lui dit Gavin le premier soir. Je suis pédé.

Ils devaient partager la même chambre et le même lit.

Marie était encore terrifiée, et elle ne voyait pas pourquoi elle ne se ferait pas de nouveau baiser.

— Qu'est-ce que ça veut dire au juste ? demanda-t-elle.

— Ça veut dire que j'aime les hommes, pas les femmes.

— Je suis désolée.

— Ne t'en fais pas, répéta-t-il en la regardant de ses yeux intelligents. Toi, je t'aime bien. Je n'ai simplement pas envie de faire l'amour avec toi.

« Tant mieux », se dit Marie.

— En fait, c'est plutôt embêtant, reprit Gavin en enlevant sa chemise.

Lui aussi faisait du culturisme, mais il n'avait pas autant abîmé son corps que les gens dans ses magazines.

— C'est censé être bien d'aimer les hommes, poursuivit-il. Moi, ça ne me plaît pas. Ça ne me plaît pas d'aimer les hommes.

— Tu n'as qu'à arrêter.

— Bonne idée. J'arrête dès demain. (Il soupira.) Je connais un type qui est encore pire que moi. Il n'aime que les garçons de café espagnols. Rien qu'eux. Je veux dire qu'il n'aime même pas les garçons de café italiens. Je lui ai dit : « C'est marrant, moi j'aime tout. » Il m'a répondu que j'avais de la chance. Mais ce n'est pas vrai. Je suis juste un peu moins malchanceux que lui. Est-ce que tu peux te rappeler qui tu aimes ?

— Non.

— Ça serait intéressant, non ?

— Peut-être que moi aussi j'aime les hommes.

— Tu n'en seras pas tante pour autant.

— Ah non ?

— On verra. Bonne nuit, Marie.

— Je l'espère.

Les pédés aiment les hommes plus que les femmes parce qu'ils aimaient leur mère plus que leur père. Ça, c'est une théorie. En voilà une autre : les pédés aiment les hommes plus que les femmes parce que les hommes sont moins exigeants, meilleurs compagnons et surtout moins chers que les femmes. Les pédés, ils veulent juste se protéger de la tempête lunaire. Mais *vous*, vous savez ce que sont les pédés.

Marie aussi ne tardera pas à le savoir. Elle apprendra très vite, j'en suis sûr. Les Botham sont juste ce qu'il lui fallait. Ils ne l'inquiètent pas et, surtout, elle ne les inquiète pas. Mme Botham est en fait la seule à être convaincue que Marie est amnésique, ce qui explique pourquoi elle s'obstine à défendre cette opinion impopulaire. Gavin, qui passe davantage de temps avec elle que les autres, est plus ou moins arrivé à la conclusion qu'elle devait être un peu débile sur les bords : Marie a l'intelligence, se disait-il, d'une enfant de douze ans exceptionnellement fine, curieuse et systématique (elle serait très intelligente quand elle serait grande, lui arrivait-il souvent de penser). M. Botham, enfin, et pour un certain nombre de raisons solides qui n'appartiennent qu'à lui, craignait secrètement que Marie ne fût tout à fait normale. Il est vrai que M. Botham est lui-même une sorte de mystère. Beaucoup de gens, à commencer par ses voisins, Marie, peut-être même vous, pensent qu'il doit être doté d'une intelligence particulièrement limitée. Sinon, comment aurait-il pu vivre avec une alcoolique pendant trente ans ? La réponse est que M. Botham est alcoolique depuis vingt-neuf ans. Voilà *pourquoi* il est resté aux côtés de Mme Botham pendant toutes ces années où elle était toujours ivre. *Lui* aussi était ivre en permanence.

Mais Marie va progresser très vite maintenant. Si jamais vous faites un film de son sinistre mystère, il vous faudra beaucoup de musique pour souligner sa régénération entre les mains des Botham… Chose ironique, elle jouit de certains avantages sur les autres. Comme elle n'a pas encore réintégré l'échelle du temps, ses perceptions n'obéissent pas à la loi des séries : elles sont multiformes, instantanées et sans ordre, comme le présent lui-même. Elle peut faire des choses que vous ne pouvez pas faire. Jetez un coup d'œil dans une rue inconnue, et que voyez-vous ? Un agrégat de formes, de silhouettes, de lumière et l'absence ou la présence de mouvement. Marie voit une fenêtre où s'appuie un visage, le quadrillage des pavés et les lignes des gouttières, la façon dont le jeu des ombres répond au jeu des nuages. Quand vous regardez votre paume, vous voyez ses cinq ou six principaux sillons et les affluents les plus importants, mais Marie voit son tracé complexe d'éraflures innombrables et connaît chacune d'elles aussi bien que vous connaissez les crénelures de vos propres dents. Elle sait combien de fois elle a regardé ses mains : cent treize fois la gauche, quatre-vingt-dix-sept fois la droite. Elle peut comparer un voile de fumée qui s'échappe d'une porte à un pli gracieux de sa couverture quand elle fait son lit. Tout cela a un certain sens pour elle. Quand on a oublié le passé, le présent est inoubliable.

Marie sait toujours quelle heure il est sans avoir besoin de regarder une montre. Et pourtant, elle ne sait presque rien du temps ou des autres.

Mais elle progressait vite, maintenant.

Elle apprit à connaître son corps et son relief vallonné : les sept rivières, les quatre forêts, la

musique atonale de ses entrailles. À force d'observer M. Botham, qui le faisait souvent et avec expression, elle apprit à se moucher. Son corps cessa de la
surprendre. La vue même de ses premières gouttes
de sang lunaire ne l'angoissa pas. Mme Botham parlait constamment de ces choses-là, et Marie était prête
à presque n'importe quel désastre. (Mme Botham
était obsédée par ces sinistres tourments pendant
ce qu'elle appelait d'un nom de mauvais augure le
« retour d'âge ». Ce retour ne paraissait guère dési-
rable à Marie, et elle espérait qu'il ne lui arriverait pas avant bien longtemps.) Elle parla du sang
à Mme Botham et Mme Botham, que rien ne pouvait gêner, lui dit ce qu'elle devait faire. La solution
lui parut ingénieuse. En somme, oui, Marie était plutôt contente de son corps. Gavin lui-même, qui s'y
connaissait, lui annonça que son corps était bien, mis
à part ses triceps. Marie, elle, ne trouvait pas que
le corps de Gavin était aussi extraordinaire qu'il le
prétendait, Gavin avec ses haltères, ses extenseurs
vibrants et ses maillots puants. Mais elle supposait
qu'il savait de quoi il parlait. Il y avait vraiment beaucoup de corps en mauvais état autour d'eux, avec
des morceaux en moins ou en plus, tordus ou étirés.
Donc, Marie était contente du sien ; et tout cela était
sûrement très intéressant.

Elle commença à lire avec passion.
Au début, elle était gênée parce qu'elle ignorait
dans quelle mesure la lecture était une activité privée
ou non. Elle observait tout ce que les autres lisaient,
et elle le lisait à son tour en cachette.

M. Botham lisait un rouleau de papier gris sale qui arrivait et repartait tous les jours. Il ne portait jamais deux fois le même nom. Il y avait des photos de femmes nues ; et sur les dernières pages des hommes, pas des femmes, étaient à vendre ou à acheter ; ils coûtaient des fortunes. Dans les pages centrales, un certain Stan racontait la bataille entre le cancer et sa femme Mildred. Le cancer avait gagné à la fin, mais un héroïsme comme celui de Stan et de Mildred ignorait la défaite. Le papier parlait de plein d'autres endroits dont certains n'étaient peut-être pas loin. Il parlait d'atroces inégalités de fortune, de morts, de cataclysmes et de gros lots. Et il était très difficile à lire parce que les mots ne se mettaient jamais d'accord sur la taille ou la forme qu'ils voulaient avoir. Mme Botham lisait les brochures que lui envoyait Al. Anom., à qui elle vouait une si grande admiration. Il n'était question dans ces brochures que d'alcooliques, et elles disaient les mêmes choses que Mme Botham. Il y avait des graphiques et des tableaux qui montraient ce que faisaient les alcooliques : ils buvaient seuls, ils mentaient et volaient, ils tremblaient et voyaient des souris et des coquillages. Puis ils oubliaient tout. Ensuite ils mouraient. Mais si vous croyiez en A.A. et en Dieu, tout finirait bien.

Gavin passait beaucoup de temps à feuilleter avec dédain ses magazines glacés, mais il avait d'autres choses dans un placard de sa chambre qu'il consultait ou triait parfois. C'étaient des livres, et elle découvrit que c'était dans les livres que se trouvait le langage. Certains étaient des manuels scolaires ; d'autres venaient d'un cours du soir que Gavin n'avait pas eu le courage de finir ; d'autres encore lui avaient été donnés par un de ses amis, poète et rêveur. Marie était plutôt choquée de découvrir que Gavin avait été à l'école pendant onze ans et qu'il se considérait pourtant encore comme lamentablement inculte. Elle n'avait jamais soupçonné qu'il y avait tant de choses à apprendre. Gavin lui dit qu'elle pouvait prendre tous ses livres et donc, mollement poussée par ses hochements de tête et ses froncements de sourcils, Marie commença aussitôt.

Les livres étaient difficiles. Elle lut *Les Grandes Tragédies* de William Shakespeare. Il s'agissait de quatre hommes faits de pouvoir, d'hypocrisie et d'hystérie ; ils habitaient dans de vastes demeures vides qui les terrifiaient et les poussaient à discourir ; ils étaient tous astucieusement assassinés par des femmes qui utilisaient un oignon, une devinette, un mouchoir et un bouton. Elle lut un tome des *Œuvres complètes* de Dickens. Cela se passait dans des coins de Londres où elle n'était encore jamais allée. Dans chaque histoire, un gentil jeune homme et une gentille jeune femme devaient traverser les intrigues que leur tramaient toutes sortes de méchants grimaçants, de blagueurs difformes et de rigides patriarches jusqu'à ce que, après une maladie, ou une séparation, ou une longue traversée, ils soient à nouveau réunis et puissent se marier et avoir beaucoup d'enfants. Elle lut *Rime et Raison : Introduction à la poésie anglaise.* On y parlait d'un monde tout en longueur, plein d'éclat et de symétries insaisissables ; les mots y étaient comme enveloppés, enfermés dans un écrin qu'elle n'avait trouvé nulle part ailleurs et qu'elle se savait incapable de jamais vraiment percer ; ils défilaient au pas cadencé jusqu'au bout de leur rang, carillonnaient, revenaient comme un trait, puis repartaient joyeusement, leur zèle renouvelé, complètement réconciliés avec ce qui pouvait bien déterminer leur rôle. Elle lut le coffret cadeau qui contenait six romans de Jane Austen. Rien de ce qu'elle avait lu jusque-là ne l'avait encore autant touchée. Il se passait la même chose dans chaque histoire : la fille aimait un homme méchant qui semblait bon, puis elle aimait un homme bon qui avait paru méchant et qu'elle épousait comme de juste. Qu'y avait-il de mal avec les hommes méchants qui semblaient bons ? Ils n'étaient pas virils et manquaient de sincérité et, dans au moins deux cas indiscutables, baisaient d'autres gens. Marie relut une de ces histoires en se demandant si elle se déroulerait de la même façon que la première fois. Elle trouva très rassurant de découvrir que rien n'avait changé. Elle lut *L'Arc-en-ciel, Ce que savait Maisie* et deux gros livres épais et brillants qui parlaient de catastrophes naturelles et de danger de groupe… À un certain moment, elle se dit que les livres ne parlaient pas d'autres endroits mais d'autres temps, le passé et le futur. Mais elle regarda mieux et vit que le livre de Shakespeare par exemple était beaucoup plus récent que celui de Lawrence, et ça ne pouvait pas être exact. Non. Les livres parlaient d'autres endroits.

Où étaient-ils ? Jusqu'où s'étendait la vie ? Elle continuait peut-être éternellement à moins qu'elle ne s'arrêtât net quelques rues plus loin. Il y avait un endroit, de l'autre côté de la rivière, qui s'appelait

World's End, le bout du monde. Très longtemps, Marie avait cru que c'était là que se terminait la vie. (De même elle avait entendu à la télévision que l'on se battait à Kentish Town avec des mitrailleuses et des tanks. Quand elle découvrit que les combats avaient en réalité lieu au Kurdistan, elle en fut infiniment soulagée.) Elle se demandait où était le bout du monde et comment il se terminait : dans les brumes, avec de hautes barrières ou juste l'absence de toute chose. Est-ce qu'on mourrait si on y allait ? Elle se donnait souvent la nausée en envoyant son esprit dans le ciel, plus haut que les jouets de bébé boursouflés qui flottaient dans les airs, bien plus haut jusque dans le bleu gluant, infini. Elle savait quelques petites choses sur la mort désormais. Elle savait que ça arrivait aux autres, que personne n'y échappait. C'était évidemment une chose mauvaise, et personne ne l'aimait ; mais personne ne savait si cela faisait très mal, combien de temps ça durait, si c'était la fin de tout ou le commencement d'autre chose. Ça ne pouvait pas être si terrible que ça, pensait Marie, si des gens le faisaient tous les jours.

Avec Gavin, Mme Botham, ou parfois seule, Marie parcourait les rues de Londres, le sud de Londres, délimité par la rivière au nord, le Common au sud, elle se traçait un chemin familier dans ce réseau de rues délabrées, de chantiers éventrés et de terrains encagés de béton grillagé. Il fallait traverser un endroit sept fois avant qu'il cesse d'être effrayant. Connaître d'autres gens vous aidait, et Marie en connaissait déjà pas mal. Ils lui faisaient signe quand elle passait devant eux dans la rue ou s'adressaient à elle quand elle allait dans les magasins et échangeait de l'argent contre des marchandises sous la tutelle sévère mais fantaisiste de Mme Botham. Marie investissait une émotion démesurée dans ces sorties quotidiennes. Une attention galante de l'épicier pouvait la faire sourire tout l'après-midi ; que le laitier l'ignore et elle en avait les larmes aux yeux, et le reste de sa journée était embrumé. Un matin, chez le marchand de journaux, Marie fut emballée de voir plein de magazines avec des titres comme *People, Life, Woman* et *Time.* Mais elle fut vite déçue. Ils parlaient toujours d'autres endroits.

Dans les magasins, tout le monde parlait d'argent. L'argent avait récemment fait une chose impardonnable : personne ne semblait pouvoir pardonner à l'argent ce qu'il avait fait. Marie pourtant pardonnait secrètement à l'argent. Ça lui paraissait une bonne invention. Elle aimait la façon dont on pouvait mettre de l'argent de côté tout en le dépensant. Marie devint très bonne à repérer les affaires, surtout au supermarché où on vous y encourageait ouvertement de toute façon. Mme Botham disait tout le temps à Marie combien d'argent elle lui avait fait économiser. C'était une chance, pensait-elle, d'autant plus qu'elle ne faisait jamais rien d'autre que de le dépenser. Mais Mme Botham n'avait toujours pas le cœur à pardonner à l'argent. Elle détestait l'argent ; elle en voulait vraiment à l'argent. Elle injuriait l'argent à longueur de temps.

En plus de tout ça et d'une manière ou d'une autre, Marie apprit des choses sur le verre, le désir, le vaudou, la paix, les loteries, les bibliothèques, les labyrinthes, la vengeance, les fruits, les rois, le rire, le désespoir, les tambours, la différence, les châteaux, le retour d'âge, les procès, l'Amérique, l'enfance, le ciment, l'essence, les baleines, les tourbillons, la gomme, l'oubli, les oncles, le contrôle, l'automne, la musique, l'inimitié, le temps.

La vie était bonne, la vie était intéressante. Une seule chose l'inquiétait, c'était le sommeil.

— Bonne nuit, disait Gavin qui haletait encore au rythme des cinquante pompes qu'il faisait tous les soirs avant de se coucher.

— Je l'espère, répondait Marie.

— Tu… Pourquoi dis-tu toujours ça, « Je l'espère » ?

— Parce que c'est la vérité. J'espère que la nuit sera bonne. Elles n'ont pas été si bonnes que ça jusqu'à maintenant.

— Pourquoi, tu fais des cauchemars ?

— Oui, je crois que c'est ça.

Elle s'était attendue à ce que le sommeil fût régulier et monotone. Mais non. Elle vivait ses journées sur des rails parce que c'était ce que faisaient les autres. Mais ses nuits étaient désordonnées et pleines de terreur.

Marie savait que les autres aussi avaient de mauvais rêves, mais elle était quasiment sûre qu'ils n'étaient pas aussi mauvais que les siens. Des choses incroyables lui arrivaient pendant qu'elle dormait. Pendant des heures dans l'obscurité, son esprit livrait une féroce bataille pour repousser les rêves, alors que Marie se serait volontiers rendue et aurait laissé les rêves commencer. Mais son esprit ne l'écoutait pas : il s'escrimait dans sa propre fièvre, lui montrait des demi-images de tristesse graphique et de chaos fluorescent, lui assignait de douloureuses tâches de crise et de désir, faisait défiler sous ses yeux cet alphabet puéril avec ses *p* et ses *q* empoisonnés. Et puis les rêves venaient et elle devait les subir sans résister.

Elle sentait que ces rêves venaient de son passé. Elle n'avait jamais vu de plage rouge boursouflée de flaques de sable sous un soleil furieux et instable. Elle n'avait jamais ressenti une sensation de vitesse si intense que son nez se souvenait de la saveur de l'air brûlant. Et ces rêves finissaient toujours par la déchirer ; ils s'abattaient sur elle comme une fumée noire et la lacéraient nerf par nerf.

Et elle le désirait et en voulait davantage.

6

Les yeux de la loi

— Modération, disait Mme Botham. Tempérance. Calme. Réserve. Ne pas être tout le temps ivre. C'est ça la sobriété, Marie ! Et quand on perd sa sobriété, on perd tout. Je l'admets, oh oui, je l'admets, Marie ! Cirage, shampooing, Ajax, Palmolive vaisselle, Dash, Harpic...

L'air embaumait doucement les toasts et le thé. La télévision jetait des éclairs et grondait à propos d'autres endroits, surveillée d'un œil par M. Botham. Gavin était assis à côté de Marie, un magazine sur les genoux. Un nouveau genre d'homme s'étalait sur les pages brillantes, le corps couvert de poils. À en juger par l'expression de cet homme, cette sorte de gens était très prisée, très rare, et on lui accordait en général une valeur considérable. L'avant-bras de Gavin était mollement appuyé sur les genoux de Marie. Elle aimait bien ça. Elle aimait aussi que M. et Mme Botham fussent là où ils étaient. Elle aimait le feu dont les flammes ne brûlaient pas. Elle aspirait l'air et aimait son goût. Je suis bien, pensait-elle. Elle regardait la théière au dos voûté et ses enfants obéissants ; elle regardait les hautes épaules des fauteuils cocasses, qui étendaient leurs bras dans un geste de bienvenue arthritique. Ça me suffit, se disait Marie, et pourquoi cela devrait-il prendre fin ?

Voilà pourquoi.

À cent mètres de là, au bout de la rue, entre les trois murs d'un terrain vague jonché de meubles abandonnés et de landaus estropiés, Jock et Trev sont accroupis l'un en face de l'autre, haletant de malice et bouillonnant d'adrénaline et d'alcool. Leurs regards se demandent quand passer à l'action. Petit à petit, Trev commence à ricaner dans l'obscurité…

C'est en effet un noble rêve que le leur : entrer en courant dans la maison des Botham, lui faire à elle et ses habitants autant de mal que possible dans les quelques minutes bruyantes qu'ils comptent y consacrer et infliger à Marie, notre Marie, ce dommage particulier qu'elle avait craint. Ils seraient probablement obligés d'emmener Marie avec eux en partant. Trev, par exemple, a un certain nombre de choses qu'il veut faire à Marie, et il a besoin de temps et de loisir pour les lui faire toutes.

— Tu t'occupes d'elle et lui, moi je me charge du pédé, avait dit en haletant Trev le rouquin à son ami quelques secondes plus tôt.

Le gros Jock, qui n'avait que peu de goût pour cette aventure, fut considérablement soulagé par ce que lui dit Trev. « Elle et lui », c'étaient M. et Mme Botham, et

M. et Mme Botham étaient vieux. Jock sait s'y prendre avec les vieux. Il s'y connaît. Jock fait ça uniquement parce que Trev tient beaucoup à ce qu'il le fasse. Trev, lui, croit que Jock en a autant envie que lui qui en a vraiment très envie.

… Inutile, comme un vieux phoque malade, la langue de Trev bat contre les anfractuosités et les bernacles de sa bouche. Il se souvient de cette nuit, de ce qu'il lui a fait et de ce qu'elle lui a fait. Depuis, sa bouche lancine et gronde, récif infernal de racines écorchées et de nerfs écornés. Trev ne sait pas exactement ce que Marie lui a fait, mais il a des idées très claires sur ce qu'il va lui faire. Il va la retourner comme un gant.

— Allons-y, dit Trev.

Le temps est une course, une course qui devient tout le temps plus rapide. Si vous écoutez attentivement, vous entendez chaque seconde peiner sous l'effort de garder le rythme. Faites-le ! *Écoutez.* Le temps est une course relais, de soixante en soixante, chaque moment passe le relais et s'effondre épuisé, sa course finie. Le temps finira aussi, un jour. Le temps finira aussi, un jour, vous savez, Dieu merci. Tout, vos os, l'air même, tout finira avec le temps.

Au moment même où Marie entendit le signal de la porte, elle sentit la venue tranquille du changement. Il était tard. M. et Mme Botham se redressèrent en chœur, et Gavin remua brusquement, levant les yeux de la page. La pièce parut soudain nue et exemplaire à Marie, décor fugitif et qui pourtant s'éternisait dans son regard. Elle savait qu'elle l'avait perdue alors, la pièce et tout ce qu'elle contenait.

— Si c'est cette Sharon… dit Mme Botham, tendue, alors que son mari se levait. Je vais la tuer, avec l'aide de Dieu.

M. Botham passa devant Marie en allant vers la porte. On voyait clairement à son expression qu'il ne pensait à rien. Il marcha doucement dans le couloir. Il savait qu'il finirait par arriver à la porte en temps voulu… Ils entendirent la porte s'ouvrir. Ils entendirent l'ébauche du cri étouffé de M. Botham suivie d'un double coup sourd, un coup en deux temps, le second quelque peu plus abrupt que le premier. Mme Botham eut à peine le temps de commencer à hurler avant que les hommes soient dans la pièce.

Marie vit tout.

Manifestement confus et désorienté, Jock s'était retrouvé menant l'offensive. Trev s'était attardé pour assener quelques coups plus bruyants dans l'entrée. Poussé par le temps, Jock se précipita lamentablement dans la pièce et commença à faire une ou deux choses à Mme Botham. Mû par un réflexe subit et galvanique, le pied renforcé de la dame s'élança dans un déclic d'auto-défense, envoyant d'un coup puissant sa lourde brique noire entre les deux jambes de Jock. Suffoqué, il se plia en deux et s'éloigna en chancelant rêveusement avant d'aller tomber à genoux au ralenti. Entretemps, Trev en personne était arrivé à la porte, déjà fatigué, essoufflé par tout le travail d'assommage. Mais soudain il vit Marie et s'avança d'un pas lourd et avide vers elle, comme s'il n'avait pas de temps pour Gavin qui se leva et d'un court arc de son bras envoya un poing musclé dans la moitié inférieure du visage de Trev. Trev s'arrêta, jeta un coup d'œil de côté, l'air contrarié et perplexe, avant d'être empoigné par-derrière et envoyé dans les airs pour atterrir la tête la première et immobile dans le couloir. Jock, pendant ce temps, était à quatre pattes et vomissait (par quelque dernier réflexe courtois) dans un seau à charbon décoratif. Mme Botham n'en criait que plus fort. Gavin se frotta le poing, sourcils froncés, et enjamba Trev dans le couloir.

Marie n'avait pas bougé d'une semelle.

Elle dut le faire le lendemain, elle n'avait pas le choix. Elle se retrouva à nouveau seule le lendemain. Marie avait toujours su qu'une chose comme ça lui arriverait un jour.

— Je vous ai dit que si je vous revoyais il y aurait du grabuge. Je vous l'ai bien dit ?

— Oui.

— Et là je vous revois.

— C'est vrai.

— Et il y a du grabuge.

— Je sais.

— Quel âge avez-vous… Marie Lagneau ? Vos parents savent-ils ce que vous fabriquez ?

— J'entre dans ma vingt-cinquième année, répondit prudemment Marie. Mes parents sont morts.

— De quoi ?

Marie hésita.

— L'un est mort de consomption, l'autre a eu le cœur brisé.

— On ne meurt plus de ça de nos jours. Enfin si, mais ça s'appelle autrement… De quoi sont-ils morts, Marie, enfin si ce sujet n'est pas trop *pénible* ?

Mais il l'était. Pour changer de conversation plus que par réelle indignation, Marie dit :

— Je ne suis pas sûre que vous ayez le droit de me parler ainsi.

— Oh ! mais si, bien sûr que si, et vous devriez le savoir.

— Pourquoi ?

— Vous avez violé la loi.

Marie ignorait ce que cela signifiait. Sa première réaction, compréhensible dans son cas, fut de demander si la loi s'en remettrait, mais elle dit :

— Je suis désolée. Je ne savais pas. Que se passe-t-il quand on viole la loi ?

— Le trou.

Son bureau était comme son haleine ; il avait ce goût de mort et d'hôpital. Il y avait quelque chose de plus, quelque chose d'âcre dans sa saveur, la saveur des migraines et de la cire.

— Je vois, dit Marie.

— Ne vous en faites pas.

— Pourquoi ?

— Vous n'avez encore rien fait de bien grave, pas aux yeux de la loi.

Marie se détourna de lui. Ses yeux la terrorisaient : ils en savaient trop. Ils étaient d'un vert féminin, étroits et étrangement retroussés sur les bords externes. Au lieu d'être lumineux, ils brillaient d'un éclat jaune, un mauvais jaune, le jaune de l'urine et de la fièvre. À moins que ce ne soient les yeux de la loi, se demanda-t-elle, les yeux de l'autorité et du changement ? Il se leva. Il se laissait modeler par ses vêtements avec l'obéissance indifférente d'un mannequin de vitrine. Qui l'avait assemblé, qui l'avait conçu, ce mince triangle en guise de nez, cette bouche parfaitement horizontale, ces cheveux courts mais innombrables ? Il sortit un mouchoir blanc et l'agita légèrement.

— Vous pleurez, remarqua-t-il.

— Je suis désolée. Merci, dit Marie.

— Écoutez-moi. Vous avez mal commencé. Il va falloir que vous abandonniez ce genre de vie, ce genre de personnes. Vous n'êtes pas de leur monde et ils vous recracheront à chaque fois. Il faudra que vous vous trouviez un travail, un endroit où habiter. Attendez.

Il se pencha sur son bureau et commença à écrire quelque chose, très vite.

— Vous pouvez rester ici pendant un moment. Je vais les appeler. Si vous avez besoin d'aide, vous savez où me trouver. Je m'appelle John Prince. Je vous l'écris ici.

Il se redressa. Il regarda Marie dans les yeux pendant quelques secondes. Elle ne pensait pas que ce visage pût jamais sembler étonné, et pourtant c'est ce qu'elle y lisait. Elle voyait bien qu'il essayait de la situer dans son esprit.

— Vous essayez de me situer, n'est-ce pas ? demanda-t-elle, effrayée.

Il rit et dit :

— Je dispose de beaucoup de temps pour vous, Marie.

Marie et Gavin rentrèrent en métro. Gavin avait fait une déposition mais ne voulait pas en parler. Marie n'avait encore jamais pris le métro, même si Mme Botham l'avait, une fois ou deux, emmenée avec elle dans les autobus rouges. Gavin lui donna quelques avertissements laconiques, et Marie lui en fut reconnaissante. Il n'avait pas très envie de parler sur le chemin du retour, Marie non plus.

À regarder cet univers où les gens se faisaient descendre ou remonter dans des cages d'acier et enfourner à toute allure dans des tunnels, où partout les portes se fermaient en claquant, où des vents arctiques se mêlaient aux râles enflammés et poussiéreux des entrailles de la terre, on avait peine à croire à quel point la vie était délicate, combien les choses étaient fragiles. Les choses étaient faciles à rompre ; elles étaient terriblement délicates. Bien sûr, Marie venait de rompre l'ordre en violant la loi, comme elle avait rompu le dos de M. Botham. Oui, c'était elle – crac – qui le lui avait rompu. Ça ne lui serait pas arrivé sans elle. Trev irait au trou pour ça, mais Marie aussi à sa façon. L'état de M. Botham était « très grave », tout le monde l'affirmait. Marie était d'accord, mais elle se disait qu'il aurait pu être encore plus grave : elle aurait pu lui briser le cœur ou lui fendre l'âme, et il y a des gens qui en sont morts. Mais ça n'en était quand même pas moins grave. Marie avait appris par Gavin que M. Botham était poseur de moquette quand il pouvait trouver du travail. Eh bien, maintenant il ne pourrait plus en trouver ; il ne pourrait même plus en chercher. Personne ne savait si son dos se remettrait jamais. Et il était vieux, ce qui aggravait encore la situation.

La petite maison était bien consciente que les choses avaient changé ; elle n'aimait pas être examinée dans de tels moments. Elle avait l'air vulnérable et éprouvé. Il n'y avait personne, bien sûr. Mme Botham était à l'hôpital jour et nuit, au chevet de son mari ; elle buvait davantage ou du moins ne le cachait plus autant. Marie ne pouvait pas rester – à dire vrai, il n'y avait rien avec quoi rester – mais elle dit :

— Pourquoi ne pouvons-nous rester ici, toi et moi, et espérer qu'ils reviennent ?

Il la regarda à contrecœur, plein de mépris. Elle comprit qu'elle n'aurait pas dû dire ça.

— Sois sérieuse ! Nous n'avons pas les moyens de te garder. Nous ne les avons jamais eus. Nous ne sommes pas… Il n'y a pas de place ici. Tu ne comprends pas ?

— Je suis désolée.

— Où vas-tu aller ?

— Là.

Elle sortit le morceau de papier qu'on lui avait donné.

— Bon Dieu !

— Il a dit qu'il les appellerait. Il a dit que ça irait.

Gavin détourna les yeux.

— Je suppose que ça ira pour un petit moment. Je n'aimerai pas penser à toi là-dedans.

Ensemble, ils firent la valise de Marie ; il y avait quelques vêtements de Sharon et de Mme Botham qui appartenaient plus ou moins à Marie désormais. Marie aurait bien voulu emporter un ou deux livres, mais elle n'osa pas demander. Il lui dit comment arriver à l'adresse en métro. Il lui donna quatre billets d'une livre ; c'est tout ce qu'il pouvait lui donner. Il la serra très fort devant la porte, mais Marie sentit qu'il était déjà de l'autre côté ; elle s'arracha vite et dévala les marches.

Marie ne voulait pas redescendre sous terre.

Elle marcha. Au début sa valise était légère, mais elle se fit de plus en plus lourde au fur et à mesure que le temps passait. Elle demandait son chemin aux autres gens, en tendant son petit morceau de papier. Ils lisaient l'adresse et faisaient ce qu'ils pouvaient. Certains n'étaient d'aucune aide ; d'autres avaient tant de difficultés à parler qu'ils n'auraient rien pu lui dire de toute façon ; d'autres trouvaient le morceau de papier si répugnant qu'ils continuaient à avancer sans répondre.

Elle eut en chemin son premier souvenir. Le choc l'arrêta net et lui fit poser sa valise et porter la main à ses cheveux. Elle entendit un enfant crier et se retourna timidement ; elle était dans une rue paisible, qui se distinguait par son charme et sa pauvreté ; ses petites maisons se serraient l'une contre l'autre, portes et fenêtres ouvertes, et les jardins en zigzag étalaient les vêtements des familles. Elle était dans une rue paisible, mais, en ce moment, aucun endroit n'était paisible pour Marie. Elle voulait être dans un endroit qui ait la même taille qu'elle et dans une pénombre indolore, un endroit dont elle pourrait exclure le présent braillard. Mais Marie restait là, les mains dans les cheveux, et elle se souvint.

Elle se souvint comment, enfant, elle avait voulu braquer une torche électrique sur les fenêtres des autres, pour voir à l'intérieur des maisons des autres… Elle est debout sur le trottoir gris d'une colline aux maisons

identiques, le soir. On vient de fermer les grilles poin-
tues du parc de la ville ; le gardien s'éloigne, il met ses
clefs dans sa poche en jetant des coups d'œil autour de
lui. Les garçons sont tous rentrés chez eux. Ils sont à
l'abri. Ils prennent le thé dans les maisons des autres,
derrière les fenêtres d'autres gens. En tournant la tête,
elle peut regarder vers le bas de la colline jusque dans
le square. Ici, dans toutes leurs pièces, ils construisent
un rempart contre l'obscurité. Elle veut les voir, les
éclairer d'une torche, sentir les plis négligents de leurs
tapis, les fissures oubliées de leurs murs couverts de
papier peint, les ombres sur leurs escaliers. Elle sait
que c'est impossible, on ne la laisserait jamais entrer.
Elle fait demi-tour et part en courant là où elle est censée aller.

Les mains de Marie retombèrent. C'était tout : elle
ne pouvait pas se suivre plus loin. Elle leva les yeux.
Tout de suite, la rue – l'air, le présent incorrigible –
lui sembla un peu moins brillante et unanime. Elle
ramassa sa valise et s'éloigna, plus vite qu'avant, dési-
reuse de trouver sa place. Elle savait désormais qu'elle
finirait par la trouver à temps.

7

Ne craquez pas

Les jeunes femmes au Refuge de l'Église Militaire pour Jeunes Femmes ont toutes récemment eu des coups durs. Elles ont toutes eu de gros coups durs. Certaines ont craqué. (Elles ne sont pas toutes jeunes non plus.) Elles ont toutes sombré trop profondément dans la vie.

Elles ont toutes fait trop de choses trop de fois avec trop d'hommes, comme ci ou comme ça, avec celui-ci ou celui-là. Elles sont toutes là parce qu'elles ont épuisé tout ce qu'il y avait dehors : argent, amis, possibilités, toutes leurs chances. Elles ont toutes eu un coup dur et traversé un moment difficile. Certaines essaient de revenir en arrière, d'autres ont arrêté d'essayer. Ce sont des femmes déchues.

Leur position est honteuse ou pourrait être considérée comme telle. Mais ce n'est pas de la honte qu'elles ressentent. Moi, ça m'est égal. Que sont-elles censées ressentir ? Qui leur a fait ça ? Qu'est-ce que vous ressentiriez, *vous* ?

… Avez-vous jamais eu un coup dur dans votre vie ? Vraiment, un gros ? Est-ce que vous vous en remettrez ? Si vous voyez un coup dur venir et que vous ne pouvez pas y échapper, un bon conseil : ne craquez pas. Ne craquez pas !… Vous voyez venir un autre coup dur ? Est-ce qu'il va être très gros ? Si vous voyez venir un coup dur et que vous ne pouvez pas y échapper, ne craquez pas. Parce que si vous craquez, rien ne vous réparera jamais. J'ai eu un gros coup dur et je le sais. Rien. Jamais.

Donc, maintenant, Marie vivait selon les règles.

Elle se réveillait dans le sous-sol qu'elle partageait avec deux autres filles, à six heures trente précises, quand sonnait la cloche. Elle se réveillait toujours effrayée, se hâtait de rassembler ses sens éparpillés. Elle s'habillait en même temps que Trudy, une divorcée au visage aigu qui fumait cigarette sur cigarette, et ensemble elles s'ajoutaient à la queue devant la salle de bains pendant que Honey, une jeune Suédoise apathique, restait à gémir dans son lit avant de les rejoindre pour le petit déjeuner dans la salle à manger, en haut, avec les autres filles. Là, Mme Pilkington, la codirectrice venue du Sri Lanka, qui mangeait seule à une table à part, les observait furtivement d'un coup d'œil rapide. Son mari, le maigre M. Pilkington, le codirecteur, était déjà dans son bureau étouffant près de la porte, à se débattre en s'énervant dans les écritures du jour. Au moindre désordre, les filles étaient jetées dehors. Le petit déjeuner coûtait soixante pence, donc Marie buvait juste du thé.

— Tu te rendras aveugle, je te le jure, ma fille, dit Trudy.

— Pas aveugle, répondit Honey en clignant des yeux.

— Si, je te le jure. Tu ne peux pas te laisser tranquille, n'est-ce pas ? Elle ne peut pas. Telle que je te connais, tu vas probablement filer en bas pour encore un autre, non, avant de sortir. Juste comme ça, en vitesse, à tout hasard.

— Ça bon, il dit.

— Qui *dit* ? Tous ces livres de cuisine de baise que tu lis ?

— Pas cuisine. Il dit ça bon se toucher.

— Ah oui ?

— Ça bon pour la tension.

— Ah ! parce que tu es tendue, toi, nouille ? Je me demande bien ce qui pourrait te donner de la tension ! Tu passes ton temps couchée à te branler à longueur de journée.

— Je veux du travail, déclara Marie. Comment est-ce qu'on trouve du travail ?

— Ah, tu veux du travail, vraiment ? dit Trudy en se tournant vers Marie tout en hochant doucement la tête et en agitant sa jambe croisée sous la table. Je vois. Eh bien, quelle est votre profession, madame ? Quel genre de choses avez-vous faites avant ?

— Je ne sais pas encore, dit Marie qui se demandait souvent quel genre de choses elle avait faites avant, avant de casser sa mémoire.

— Oh, toi..., dit Trudy.

La beauté de Marie déplaisait à Trudy. Ça se voyait, Marie le voyait. Marie lui déplaisait parce qu'elle était mieux qu'elle. Trudy attribuait toute sa malchance au fait qu'elle n'était pas jolie. Marie la voyait souvent regarder par la fenêtre de la chambre, les yeux dans le vide, tout son regard tendu et douloureux. Marie savait à quoi elle pensait. Elle pensait : si j'avais seulement pu échanger un peu de mon intelligence pour un peu de beauté. Oh, qu'est-ce que je n'aurais pas fait si j'avais été jolie... Marie se disait que les gens avaient probablement raison de continuer à se plaindre dans leur tête de ce genre de choses. Mais elle n'était pas sûre. Est-ce qu'on pouvait changer les choses ? Il le fallait bien. Les gens ne pouvaient pas juste être en train de perdre leur temps.

Honey aussi était jolie fille. Donc, quand elle annonça qu'elle descendait et commença à s'éloigner avec sa tasse et sa soucoupe, Trudy lui cria :

— Tu vas encore t'envoyer en l'air en vitesse ! Tu vas t'user la main, connasse. Elle est fendue, ajouta-t-elle pour Marie. Cette fille est incroyable. Elle se branle à mort. Foutue branleuse !

— Je veux du travail, insista Marie. Je veux gagner de l'argent.

— Attends, petite, dit Trudy, regardant Marie de près. Un boulot, tu sais, ça prend du temps.

— Je sais.

Il fallait être dehors à neuf heures. On ne pouvait pas revenir avant midi. Le temps passait lentement dans les rues quand on n'avait pas d'argent. Le temps durait une éternité. Marie regardait les enfants jouer

au soleil derrière des barreaux. Les enfants produi-
saient tout le temps du bruit et du mouvement gra-
tuits. Elle regardait les ménagères boudinées se traîner
d'un magasin à l'autre. Les ménagères accumulaient
sombrement les marchandises jusqu'à pouvoir à peine
marcher, martyres de leurs sacs à provisions. Elle
regardait les hommes flemmarder devant les P.M.U.
ou au coin des pubs fermés. Les hommes agitaient
leur tête dans le vent et bougeaient sans contrainte,
n'ayant rien de nécessaire à faire pour le moment. Un
gros chien haletait, couché dans le caniveau asséché.
Les fourmis sortaient des fissures et dessinaient des
lignes compliquées sur le trottoir inégal. Les grosses
créatures blanches du ciel étaient ravies par des journées pareilles. Elles étaient toutes là. Aucune n'était
restée en arrière.

Marie cherchait du travail. Elle ne savait pas si
pour en trouver il fallait circuler ou rester immobile.
Où était-il ? Qui le donnait ? Elle avait tout ce temps
à vendre mais ne savait pas qui voudrait l'acheter.
Elle pensait au travail qu'elle avait vu faire à d'autres
gens et les différentes sortes de temps qu'ils avaient à
vendre. Ils étaient tous passés maîtres en talents mystérieux. L'épicier aux étalages bosselés, au tour de
main adroit pour fermer les sacs en papier, à l'appareil épileptique, sorte de mille-pattes qui lui donnait
de l'argent ; mais lui avait de la nourriture à vendre
(posée en couches comme des munitions dans une
grotte), en plus de son temps. Le contrôleur d'autobus, qui gravissait sa journée à la force du poignet,
informait les voyageurs à grands cris de ses progrès,
dévidait le papier coûteux de sa machine à côté de

son sac d'argent : mais outre son temps, il avait le bus qu'il partageait avec l'homme assis devant, et le voyage qu'ils vendaient. Qui payait le balayeur des rues pour son dos cassé, les éboueurs qui ressemblaient à des gladiateurs avec leurs perches et leurs boucliers, le policier et sa pavane lucrative ? Ils étaient tous payés par quelqu'un. Il n'y avait que les vagabonds qui choisissaient de gaspiller leur temps précieux... Quand elle marchait dans les rues, Marie levait souvent les yeux sur les canyons pailletés et se sentait exclue par ces vitres quand elle voyait les gens, là-haut, derrière les grandes fenêtres, tout absorbés par les affaires du ciel.

Marie déjeunait parce que c'était ce que tout le monde faisait à l'heure du déjeuner. L'après-midi, on pouvait rester dans la salle commune à condition d'y être tranquille. Les filles écrivaient des lettres, courbées sur la table, ou tricotaient des choses, ou restaient assises à regarder bouger la poussière. La journée s'abattait déjà sur elles, les réduisant à elles-mêmes, pénétrant leur vide... On pouvait lire les livres du placard si on les y rangeait. Marie les lut tous. Les filles dans les livres du placard étaient des parodies méprisantes des filles condamnées à les lire. Alexandra épouserait-elle le vieux Lord Brett ou le jeune mais peu fiable Sir Julian ? Quand Bettina va vivre à Farnsworth, tous les Boyd-Parington sauf Jeremy la traitent avec mépris jusqu'à ce qu'elle sauve le petit Olivier de la noyade et se révèle être finalement une héritière. Pavillons de chasse isolés, postillons, chevaux crevés, forêts, serments, larmes, baisers, cœurs brisés, promenades en barque au clair de lune, bonheur éternel. Comme beaucoup d'histoires, elles se terminaient quand arrivait le mariage ; mais on y restait toujours indifférent. Elles confirmaient une chose que d'autres livres ne faisaient que vaguement soupçonner : que les histoires étaient des mensonges, imaginés pour de l'argent, du temps vendu.

Puis, le soir, les filles se regroupaient ici et dans les escaliers et dans leurs chambres. Elles ne parlaient que de chance et du fait qu'elles n'en avaient jamais eu. On parlait bas. Si seulement je n'avais pas, s'ils ne faisaient pas, si c'était possible… Des hommes avaient donné des bébés à certaines et, ensuite, elles se les étaient fait enlever par d'autres. Elles parlaient tout le temps de ces bébés qui étaient passés entre leurs mains et comment, si elles pouvaient jamais les récupérer ou s'en faire donner d'autres, elles les traiteraient bien cette fois et ne les négligeraient jamais et ne se battraient plus avec eux. Certaines filles se battaient sans cesse avec leur homme et perdaient toujours. Elles en portaient les marques. Pourquoi un homme se battait-il avec une femme ? se demandait Marie. Il gagnait forcément. Il ne se battait pas, il faisait juste du mal, de la casse. Les filles parlaient des hommes avec qui elles s'étaient battues, certaines avec peur et une grande haine, d'autres avec langueur, d'autres avec un vague regret hagard pour cette forme d'attention sans équivoque sinon sans plaisir, comme si un œil au beurre noir était un emblème précieux pour elles. Certaines étaient prostituées ou essayaient de l'être. La plupart n'y réussissaient pas très bien apparemment. Elles étaient prêtes à offrir leur corps aux hommes pour un certain prix ; mais les hommes ne pensaient jamais qu'elles valaient ce prix. Donc elles offraient leur corps pour rien à la place. Marie les observait de près, ces adeptes des hommes, de l'acceptation et du temps. Elles parlaient des choses que l'argent pouvait acheter comme si l'argent était un jeu, un truc, un mot. Certaines filles étaient soûles. Elles parlaient de… Marie savait déjà de quoi parlaient les ivrognes. Elle savait tout des ivrognes. Elle savait ce que faisaient les ivrognes.

Mais elle ne savait pas si elle échapperait jamais à ces gens, ces gens qui sombraient trop profondément dans la vie et puis remontaient du fond de l'abîme pour venir vous chercher et essayer de vous entraîner sous l'eau, là où vous finiriez par étouffer ou vous noyer. Atteindrait-elle jamais l'autre bord, celui auquel Prince avait fait allusion, là où l'argent n'avait pas d'importance et où le temps passait tranquillement ? Elle regardait ces filles et elle savait qu'il y aurait toujours ces autres gens là-bas, toujours là-bas, et qui voudraient toujours la ramener parmi eux, les perdus, les détruits, les brisés, les effacés. Elle pensait : je ne dois pas descendre trop loin dans la vie. Je dois rester dans les hauts fonds. Je dois rester à la surface. Il est trop facile de sombrer et trop difficile de remonter après.

La nuit, après l'extinction des feux, Marie écoutait avec un sentiment de soulagement la routine de Honey et ses vocalises simplettes d'abandon et de libération. « Je finis bientôt ! » implorait-elle en réponse aux reproches d'une véhémence imprévisible de Trudy. Le plaisir de Honey était réel et Marie approuvait ce plaisir. Mais il l'inquiétait aussi. Marie avait secrètement essayé la technique elle-même, mais sans succès. Elle ne trouvait rien sur quoi se concentrer. Son esprit désœuvré se mettait à penser à autre chose.

— À quoi penses-tu quand tu le fais ? demanda-t-elle un jour à Honey.

— Des beaux hommes, dit Honey avec un regard ravi.

Son sourire prenait une insipidité presque angélique dans de tels moments.

— Des hommes beaux et forts.

— Oh, je vois, dit Marie.

Cette nuit-là, Marie essaya de penser à Gavin et M. Botham. Ça ne marcha pas. Et elle continuait malgré elle à penser à Trev, ce qui n'aidait pas non plus. Voilà ; on ne semblait pas pouvoir contrôler le cours de ses pensées. Toute cette activité était visiblement une des choses les plus étranges que faisaient les autres.

— À quoi penses-tu quand tu penses aux hommes beaux quand tu le fais ? demanda-t-elle à Honey le lendemain.

— Je pense à Keith. C'est mon préféré. Et à Helmut. Ils me fouettent, dit Honey avec un sourire furtif. Et ils me font faire toutes ces choses terribles. Keith me prend par derrière et Helmut met son…

— Oh ! je vois.

Honey leva des yeux doux et dit :

— Je le fais à toi si tu veux.

— Non, ça va, dit Marie. Mais c'est très gentil de ta part.

— T'en fais pas, il n'y a pas de quoi.

Dès qu'elle fut seule dans la chambre, Marie feuilleta les brochures de Honey : *Aimez-vous vous-même, Être une Femme, Fantasmes érotiques féminins.* Elle comprit vite : c'était un jeu de mémoire. Maintenant elle savait pourquoi elle ne pouvait pas y jouer.

Marie se demandait si elle l'avait jamais fait avant, quand elle était vivante. Était-elle allée dans une chambre quelque part, avait-elle enlevé tous ses vêtements et s'était-elle ouverte à ce point ? En avait-elle *eu envie* ? Et qui d'autre était là à ce moment ? Elle ne se souvenait pas : ça aurait pu être n'importe qui. Trev avait dit qu'elle l'avait déjà fait. Trev savait ce qu'il disait, Marie n'en avait jamais douté. Mais il n'en restait pas moins difficile de croire qu'elle pût jamais avoir envie de le refaire.

Le septième jour, la lettre arriva.

— C'est pour toi, dit Trudy.

Marie était assise et buvait son thé du matin. Elle regarda l'enveloppe blanche, le nom et l'adresse. Oui, Trudy avait raison. C'était pour elle.

— Ça vient d'un *homme* ? demanda Honey.

— Bien sûr que ça vient d'un *homme*, s'écria Trudy. Regarde au dos.

Poussée par leurs regards, Marie tourna l'enveloppe. Elle lut, écrit en petits caractères noirs : « Soyez seule quand vous ouvrirez cette lettre. »

— Je l'avais bien dit, soupira amèrement Trudy.

Marie descendit et s'assit sur son lit. En attendant que sa respiration s'apaise, elle inspecta l'enveloppe, avec grand calme, lui sembla-t-il. Elle avait vu d'autres gens ouvrir des lettres, mais cela se révéla beaucoup plus difficile que ça n'y paraissait. L'enveloppe sautait et se tortillait dans ses mains, et il se produisait sans cesse d'infimes déchirures à chaque fois qu'elle essayait d'en libérer la lettre. Elle finit par perdre son calme et l'arracha brutalement.

La lettre se déchira, juste au milieu. Marie comprit qu'elle avait fait une chose terrible. Elle poussa un gémissement et rapprocha les deux morceaux de papier rose et les aplatit sur la couverture. La lettre ne disait pas grand-chose. Elle lut :

Chère Mademoiselle Lagneau,

Est-ce que ça va si je vous appelle ainsi ? Je veux dire, est-ce exact ? Je vous ai dit que je vous avais déjà vue, n'est-ce pas ? Ne vous en souvenez-vous pas ?

Bien sûr, j'aurais pu me tromper. Mais restez dans les parages pendant que je regarde ça de plus près. Je vous contacterai.

Bien amicalement,

JOHN PRINCE.

Marie lut et relut la lettre plusieurs fois. Elle n'y comprenait toujours rien. Instinctivement, elle tourna la moitié inférieure de la feuille rose. Il y avait d'autres choses écrites. Elles décrivaient une certaine Amy Hide (26 ans, 1,70 mètre, brune, anglaise, aucun signe particulier), qui avait récemment disparu. La police pensait qu'elle avait été assassinée, mais sans en être absolument certaine. Marie prit la moitié supérieure de la lettre. Elle la retourna. Il y avait la photo d'une fille. C'était Marie.

8

Arrêtée net

C'était Marie. Vraiment ? Oui... c'était Marie, Comment était-ce possible ?

Tard dans la soirée, dans la salle de bains du sous-sol, bien longtemps après l'extinction des feux, Marie était debout devant la glace et tenait la lettre rose levée à hauteur de son visage. Au-dessus d'elle, une ampoule nue brûlait dans sa poussière.

C'était Marie. Mais c'était une Marie plus *âgée... Ce* visage la regardait avec défi, on lisait peut-être même l'ébauche d'un rictus ou d'un ricanement dans le coin gauche relevé de sa bouche. La bouche elle-même était plus molle que celle de Marie, barrée de plus de plis là où les lèvres se séparaient. La verrue sous sa tempe droite était là, mais du mauvais côté. Et les yeux... Ce n'étaient pas ses yeux. Les yeux étaient morts, ils étaient blasés, ils étaient sans curiosité, ils étaient vieux. Ceux de Marie s'écarquillèrent. Le demi-sourire sur la photo sembla un instant s'élargir, devenir un vrai sourire, pour admettre Marie. Elle cligna des yeux et regarda à nouveau. Le sourire s'était effacé, mais maintenant les yeux la fixaient triomphalement. Elle porta la main à son front et laissa vite tomber la lettre. Elle s'écarta du miroir. Elle savait où était la vraie différence : le visage de Marie – Marie le croyait, Marie aimait à le penser – était un visage bon, le visage de quelqu'un de bon. Mais le visage de la fille de la photo...

— Oh, mon Dieu, qu'est-ce que j'ai fait dans ma vie ? s'écria Marie.

Toute la journée, la nausée avait essayé de grimper à la corde dans sa poitrine. Maintenant, avec soulagement, humiliation, terreur, elle s'agenouilla sur le sol de la salle de bains et, secouée de spasmes répugnants, elle vomit, vomit à s'en vider, vomit à en mourir. Elle ne pouvait pas se débarrasser d'assez d'elle-même. Elle vomit pendant si longtemps qu'elle eut peur que son cœur tombât, tombât et se cassât.

Désormais elle attendait chaque matin de nouvelles informations sur elle-même, mais rien ne vint. Rien ne vint, rien ne se produisit.

Le temps passait si lentement. Elle n'avait plus d'argent pour aider le temps à passer. Il fallait de l'argent pour faire passer le temps : c'est comme ça que l'argent l'emportait sur le temps. Et le temps prenait une éternité.

Marie relut tous les livres. Elle lut les prospectus religieux étalés sur la table du hall. En gros, comme les brochures de Al. Anon., ils disaient que tout finissait bien même si ça n'en avait pas l'air. Nous avions tous une deuxième chance dans la vie et pouvions facilement être rachetés. Il en avait toujours été ainsi depuis la Chute de l'Homme, quand l'homme était tombé et s'était cassé. Mais il ne fallait pas s'inquiéter. Dieu s'occuperait de tout. Les filles parlaient beaucoup de Dieu ou du moins elles Le mentionnaient souvent, Lui et Son Fils. Et ça ne semblait pas leur faire tant de bien que ça.

— Je me demande bien à quoi vous pouvez penser, toutes tant que vous êtes, les trois quarts du temps, disait Mme Pilkington. Vous perdez tout, vous arrivez ici, vous n'avez rien.

Marie était d'accord avec elle, à tout point de vue.

— Vous dites que vous ne connaissez pas votre numéro de sécurité sociale.

— C'est vrai.

— Vous n'avez aucune idée si vous êtes à jour pour vos impôts.

— Aucune, non.

— Où donc sont vos papiers ?

— J'y renonce, dit Marie sans réfléchir. Où sont-ils ?

— Et ne vous moquez pas de moi. Vous dites que vous voulez du travail, ça vous prendra longtemps de trouver du travail. D'abord vous devez faire tout ça. (Elle tapa la pile de formulaires d'un doigt menaçant.) Là. Remplissez-les tous.

Elle retourna à son travail et ajouta sans lever les yeux :

— Vous n'avez pas le droit de rester ici plus de trois mois, vous savez.

— Trois *mois* ? demanda Marie.

Elle s'assit dehors, en larmes, sur le banc en plein vent. Elle passait pas mal de temps comme ça les derniers temps. Elle reposa le dernier formulaire sur ses genoux. Elle était incapable de les lire. Elle était capable de lire *Timon d'Athènes*, mais elle était incapable de lire ça. Aussi lentement qu'elle aille, même si elle ânonnait dans sa tête, comme une idiote, à la manière de Honey concentrée sur *Aimez-vous vous-même*, ces mots ne débouchaient sur rien ; vains et repus, ils regorgeaient de bonnes choses qui lui étaient narquoisement refusées. Marie voulait sortir d'ici et vivre à un autre niveau ; mais ses mots ne l'y aideraient pas. Ils avaient été rassemblés dans un seul but : la garder prisonnière.

Aucune nouvelle ne venait. Marie cherchait des nouvelles dans la glace. Elle jouait au jeu du miroir. Marie Lagneau commençait à bien connaître Amy Hide maintenant.

Marie était-elle Amy, ou avait-elle été, à un certain moment, Amy, et jusqu'à quel point ? Amy avait fait des choses. Jusqu'à quel point, et avec quel degré d'automatisme, Marie les avait-elle faites aussi ? Est-ce que ça avait de l'importance ? Quelle autorité y avait-il ? Dieu ? Prince ? Qui s'en souciait ?

Marie. Elle s'en souciait. Elle s'enfermait dans la salle de bains et se regardait dans la glace. Elle voulait se conduire comme il faut et elle ne croyait pas qu'Amy ait pu se conduire si mal que ça si Marie venait en quelque sorte d'elle. Peut-être qu'il y avait en toute fille deux filles… Marie se regardait dans la glace. Elle n'avait pas l'air trop mal. Au contraire, elle avait plutôt l'air bien. Regardez le blanc de ses yeux, purs comme des blancs d'œuf, l'angle net de son nez ; les dents prêtaient parfois refuge à de petites poches de décoloration, mais le rose intime de ses gencives était tendre et uni ; et la courbe de ses lèvres s'encadrait bien dans l'ovale lisse de son menton… Alors qu'elle se détournait de la glace, elle vit l'ombre d'un sourire du génie omniscient qui vivait de l'autre côté du miroir. L'image vacilla : il y eut un chaos là-bas, quelque part. Marie continua à fixer le miroir. Ses yeux combattirent de toute leur lumière jusqu'à ce qu'ils aient soumis ce qui se cachait de l'autre côté du miroir, quoi que ce soit. Mais elle savait, en s'éloignant, que la chose qui s'y cachait se recomposerait calmement et reprendrait son attente de ce qu'elle pouvait bien attendre.

Ses rêves changèrent. Ses rêves cessèrent, ou du moins elle crut qu'ils avaient cessé. Les rêves comportent des variantes, et les siens n'étaient plus variés. Les nuits étaient toutes pareilles maintenant, comme les jours.

Pendant les premières heures, elle était couchée et laissait bouillonner dans sa tête le contraire du sommeil, des pensées brutales, des pensées blessantes, des pensées qui ne se souciaient pas de savoir si elle pouvait les supporter ou non. Puis le sommeil commençait, et c'était toujours pareil.

Amy courait à travers un ciel noir. Amy volait : elle pouvait aller où elle voulait aussi vite qu'elle le voulait. Elle n'était pas terrifiée par ce qui la poursuivait ; elle se retournait même parfois et poussait un hurlement de rire provocant et fiévreux. Elle était poursuivie par une bête. Elle était noire, bien sûr, une panthère peut-être, mais elle avait les défenses jaunes et la tête carrée et massive d'un sanglier. Amy laissait souvent son poursuivant s'approcher beaucoup avant de changer de direction. Ravie, elle décrivait ce virage aigu avec une telle légèreté que la bête continuait longtemps sur sa lancée avant de tourner en un grand arc de cercle pesant, puis de se redresser à nouveau sur sa piste, sa foulée mécanique et égale s'accélérant dans l'obscurité derrière elle. Elle tournait à nouveau, mais cette fois la bête passait seulement à quelques centimètres d'elle, et elle sentait la bouffée brûlante de rage attisée et l'odeur de salive et de gencives enflammées. Tantôt elle était Marie et tantôt elle était une proie. Soudain le terrain noir était un tunnel étroit et elle courait à une vitesse si désespérée qu'elle semblait sur le point de se dépasser, les membres semblables à des roues d'or, les cheveux comme une crinière de nerfs. La bête la suivait en faisant des bonds extraordinaires. Marie s'attendait à tout moment à sentir son étreinte et son poids tout le long de son dos, à être jetée à terre tandis que des pattes se frotteraient sur son visage. Alors elle ralentissait sa course pour accélérer le dénouement, elle s'arrêtait net pour faire venir la suite plus vite, et la bête prenait le virage. Pressée et méprisante, elle faisait voler le corps de Marie en flammes de sang. Elle se réveillait alors, l'esprit déjà bouillonnant de pensées qui ne se souciaient pas de savoir si elle pouvait les supporter. Cela se passait chaque nuit, chaque nuit. Pourquoi ?

Parce que c'est une des façons dont le passé vous revient, le passé contrariant, infatigable.

Vous savez, n'est-ce pas, que vos torts oubliés ne cesseront jamais de caféiner vos pensées ?... Comment est votre sommeil ? Pouvez-vous lui faire confiance ? Est-ce que tout est raisonnablement tranquille par là ? Où est-ce que ça gonfle, est-ce que ça va exploser ? Est-ce que tout remonte pour vous faire payer ?

Oh là là... il m'arrive de me réveiller au milieu de la nuit et il n'y a rien. Je suis une dent morte dans les mâchoires du monde vivant. Seulement mon esprit n'est plus de mon côté. Il est le prince de l'autre côté... Marie : comprends bien la prochaine fois, conduis-toi bien la prochaine fois. Ô Marie, prends soin de moi, chérie !

Avant, je pensais que rien ne valait le présent. Avant, je pensais qu'il n'y avait rien d'autre que le présent. Maintenant j'ai trop d'expérience ou du moins une expérience différente : le passé finira toujours par être là. Il n'y a que le passé : le présent ne dure jamais assez longtemps et le futur est matière à conjecture. Avec le temps, c'est toujours le passé qui l'emporte. Il finit toujours par vous faire payer.

Toutes ces filles, ces filles perdues, elles voulaient juste une deuxième chance, elles cherchaient juste une perche. C'était aussi ce que cherchait Marie. Et elle en trouva une.

Il était midi. Elle déambulait dans les rues selon une sorte d'errance à moitié concertée, sans autre préoccupation consciente que celle d'éviter ses chemins familiers, ses points d'appui connus sur la grille de la cité. Elle s'engagea dans une zone abritée et agitée de maisons délabrées et de magasins caverneux. Des hommes et des femmes courbés étalaient leurs biens sur des étalages nus dans la rue, et des passants ajoutaient leurs voix aux sons du commerce balbutiant et des échanges informels. Tout là-haut, une rue surélevée se découpait sur la luminosité du matin froid comme une passerelle récemment ouverte vers le ciel. Même les gras flemmards blancs suspendus dans les airs plongèrent pour voir de plus près ce qui se passait... Oui, bien sûr, pensa Marie, et je ne dois jamais l'oublier : la vie est intéressante, la vie est bonne, tout ce que l'on regarde est secrètement plein de choses essentielles. Elle tourna à un autre coin de rue et vit une grande vitrine sombre : la fenêtre avait un message pour elle, mais à ce moment, un camion qui fonçait joua un tour avec le soleil et les mots furent effacés par une plage de lumière. Elle attendit et le message réapparut, avec une clarté moindre mais néanmoins insistante. C'était un écriteau. Elle lut : On recherche serveuse.

— La police ? se demanda Marie en pensant à Prince et son bureau.

Elle s'approcha et lut : On recherche serveuse. Besoin urgent. Renseignements à l'intérieur.

Marie entra se renseigner. Avant que ses yeux ne se soient habitués à l'obscurité, un jeune homme l'avait dévisagée entre deux bâillements, s'était renversé dans son fauteuil pour échanger des signes avec une femme derrière le comptoir, puis avait demandé à Marie si elle pouvait commencer le lendemain. Marie dit que oui et se préparait à partir avant que quoi que ce soit ait le temps de mal tourner.

— Attendez ! cria-t-il. Vous ne voulez rien savoir de plus ? Combien vous serez payée ? Vos heures ?

— Oh si, je vous en prie, dit Marie.

— De huit à sept et les dimanches libres.

— … Et je serai payée… ?

— Nous en parlerons demain. Je m'appelle Antonio, mais vous pouvez m'appeler M. Garcia. Comment vous appelez-vous ?

— Marie Lagneau.

— Très bien, Marie. À demain matin, huit heures pile.

— Je n'ai pas de numéro de sécurité sociale ni rien, avoua-t-elle rapidement.

— Et alors ? dit M. Garcia. (Il bâilla à nouveau.) On s'en fout de ces conneries.

Marie redescendit la rue. Elle était très optimiste. Elle savait ce que faisaient les serveuses et elle savait que ce n'était pas sorcier et qu'elle ne s'en tirerait pas plus mal qu'une autre.

9

Champ de force

Le pâle Alan était assis dans son petit bureau de l'autre côté de la cuisine. Il regardait par la fenêtre et s'inquiétait des progrès de sa calvitie.

Marie l'observait avec attention. C'était très intéressant. Toutes les dix ou douze secondes, la main d'Alan quittait le bureau et, par saccades, timidement, comme si elle n'était que sous un contrôle nominal de son maître, rampait jusqu'à sa tête pour mordiller les cheveux d'Alan. Ensuite, et avec une expression de contrariété aiguë, il inspectait le contenu de sa paume et ses lèvres décolorées se contractaient doucement ; puis il secouait le tout avec un geste écœuré et rabattait brusquement sa main sur le bureau. Dix ou douze secondes passaient et le tout recommençait.

Discrètement, Marie fit à ses cheveux ce qu'Alan faisait sans cesse aux siens. Ce n'était pas la première fois, et elle n'obéissait qu'à sa curiosité naturelle. Sa main lui rapporta le tortillon frémissant de lumière,

111

qu'elle laissa tomber comme il se devait sur le sol de la cuisine. Mais cela ne dérangea pas Marie comme cela dérangeait le pâle Alan. Pour ce qui était des cheveux de Marie, elle en avait à revendre. De plus, ses cheveux étaient visiblement de bonne qualité, cela valait la peine de les avoir, c'était évident. Alors que ceux d'Alan étaient emmêlés, desséchés, comme du mauvais maïs et en quantité relativement limitée. Selon Marie, le plus tôt les cheveux d'Alan seraient tous partis ou usés, le mieux ce serait. Il n'aurait plus à se les arracher. Et après tout, on n'avait pas besoin de cheveux, non ? Beaucoup de gens se débrouillaient très bien sans. Alan ne voyait pas les choses ainsi, cependant, et Marie souffrait au moins autant que lui à le voir tant souffrir. Elle voulait lui dire d'arrêter de se les arracher s'il y tenait tant. Mais elle n'en faisait rien. Elle savait que l'idée même d'aborder de près ou de loin un sujet capillaire terrifiait le pâle Alan.

— Hé, le déplumé !

Marie sentit le choc de l'air poussé par les portes battantes et entendit le râlement comique des assiettes sales. Elle se tourna, et Russ entra nonchalamment dans la cuisine, Russ aux épaules dégingandées, à la démarche de guingois, moulé dans son tee-shirt noir de frimeur, son jean massif et ses chaussures bizarres qui ressemblaient à une paire de rats écrasés. Marie avait nettement l'impression que ces rats étaient loin d'être satisfaits de leur rôle dans la vie et semblaient toujours songer à revenir se venger.

— J'ai dit : Hé, le déplumé !

— *Oui*, répondit Alan, tendu sur son bureau.

Russ passa derrière Marie, si près qu'elle put sentir la vibration agréable de son champ de force et, étendant un bras avec art, il fit dégringoler un squelette d'assiettes blanches dans son évier. Marie se tourna vers lui et lui sourit. Marie n'avait encore jamais rencontré personne comme Russ. Mais il faut dire que Marie n'avait encore jamais rencontré personne qui lui rappelât quelqu'un d'autre.

— Non, mais regardez-moi ça, murmura Russ en appuyant ses lèvres charnues sur le cou nu de Marie.

Dans la cuisine, elle relevait ses cheveux comme le lui avait conseillé avec dédain Mme Garcia. Russ recula brusquement, tête baissée, et leva les bras comme gêné par des applaudissements injustifiés.

— Non, non, protesta-t-il. Je ne veux pas te faire rêver. J'ai déjà brisé suffisamment de cœurs pour savoir à quoi m'en tenir.

Il s'avança de nouveau, en frottant un index dressé derrière son oreille.

— Vois-tu, petite, je ne suis pas sûr que tu sois assez jolie à mon goût. Dans l'ensemble, je suis, disons, un peu mieux que toi. Oh mon Dieu, Marie, ne pleure pas ! Oh mon Dieu, je t'en prie, ne pleure pas !

Marie avait presque toujours envie de pleurer quand il lui disait de ne pas le faire. Il le disait si gravement.

— Accroche-toi quand même, petite, hein ? Il n'y a pas de mal à espérer ! On ne sait jamais quand la chance va sourire, si le temps reste aussi chaud. Voilà, je vais te dire une chose : ça ne me dérangerait pas de t'assassiner. Tu vaux bien la peine d'être assassinée, je te l'accorde.

Marie ne soufflait mot. Ce n'était pas la peine. Russ parlait souvent d'assassiner des filles, et si nonchalamment que Marie commençait à se demander si c'était une chose aussi grave que ça, après tout. Selon l'échelle de valeurs de Russ, il était mieux pour une fille de valoir la peine d'être assassinée que non. « Vaut même pas la peine d'être assassinée » était le pire qu'on puisse dire d'une fille, et Marie était soulagée qu'il ne la considère pas aussi minable que ça.

Russ fit brusquement volte-face au centre de la pièce.

— *Va te faire foutre, chérie*, hurla-t-il, à la cantonade, tout en sortant habilement un peigne du fond de son jean, *tu ressembles juste à Brigitte Bardot !*

Il se cambra en arrière devant le miroir poussiéreux pendu au mur puis se plia soudain en deux et s'écarta d'un bond comme si des mains invisibles essayaient d'attraper sa ceinture.

— Bas les pattes, Sophia, lança-t-il durement en guise d'avertissement.

Il se redressa.

— Ah !

Il se plia de nouveau. Il tentait d'agripper le fantôme monté sur son dos.

— Ah ! Raquel ! Veux-tu... descendre... de mon... foutu...

Il jeta le fantôme par-dessus son épaule et l'envoya à terre où il le roua de coups de pied. Radouci, il rectifia le pli de son jean et se pencha à nouveau devant le miroir.

— Putain, tous ces cheveux, dit-il en les tapotant et en y passant les deux mains. D'où est-ce qu'ils peuvent bien venir ? Voilà ce que je voudrais savoir. Tu vois, dit-il en se tournant vers Marie et en brandissant son peigne dans sa direction, tu sais ce qui me tue vraiment ? Tu sais où part tout mon argent ? En coupes de cheveux ! Parole, je te le jure. Cheryl me dit de les laisser pousser, mais Farrah les préfère courts. Qu'en penses-tu, Marie ?

— Russ, dit Alan.

Russ continua à se peigner.

— Qu'est-ce que je peux faire pour toi, déplumé ?

— Je te jure que je vais finir par te tuer un de ces quatre, dit Alan de sa voix cassée et hésitante.

Puis il ajouta nerveusement :

— Espèce de gros porc.

— Oh non, ne fais pas ça, Al. Ne me tue pas, je t'en prie. Soutenez-moi, quelqu'un, gémit-il. Mes jambes me lâchent. Gros ? *Gros ?*

Il se redressa d'un bond, les mains à plat sur son estomac.

— Il n'y a pas un gramme de graisse superflue sur ce superbe spécimen. Si je suis si gros que ça, comment se fait-il que toutes ces stars de cinéma me courent après ? Hein ? Hein ? C'est pas après toi qu'elles courent, hein, oh ça non ! Et tu sais pourquoi ? *Parce que les chauves les dégoûtent.* Voilà pourquoi.

— Russ, dit Alan, et il ferma les yeux.

— Attends, Al, tu n'as pas entièrement tort. Ma bite. Là oui, ma bite est un peu trop grosse. Non, continue, je le reconnais. Les stars de cinéma, elles me disent toujours : Russ, mon chou, je suis folle de toi, mon grand, mais ta…

— *Russ*, dit Alan. Qu'est-ce que tu veux ? Hein ?

Russ jeta un coup d'œil à Alan qui était maintenant debout dans l'embrasure de la porte de son réduit, blanc comme un linge, puis à l'horloge au-dessus de la tête de Marie. Il était six heures moins dix.

— Ah oui, le vieux Pedro Paella, là-bas, dit qu'il veut les factures tôt ce soir.

— Quand ?

— Avant six heures, je crois.

— Bordel de merde, Russ, s'exclama Alan en s'enfonçant à toute vitesse dans son bureau.

Russ se mit à siffler, perçant les oreilles, puis, tout en rajustant la ceinture de son jean, il revint nonchalamment vers Marie. Il se tut. Doucement, il lui entoura la taille de son bras. Hochant du chef, il regarda Marie laver une assiette, puis une autre, puis une autre.

— Dis, tu m'emmènes toujours boire un verre samedi soir ? chuchota-t-il d'une voix rauque.

Marie acquiesça.

— Il faut que tu me le promettes solennellement : tu ne vas pas essayer de me soûler, hein ? Tu n'essaieras rien du tout.

— Promis.

— Voilà une bonne petite. Tiens.

Il mit un doigt sous son menton et tourna sa tête pour qu'elle soit en face de lui. Il la regarda longtemps, sourcils froncés, sans plaisanter, pour la juger.

— Tu sais, peut-être bien que tu es assez jolie pour moi. Peut-être bien que j'aurais l'air bien sur toi. Peut-être bien que tu es dans ma catégorie...

Il continua à l'observer pendant encore quelques secondes, puis il ferma les yeux et secoua la tête.

— Non, dit-il. Non, vraiment pas.

Russ sortit entre les portes battantes qui crépitaient. Marie se remit à sa vaisselle. Alan travailla à son bureau avec une frénésie tranquille pendant neuf minutes puis, à son tour, il sortit en trottant. Il revint peu après. Marie n'eut pas besoin de se tourner pour savoir que c'était Alan. Son champ de force était très différent de la chaleur humaine que dégageait Russ. Il était fait de désir et d'excuse et d'une immense hésitation. Pendant un instant, elle sentit l'air bouger derrière elle, comme si Alan se tordait maintenant en gestes élaborés, des gestes d'appel et de supplication, mais elle savait que ce n'étaient que ses yeux qui lui balayaient le dos.

Après avoir passé cinquante heures en sa présence, Alan était tombé amoureux de Marie, j'en ai peur, je suis désolé de le dire, mais c'est vrai. Eh oui, Russ est plus difficile à percer. Son champ de force produit plus d'opposition dans toutes les directions. Mais Alan est tombé. Il pense tout le temps à Marie. Tout ce qu'elle fait blesse son cœur.

Si vous lui demandiez quand c'est arrivé, il vous dirait que ça a été le coup de foudre. Il avait eu le coup de foudre pour son visage, le rose pulpeux de ses lèvres, le volume de ses cheveux noirs brillants, ses yeux et leur lueur d'attente sensible. Il aimait la façon dont elle se tenait, les bras croisés, et acquiesçait, répétait oui à M. Garcia et ne se plaignait pas de toute la vaisselle. Il aimait la façon dont elle se mettait au travail sans accorder trop de son temps à Russ qui frimait comme d'habitude… Alan est tombé. Même le sombre psycho-drame de la chute des cheveux n'est plus qu'une intrigue

secondaire dans le poème héroïque de ses pensées :
Marie Peut-Elle Aimer Un Homme Complètement
Chauve ? Il pense tout le temps à Marie. Le temps et
Marie sont la même chose. Elle blesse son cœur. Il a
peur qu'elle soit trop bien pour lui. Il a peut-être rai-
son. Le pâle Alan est très, très inquiet.

Et moi aussi. L'amour. Être amoureux. Tomber
amoureux des autres. Êtes-vous amoureux, est-ce de
l'amour, êtes-vous en train de tomber ? Si vous tombez, vous risquez de vous écraser, vous risquez de vous
casser. Tombez, mais ne vous écrasez pas, ne vous cas-
sez pas ! Et ne vous fiez pas au mot, ne *tombez* pas.
L'amour n'est que le sentiment le plus fort que vous
puissiez éprouver, c'est tout. Ne laissez jamais personne vous dire que ce que vous éprouvez n'est pas
de l'amour (ne tombez pas dans ce piège-là) si c'est
le sentiment le plus fort que vous puissiez éprouver.
L'amour n'est rien en soi. L'amour n'est rien sans vous
pour le ressentir.

Vous savez ce que je voudrais ? Je voudrais que
Marie connaisse mieux le *sexe.* Pourquoi ? Parce que
ça prend du temps d'apprendre. C'est l'unique chose
qu'on ne peut apprendre qu'avec le temps.

Marie aimait son travail.

Elle aimait la façon dont tout le monde connaissait
tout le monde, les signaux familiers du matin et du soir,
le sentiment d'appartenir à un tout qu'accompagne la
sensation du temps allégé, les angles estivaux du soleil
sur les assiettes essuyées.

— Ah, voilà ma petite Marie, disait le vieux M. Garcia du fond du vestiaire étriqué près de la porte d'entrée.

Le vieux M. Garcia parlait avec tant de difficultés qu'il semblait parfois dire des choses comme : « Comment bats-tu ? » ou « Tuez-la », mais il ne lui voulait pas de mal. Au contraire, souvent il la rassurait gentiment d'une caresse sur les hanches ou les fesses, il lui massait méditativement les seins de la paume des mains. Il faisait cela voûté, sans montrer de curiosité, en riant dans sa barbe, comblé, et Marie lui souriait toujours le plus chaleureusement du monde avant de se hâter de passer dans la salle basse du café.

La vieille Mme Garcia était déjà affairée derrière son comptoir, tandis que le languide Antonio était immanquablement en train de somnoler ou carrément endormi dans un coin sombre où il s'était recroquevillé. Parfois il dormait sur une rangée de chaises ou, plus innocemment, à plat sur une des tables du fond, comme un enfant. Aujourd'hui il était debout près du chauffe-tartes et se frottait les yeux avec les poings. Il la regarda avec un sourire narquois. Marie se demandait pourquoi M. Garcia et le jeune Antonio aimaient tant la regarder. Ils aimaient tant la regarder qu'ils aimaient même la regarder quand elle était aux toilettes. Ils avaient un petit trou dans le mur qu'ils utilisaient tous les deux. Marie était intriguée qu'ils aiment tous deux la regarder dans des moments tellement peu ragoûtants et généralement plutôt honteux. Un jour, après des visites consécutives, elle leur dit bonjour et les appela par leur nom. Ils arrêtèrent alors de la regarder. Après ça, ils n'aimaient même plus la regarder du tout, et ça dura même un bon moment en tout cas. Mais ils redevenaient plus amicaux maintenant et recommençaient à aimer la regarder.

— Eh, Marie, *puta tonta, vente a cocina, eh !* criait la pittoresque Mme Garcia, aussi affairée soit-elle, et Marie se dépêchait de passer devant elle.

Puis elle glissait à sa place entre les molles portes battantes et là, elle trouvait Alan, grimaçant sur son bureau dans son réduit, et Russ, vautré avec une indolence exagérée sur sa chaise près de l'évier.

Alan se redresserait et lui dirait : « Bonjour, Marie », en la regardant à travers ses cils pâles et en appuyant également sur chaque mot comme s'ils étaient interchangeables, un secret partagé seulement entre elle et lui.

— Ils l'appellent « La Lollo », commenterait alors typiquement Russ. Ce n'est pas moi qui les en blâmerais. Elle m'a vidé avec ses lollos la nuit dernière. « Gina, que je lui disais, ça suffit, hein ? Je t'en prie. On m'attend à trois heures à Park Lane. Cette pute de Dunaway. » Mais elle voulait rien entendre, pas elle. Non, ne me touche pas, Marie, pas encore !

À huit heures pile, Russ glissait de sa chaise et entrait dans le sanctuaire interne de l'arrière-cuisine, avec ses terreurs grésillantes de brûlure et de micro-ondes. Le vieux M. Garcia passait la tête dans le guichet et commençait à appeler les premières commandes de la journée. Marie transportait les assiettes glissantes du comptoir de Russ au plateau de M. Garcia et rapportait celles qui revenaient s'entasser dans son évier qui attendait avec un bruit de rocailles. M. Garcia faisait lourdement le va-et-vient sans sourire, dans la rumeur croissante du café. Il disait parfois : « Marie, le toast avec du bacon, c'est toi qui l'apportes », ou « Apporte le steak salade, Marie », ou « Tu l'apportes, Marie, la crème vanille », et Marie l'apportait, elle lissait son tablier et tapotait ses cheveux avant de passer sous les feux de la rampe du café bruyant. Presque toutes ses heures se passaient à l'évier, à effacer des assiettes blanches les multiples sortes de sang versé par la nourriture. Quand l'agitation du petit déjeuner s'apaisait en milieu de matinée, Russ quittait ses fourneaux pour venir l'aider à essuyer. Et après les deux heures de panique du déjeuner, même Alan laissait ses blocs, ses trombones et ses agrafes pour se mettre à côté d'elle, manches retroussées. C'était le meilleur moment de la journée de Marie, quand ils étaient tous les trois autour de son évier. Des mouches sociables tissaient leurs filets de pêche dans l'air.

— Putain, ces foutues mouches ! se plaignait Russ, en s'écartant en dansant de l'évier et en battant inutilement l'air. À quoi peuvent-elles bien servir, voilà ce que je voudrais savoir !

Marie, qui par ailleurs en connaissait plusieurs de vue, n'était pas ennuyée par les mouches. Elle savait à quoi servaient les mouches.

Comme le monde s'était empressé de s'ouvrir pour l'accueillir ! Vraiment, le plus frappant dans la vie était sa surabondance : elle était si riche et on pouvait toujours l'enrichir davantage. Les filles du sombre Refuge, même celles avec un travail ou un homme, souffraient amèrement de l'ennui. Elles disaient que la vie elle-même était ennuyeuse, que la vie était morte.

Mais elles se trompaient, c'était cette abondance même qui terrifiait, l'esprit se perdait à l'idée de tout ce que la vie contenait.

Et quand le présent devenait trop encombré, on pouvait toujours regarder les cieux et leurs richesses plus idéalisées. Là, la variété même était abstraite. Sur le chemin du travail, le matin, le ciel était divin. Sur le chemin du retour vers le Refuge, le soir, le ciel était infernal. Le matin, les êtres blancs voguaient sur la voûte bleue dans des yachts et des galions, toutes voiles dehors, ou ils prenaient de confortables bains de soleil, les bras sous la tête, dans une paix et une liberté paradisiaques. Plus tard, obéissant à l'iconographie du soir, ils perdaient leurs contours dans l'abrupte falaise infernale de l'ouest, formant une faille rouge et escarpée dans la nuit chaotique.

C'était dans les bons jours, bien sûr. Dans les mauvais jours, Marie se sentait déprimée et abattue à la pensée des choses qu'elle avait pu faire dans sa vie, et quelle que soit alors la forme que prenaient les nuages, les créatures restaient invisibles.

10

À la tienne

Un matin, Marie portait un plateau plein d'assiettes empilées au quartette incroyable de vieux chauffeurs de taxi qui aimaient toujours s'asseoir près de la porte, à la fenêtre. Ils étaient gentils avec elle, ces vieux, ils étaient gentils ; pas mal, se disait Marie, d'être gentil après quarante ans à enrager en cage. Elle les admirait aussi d'être encore capables de ressembler à des hommes. Les femmes de cet âge-là ne ressemblaient plus à des femmes : leur féminité avait expiré. La vie était peut-être particulièrement dure pour les femmes, à moins qu'être un homme ne soit un état plus naturel auquel les femmes étaient obligées de revenir à la fin, en dépit de tous leurs efforts.

C'était une bonne matinée. C'était le jour de paie. Ce soir, elle irait prendre un pot avec les garçons. Quelque chose d'autre lui plaisait encore plus. L'après-midi de la veille, elle avait finalement réussi à demander aux garçons s'ils avaient des livres qu'elle pourrait leur emprunter pour les lire. « *Des livres ?* » s'étaient-ils écriés en chœur, et Marie crut qu'elle avait commis une erreur. Ils continuèrent à marmonner tout le reste de l'après-midi – « des livres… des livres… *des livres…* » Mais ce matin, ils étaient arrivés avec des livres, trois chacun, et ils avaient dit à Marie qu'elle pouvait les garder aussi longtemps qu'elle voudrait. Alan lui avait apporté *La Vie au sommet*, *Kon-Tiki* et *Introduction à la gestion*. Russ lui avait apporté *le Sexe au cinéma*, *À l'intérieur de Linda Lovelace* et *Britt*. Demain on était dimanche, et elle aurait le temps de commencer à les lire.

Alors que Marie faisait sa demi-révérence matinale et commençait à poser les plats sur la table, elle entendit une voix, dans son dos :

— Bonjour, Marie.

Incapable de se retourner, Marie hésitait. Un des chauffeurs de taxi tendit la main vers son assiette et dit :

— Ça, c'est la mienne, mon chou.

Beaucoup de gens l'appelaient Marie désormais. Mais elle savait qui c'était.

— Ce n'est pas assez loin, Marie, dit-il.

Elle se tourna. C'était Prince. Il était assis là, sa chaise appuyée contre le mur. Elle remarqua une fois de plus combien, sous des dehors décontractés, il dissimulait un esprit toujours en éveil, à quel point il était différent des autres, ne perdant jamais le contrôle, combien il était en accord avec son journal, sa tasse de café, sa cigarette qui devenaient des extensions naturelles de lui-même.

— Bonjour. Qu'est-ce qui n'est pas assez loin ? demanda Marie.

— Moi ? Je n'ai rien dit, dit-il.

— Si. Vous avez dit : ce n'est pas assez loin. Je vous ai entendu.

— Tu as de grandes oreilles, Marie, remarqua Prince avec intérêt.

— Quoi ? dit Marie en rougissant.

— Et tu fourres ton nez partout.

— Et vous, vous avez un grand nez.

— N'essaie pas de te payer ma tête.

— Quoi ? dit Marie.

— Tu es drôlement culottée.

— Comment ? demanda Marie en rougissant.

— Et tu as une grande gueule.

— … euh, je suis désolée.

— Ne pleure pas, tête de mule.

— J'ai une tête de femme, dit Marie.

Il rit et dit :

— Oh là là, je vais bien m'amuser avec toi, oh, ça oui !

— Marie ! appela M. Garcia. Je t'ai dit d'apporter cet œuf poché !

Marie était sur le point de se hâter vers la cuisine quand Prince étendit la main et la saisit par le poignet. M. Garcia le vit alors et s'empressa de bredouiller :

— Ça va. Ça va, Marie.

— Assieds-toi, dit Prince. Marie. Marie Lagneau, ce nom me tue.

— Que voulez-vous de moi ?

— Qui tu es, ça c'est la première chose que je veux découvrir. Qui es-tu ? Hein ? Hein ? Es-tu Amy Hide ?

— Je ne sais pas, dit Marie.

— C'était une sacrée fille, Amy.

Marie baissa les yeux.

— Oh, mon Dieu, j'espère que ce n'est pas vrai, soupira-t-elle.

— Les choses qu'elle a faites…

— Je… je demande grâce.

— Pardon ?

— C'est ça.

— Je regrette…

— *Oui.*

Il rit à nouveau.

— Je ne m'en lasserai jamais. Mais soyons sérieux un moment. En fait, je suis dans une satanée position. Et toi aussi. Sois honnête avec moi et je serai honnête avec toi. Résumons notre histoire. D'accord ?

— D'accord.

— Voilà. Certaines personnes travaillent en partant du principe que Amy Hide a eu une sale fin.

— Et c'est vrai ?

— Apparemment très sale, oui. Remarque, ça faisait un moment qu'elle cherchait à se faire abîmer. Et pourtant, et pourtant, te voilà toujours ici.

— Si c'est moi.

— Si c'est toi.

Il sortit un morceau de papier de la poche intérieure de son pardessus.

— J'ai quelque chose pour toi, une adresse. Peut-être ta maison, dit-il, et il se leva.

La fumée de sa cigarette sortait comme des défenses spectrales de ses narines.

— Et si tu y allais, pour voir, Marie ? suggéra-t-il.

Marie regarda l'adresse : M. et Mme Hide et où ils habitaient.

— On reste en contact, dit-il.

Marie le regarda s'éloigner dans la rue de son pas leste. Une voiture noire fonça jusqu'à lui, et il y monta.

— Il me connaît, murmura Marie en traversant le café bondé.

— C'est le sentiment de dégoût que j'peux pas supporter. Le matin. De nouveau *exploité.* J'suis trop facile, merde. N'importe qui peut m'avoir, à condition d'être star de cinéma. j'suis du tout cuit. J'ouvre les yeux et y a Mia, Lisa, Bo ou Elke, Nasstassia, Sigourney, Imogen, ou *Julie* ou *Tuesday* ou *Cheryl* ou *Meryl.* Ah ! C'est pas à mes méninges qu'elles en ont, je sais bien, vieux, t'en fais pas ! Regarde, toi par exemple, Marie…

— Oh, va te faire foutre, Russ ! protesta Alan d'une voix pâteuse.

Ils avaient tous les deux de plus en plus de mal à parler, cette dernière demi-heure.

— Non, allez. Là, je suis *sérieux*, Marie. Tu vois un type comme moi, bel homme comme moi, le tee-shirt moulant, le jean et tout, tout l'équipement. Ça te dit rien qu'une chose maintenant, pas vrai ? S.E.X.E. Allez, pas vrai ?

— Russ, grogna Alan.

— C'est vrai ! Avoue-le, vas-y. Y a pas de mal, chérie, à la tienne. À la bonne tienne.

— Ouais. Chin chin, dit Alan en levant son verre.

— J'vais te dire une chose, petite, reprit Russ, c'est sacrément plus gai depuis qu't'es là. Ouais ! Putain ! Celle qui était là avant était un vrai chameau. Une vieille bique.

— Ah, dit Alan, putain. Ça c'est vrai.

— Ah, dit Russ, vraiment plus gai.

— Ah, dit Alan, c'est sûr.

— J'vais te dire c'qu'y a avec elle. Cette voix qu'elle a. Elle parle comme une *foutue* duchesse, vrai.

— Putain. Comme une *foutue* duchesse, vieux.

— Comme une *foutue* impératrice, vieux ! Vrai. J'pourrais l'écouter nuit et jour. À la tienne, Marie ! À la bonne tienne !

Vous voyez ? voulait-elle dire. Je suis quelqu'un de *bien*, vraiment *bien*.

Marie regarda autour d'elle dans le bar. Bien que le type d'échanges soit seulement modérément furieux, la pièce était aussi bondée et cacophonique que l'endroit dont elle se souvenait, celui du deuxième jour, où elle était allée avec Sharon, Jock et Trev. Mais comme les choses lui semblaient moins bruyantes et variées désormais. Oh, c'était toujours très intéressant, intéressant, intéressant : avez-vous vu comment cette femme avait levé les yeux de son journal du soir vers la fenêtre au verre coloré avec un râle déchiré, ou la façon dont cet homme essayait de voiler un regard rayonnant d'amour pour son chien patient, couché sous la table, le museau sur les pattes ? Oui, mais ça ne suffit pas à remplir mes pensées, même avec des amis, en train de dépenser de l'argent gagné pour du temps vendu. Elle pensait : Je deviens comme les autres. Je commence à avoir peur et je laisse le présent s'effacer.

Mais ça devait arriver, Marie.

La vie est faite de peur. Il y en a qui mangent de la soupe à la peur trois fois par jour. Il y en a qui mangent de la soupe à la peur à tous les repas. J'en mange quelquefois. Quand ils me donnent de la soupe à la peur à manger, j'essaie de ne pas la manger, j'essaie de la renvoyer. Mais quelquefois j'ai trop peur et je dois la manger de toute façon.

Ne mangez pas de soupe à la peur. Renvoyez-la.

Il y en a qui ont peur, mais d'autres au contraire sont courageux. Et vous ? Vous n'êtes pas courageux, je le sais. Je le sais parce qu'en fait personne n'est courageux. Les hommes et les femmes les plus courageux que vous connaissez, ils n'ont pas de courage. Personne n'en a. Tout le monde a peur au contraire. (À moins qu'ils n'aient cette troisième chose que les hommes appellent folie.)

Ils ont peur d'être un secret que les autres vont un jour découvrir. Ils ont peur d'être une blague que les autres vont un jour voir, que les autres vont un jour *comprendre*. Savez-vous par exemple de quoi a peur le petit Alan maintenant ? Il a peur que dans peu de temps Russ et Marie partent ensemble quelque part pour une session prolongée de sexe hystérique. Vraiment. Il peut voir Marie dévoiler ses culottes d'un blanc immaculé, jeter un coup d'œil timide par-dessus son épaule tandis que Russ, monté comme un taureau, se prélasse en souriant sur le lit. Et Alan peut se voir,

Alan, en train de regarder tout le spectacle de quelque point abstrait, silencieux, sans ciller et parfaitement chauve, comme un être du futur. Russ, d'autre part, a peur qu'Alan dise à Marie ou que Marie découvre par hasard que lui, Russ, ne sait ni lire ni écrire. (Russ a de plus une autre faiblesse héroïque : il refuse de croire qu'il a un pénis exceptionnellement petit. Il a tort, il devrait arrêter de refuser de le croire ; l'organe est vraiment exceptionnellement petit.) Quant à Marie, elle a peur de l'adresse dans son sac. Elle a peur de Prince et de ce qu'il sait. Elle a peur que sa vie ait en quelque sens crucial déjà suivi son cours, que la vie qu'elle traverse maintenant ne soit que le reflet d'une autre vie, son miroir, son ombre. Tout ce qu'elle voit est plus marqué, comme des prismes dans de l'essence, comme des visages dans le feu, comme d'autres gens se hâtant à travers la lumière changeante, des visions qui, nous le sentons, devraient révéler quelque chose, ou révéleront bientôt quelque chose, ou ont déjà révélé quelque chose que nous avons manqué et que nous ne reverrons jamais plus.

— C'est l'heure, dit l'homme derrière le bar, c'est l'heure, messieurs, s'il vous plaît.

Alan se leva d'un bond, confus, et se cogna le genou contre la table, renversant un verre vide. Comme il tombait, Russ essaya de l'attraper, mais il ne fit que le précipiter encore plus vite à terre. Il ne se cassa ni ne se brisa. Il se releva pour revivre sur la table humide.

— Voilà, allons, euh... nous allons te raccompagner chez toi, déclara Alan précipitamment.

— Ouais. Où habites-tu ? demanda Russ.

— Près d'ici. Avec quelques filles, dit Marie.

— Je ne viens pas, décida Russ. Je ne peux pas prendre le risque.

Mais Russ prit le risque. Ils le prirent tous. Ils marchèrent tous à travers les cris et les ombres de la nuit. À chaque portière de voiture qui claquait, une lumière s'éteignait. C'était la semaine qui se terminait avec un soupir nerveux et se préparait à recommencer à zéro.

— Tu leur diras un mot, n'est-ce pas, en ma faveur, dit Russ. Tu leur expliqueras, etc.

— Si tu veux, répondit Marie. Je ne pense pas que tu les voies. Vous ne pouvez pas entrer.

— C'est un de ces endroits, hein ? dit Alan. Avec la propriétaire dans l'escalier, pas de radio, pas de chats.

— Et pas de stars de cinéma, ajouta Russ. Ça, c'est le hic.

— C'est pas vraiment comme ça.

Ils arrivèrent chez Marie. Deux filles étaient assises sur les marches, en train de fumer. Les filles regardèrent dans le vague pendant quelques secondes, puis elles se remirent à parler. Marie pouvait lire la fumée qui sortait en fines bouffées de leurs bouches. Elles ne parlaient pas de grand-chose. Par la porte ouverte, on voyait le vieux corridor vert et le panneau d'affichage qui respirait doucement.

Alan tourna brusquement la tête vers elle :

— Tu n'habites pas *ici*, hein, Marie ? demanda-t-il d'une voix forcée, implorante.

— Si, dit Marie. J'ai bien peur que si.

— Comment es-tu arrivée *là*, petite ? s'enquit Russ.

— C'était le seul endroit.

— C'est pas possible, dit Russ gravement.

— Qu'est-ce qui t'est arrivé ? demanda Alan, de ses yeux suppliants. Je veux dire, tu n'as pas de famille ou autre ?

Marie ne pouvait pas répondre. Elle ne savait plus quoi dire. À ce moment-là, Mme Pilkington apparut dans l'encadrement de la porte, son trousseau de clefs à la main. Les filles se levèrent et jetèrent leurs cigarettes, puis elles se tournèrent, têtes baissées. Marie s'avança. Il n'y avait rien à dire. Sur les marches, elle se tourna et leur fit au revoir de la main. Les garçons la suivirent du regard, mains dans les poches, puis eux aussi se tournèrent et s'engagèrent dans le long défilé de la rue.

— Vous y êtes, dit le chauffeur.

Et vous, qu'est-ce que vous avez fait de votre vie ? se demandait Marie en descendant du bus rouge affamé. Le chauffeur la regarda, en respirant par la bouche. Il était grand et gros, et rouge comme le bus qu'il conduisait. Elle lui renvoya son regard ou elle le laissa rebondir sur elle comme si elle n'était que le miroir de son regard. Le bus rouge attendait avec obéissance, respirant par la bouche, haletant du désir de repartir. La porte se referma en glissant, puis il s'ébranla en renâclant, et ils s'éloignèrent.

Marie commença à marcher. Des maisons grises, studieuses, griffonnées de mousse, se tenaient à une distance stoïque de la route, au-delà de maigres étendues d'herbe où des machines à eau lavaient les arcs-en-ciel passagers de l'air. Dans les ombres douceureuses des murs des jardins, des papillons confetti et des abeilles corpulentes volaient dans leur brume… Tout cela, Marie le voyait dans la lumière du dimanche matin. À une certaine époque, elle aurait laissé ses sens jouer dans le présent voluptueux, mais maintenant son esprit était trop brûlant et déchiré. Elle ne savait plus comment choisir ce à quoi elle voulait penser ; il lui semblait que ses pensées ne lui appartenaient plus.

Marie demandait son chemin aux autres en s'éclair-cissant la gorge, rajustant son chemisier ou tripotant inutilement le fermoir de son sac. Ils n'étaient pas nom-breux : des hommes qui portaient des liasses de jour-naux, des femmes qui poussaient des landaus, des enfants, des vieux, mais demander son chemin était une bonne méthode pour atteindre d'autres endroits. Ça finissait toujours par marcher.

Elle avait trouvé la rue et comptait les numéros, elle manquait une mesure, manquait encore une mesure, quand elle s'arrêta et leva la main à sa bouche, un autre souvenir lui revint… Pas maintenant, pas main-tenant, se dit-elle, et elle se souvint comment dans sa jeunesse elle avait dû quitter sa chambre et entrer dans une autre pièce pleine d'autres gens. Elle pas-sait une robe rose, une robe que sa peau adorait. Son rose n'était pas le pastel que les petites filles doivent porter ; il contenait de la tendresse mais aussi du sang, la couleur des gencives et de la chair la plus intime. Elle souleva la robe et cligna des yeux quand son ombre glissa devant ses yeux. Elle lissa le tissu sur ses hanches comme s'il était de la même couleur et de la même texture que son âme. Elle jeta un coup d'œil rapide autour de sa chambre, sa chambre qui, encore une fois, n'était qu'un décor pour son être, puis ouvrit la porte et traversa le corridor vers cette autre pièce avec ses voix et ses yeux.

Est-ce qu'elle s'ouvrira ? pensa Marie, immobile dans la rue silencieuse, les mains sur ses cheveux. Eh bien, maintenant, je vais le savoir.

11

Baby ?

La porte s'ouvrit. Elle révéla une femme en noir.

Marie essaya de commencer, mais elle n'en eut pas le temps.

— Oh, Baby ! s'exclama la femme, sa voix teintée d'inquiétude et de souci.

Les dents de Marie tremblèrent.

— Baby ? dit-elle.

La femme se pencha en avant, une lueur de pure perplexité brilla dans ses yeux.

— Oh, je vous prie de m'excuser. Mon Dieu ! murmura-t-elle en reculant d'un pas, une main au cœur. Ne faites pas attention à moi. Puis-je vous aider ? ajouta-t-elle, comme si de rien n'était.

— Oh, je vois. Je suis désolée, je…

— Dites-moi, est-ce que vous vous sentez bien ? Vous avez l'air… prenez ma… *George !*

Cinq minutes plus tard, Marie était assise dans la cuisine baignée de soleil, et elle buvait une tasse de thé. Comme la femme en noir, Marie tenait sa tasse à deux mains. Elle se disait : Je suis une femme, donc je tiens les boissons chaudes à deux mains. Les femmes font toujours ça pour quelque raison. Pourquoi ? George n'en utilise qu'une. Les hommes n'utilisent qu'une main bien que leurs mains soient loin d'être aussi fermes que les nôtres. Peut-être que les mains des femmes sont seulement plus froides. La cuisine, le couloir, la maison ne lui disaient rien, rien.

— Ça doit être la chaleur, disait la femme en noir. Et je vous ai probablement causé un choc. Je l'ai prise pour Baby, George. Pendant un instant, j'aurais juré que c'était Baby qui était venue nous voir. Tu ne trouves pas qu'elle ressemble à Baby, George ?

— Pas vraiment, répondit George.

— Excusez-moi, qui est Baby ? demanda Marie.

— Baby est la cadette. En fait, elle s'appelle Lucinda, mais nous l'avons toujours appelée Baby. Je suis désolée, redites-moi votre nom ? demanda-t-elle de son autre voix, plus neutre.

— Marie Lagneau. Je suis venue vous demander des nouvelles d'Amy Hide.

L'effet du nom fut immédiat. Quel nom puissant, pensa Marie en tressaillant, oh, quel nom puissant ! La femme en noir lui jeta un regard de colère aigu, et George se détourna, semblant s'affaisser à mi-corps, la tête légèrement rentrée dans le cou. Marie avait parfois le même réflexe quand elle pensait à ce qu'elle avait fait à M. Botham.

— Eh bien, moins on parlera d'elle. mieux ce sera, déclara la femme d'un ton catégorique.

George grogna son assentiment et prit sa pipe. Marie dit vite, comme elle s'y était à moitié préparée :

— Je suis désolée. Je l'ai connue il y a longtemps, avant qu'elle... Je sais que c'est très triste, ce qui est arrivé...

La femme fit une chose que Marie avait seulement vue dans les livres : elle poussa un éclat de rire amer. Voilà donc ce qu'est un rire amer, pensa Marie. Elle se rendit compte que ce n'était pas du tout un rire : c'était juste un bruit que faisaient les gens pour traduire une répugnance totale.

— Triste ? dit la femme. Ça n'est pas *triste*. Rien chez cette fille n'était *triste*.

Marie était effondrée.

— Eh bien, c'est triste pour moi, dit-elle.

— Oh, je suis désolée, bien sûr que oui. Vous sentez-vous mieux maintenant ? Prenez une autre tasse de thé, dit-elle en se levant pour aller chercher la théière.

— Non, merci.

— Non, c'est juste quand je pense à la douleur qu'elle a causée à ses parents. Je vous jure que si sa mère est morte, c'est parce que cette fille lui a brisé le cœur. Oh, je pourrais...

— Marge, intervint George.

Marge s'assit soudain. Elle leva ses deux mains à son front, les doigts en éventail sur les lignes tendres qui y étaient gravées. Marie fut effarée de voir des larmes glaciales, brillantes de clarté, jaillir sur ses joues.

— Marge, répéta George.

— Je... je suis désolée. Dans une minute j'aurai retrouvé mon calme.

— Je suis désolée, dit Marie.

Tout le monde était désolé.

— Vous ne trouvez pas ça amusant ? Elle peut toujours nous faire ça, même maintenant.

Marie aussi se mit à pleurer. Elle sentait les larmes descendre sur la pointe des pieds le long de son visage, mais elle n'arrivait pas à lever la main pour les essuyer.

— Oh là là, vous aussi !

George alla à l'évier et revint avec un gros rouleau de papier. Il en déchira des morceaux qu'il leur donna. Il en garda un pour lui, où il se moucha bruyamment. Puis, comme si c'était une chose naturelle, tous les trois se mirent à rire doucement, fatigués et soulagés.

Marie dit :

— Encore une chose. Je suis désolée, je suis vraiment désolée. Je n'avais pas l'intention de vous faire toute cette peine… Pourrais-je voir sa chambre, la chambre d'Amy ? Ça signifierait beaucoup pour moi.

Peut-être, pensait-elle. Peut-être.

Ils s'engagèrent en file indienne dans le couloir du rez-de-chaussée. Si Marie avait eu le temps, elle se serait demandé pourquoi les gens avaient besoin d'autant d'espace et d'autant de choses à y mettre. Il y avait tant d'espace entre les choses. Mais elle était engourdie, elle était à vif, elle voulait seulement que la chose suivante arrive vite.

— C'est là, dit Marge.

Marie sentit une nouvelle bouffée de chaleur dans sa tête. Marge hésita et George s'approcha de Marie, juste derrière elle, apportant une odeur de terre et le son de sa lente respiration.

— Bien sûr, tout est changé, dit Marge, la main posée sur le bouton blanc de la porte. Elle n'est pas, Amy n'est pas revenue ici depuis, voyons, oh, ça doit bien faire huit ou neuf ans. C'est une chambre d'amis maintenant. Mais certaines choses sont restées.

La porte s'ouvrit, les laissa entrer et se referma.

La chambre regardait Marie de haut en bas. C'était une chambre ordinaire et elle regardait Marie avec une intense méfiance. La table nappée de blanc qui se chauffait devant la fenêtre soutint son regard pendant quelques secondes avant de baisser les yeux et redevenir elle-même. Le lit étroit se faisait tout petit dans un coin, la tête cachée sous les coussins. Sur les quatre murs, les esprits et les gobelins qui folâtraient sur le papier peint avaient dû alimenter des cauchemars tenaces, mais ils n'avaient plus aucun message à lui transmettre. Le vieux réveil, au lent battement, sur la coiffeuse, refusait de se montrer de face et lui tournait le dos avec mépris, comme si ses bras étaient croisés et qu'il tapait du pied avec impatience. Marie surprit son œil dans le miroir et le miroir lui dit nettement qu'il ne savait pas si elle était ici à sa place. En outre, quelle qu'ait été l'âme de cette pièce, elle en avait disparu ou était morte depuis longtemps.

— Qu'est-ce que c'est que ça ? demanda Marie pour cacher sa panique.

Des photographies obliques dans des portefeuilles d'acier s'étalaient sur le manteau de la cheminée. Marie et Marge s'approchèrent et laissèrent courir leurs yeux sur l'étagère. Il y avait des gens en petits groupes, qui faisaient signe ou disaient bonjour. Il y avait un chien debout dans un rayon de soleil, haletant

gaiement, qui espérait peut-être que l'appareil se trans-
formerait en nourriture. Il y en avait une de George
et Marge eux-mêmes, joue contre joue, et l'air assez
épris l'un de l'autre. Il y avait une étude plus grande et
moins formelle d'un homme, une femme et une jeune
fille, debout dans un champ contre un ciel de guerre.
L'homme était grand et angulaire, des cheveux gris
étincelants, son visage étroit à demi détourné dans un
sourire oublieux ; la femme, maigre et brune, âgée mais
toujours une femme, avec toujours cet éclat féminin
aux angles de son visage, posait la main sur l'épaule de
l'homme, les traits empreints d'une douce insistance ;
et, entre eux, encerclée par leurs formes, se tenait la
jeune fille.

— *Ça*, c'est Baby. dit Marge. Il y a des années, bien
sûr.

— Oui, et eux ?

— C'est le Professeur, expliqua-t-elle de sa voix
chargée de douleur et d'affection, et Mme Hide.

Marie se tourna et dit :

— Vous n'êtes pas Mme Hide ?

— Quoi ? Mon Dieu, non ! Miséricorde. Nous ne
faisons que, vous savez, que garder la maison pendant
que le Professeur n'est pas là.

— Oh, je vois.

— Mme Hide… (Son visage se durcit. Elle mit la
main sur le corsage noir de sa robe.) Je ne suis pas en
deuil pour *Amy*, vous savez !

— Je suis désolée.

Donc elle avait vraiment brisé son cœur, pensa
Marie. Amy l'avait vraiment brisé.

140

Marge se tourna à nouveau vers l'étagère. La dernière photo contenait un jeune homme dans une pose élégante, le menton sur son poing, qui les regardait de ses yeux patients et graves.

— C'est Michael, annonça Marge, le ton rauque. Il est célèbre maintenant, bien sûr. Il a téléphoné au Professeur, vous savez, quand il a appris. Un garçon si attentionné. (Ses yeux glissèrent dans le vague.) Aucune d'Amy, bien sûr, ajouta-t-elle calmement.

Marie passa le reste de cette journée de canicule assise sur un banc dans le parc voisin, à regarder les familles jouer. Elles étalaient des couvertures et s'y tassaient en grappes. Les enfants vrombissants pleuraient et se plaignaient, renversaient des choses et s'enfuyaient. La plupart d'entre eux se faisaient battre à un moment ou à un autre, souvent durement et méchamment. Leurs grands gardiens étaient souvent assez désagréables entre eux aussi, ou juste éreintés par la fatigue et l'absence d'amour. En fait, il y avait plusieurs familles où personne ne semblait avoir de temps pour quiconque, pas de temps du tout, absolument pas de temps. Mais à la tombée du jour, quand la lumière était épuisée, les familles rentraient toujours ensemble, d'habitude en paires, les grands donnaient la main aux petits, et les vieux aussi se traînaient derrière.

Le lendemain, quand elle retourna au travail, il lui sembla que tout avait changé.

Même les mouches l'évitaient, même les mouches avaient percé son mystère.

Russ travaillait maussadement derrière son comptoir. Quand il lui passait les assiettes, il refusait de croiser son regard. C'était difficile comme ça. Marie en laissa tomber une, l'œuf se tordit et s'agita inutile-ment dans une tempête de sang de tomate et d'assiette en éclats. Alors qu'elle nettoyait, elle surprit le reflet de Russ dans la vitre, un rictus vengeur fendait son visage dominé par son gros nez. Même Alan l'avait accueillie froidement. Elle ne sentait plus le doux rayonnement de ses yeux sur elle et, à chaque fois qu'elle se tournait nerveusement vers lui, il regardait toujours de l'autre côté, et il semblait se moquer d'elle en silence, et de ce qu'elle avait perdu. Je ne peux pas le supporter, pen-sait Marie. C'est insupportable. Que fait-on quand on ne peut pas supporter une chose pareille ?

Au milieu de la matinée, Marie tremblait toujours seule sur les assiettes dans la cuisine jaunie et enfu-mée. Son esprit aussi bouillonnait et pataugeait dans l'eau infâme. Pourquoi la détestaient-ils ? Elle se dit que ce devait être le Refuge. Est-ce que c'était si ter-rible d'y habiter ? Est-ce que cet élément pouvait infil-trer tous les autres éléments ? À moins que ce ne soient les livres ! Quand elle était rentrée au Refuge, la veille au soir, elle s'était aperçue que Mme Pilkington avait confisqué quatre des livres des garçons sans explica-tion. Il en restait deux : *Britt* et *Introduction à la ges-tion*. Marie ne savait pas à quel point c'était grave et ce qu'elle allait faire à ce sujet. Puis elle eut une idée qui fit brûler tout son corps de gêne. Est-ce qu'ils savaient ? Est-ce que tout le monde savait la vérité sur elle désormais ? Je suis désolée, je suis désolée, je suis désolée, se répétait-elle comme une litanie, en pour-suivant son travail. Les mouches tournaient toujours autour d'elle, en cercles d'inquiétude de plus en plus

grands. Oh, comme tu dois être méprisable maintenant ! se dit-elle, comme tu dois être méprisable pour
que même les mouches te fuient !

Juste après midi, le téléphone sonna dans le réduit
d'Alan. Elle l'entendit croasser quelques mots de
remerciements étouffés. Marie sentit le calme soudain,
à côté, dans l'arrière-cuisine. Elle se tourna et vit Russ
regarder avec impatience Alan qui était debout sur le
pas de sa porte avec un sourire honteux.

— Ça va, dit Alan. Il y a une chambre chez nous
si tu veux. Tu paies seulement ta part des frais et c'est
meublé. Tu peux t'installer quand tu veux. C'est une
sorte de grenier.

— Un *grenier* ? protesta Russ. C'est un studio,
vieux, c'est un foutu *loft*, voilà ce que c'est !

— Eh bien, dit Alan, tu le veux ?

— Oh oui, s'il vous plaît, s'écria Marie, et elle se mit
à pleurer, de soulagement mais aussi parce qu'elle était
sûre maintenant que quelque chose s'était faussé désormais dans la façon dont elle voyait les autres.

— Voilà les grandes eaux, ricana Russ. Non, mais
écoute-la hurler !

Alan et Russ se dirigèrent vers elle en même temps.
Alan se retint et il dut donc voir Russ prendre Marie
avec assurance dans ses bras.

— Allez, Marie, la sermonna-t-il d'une voix douce.
Pas de *chagrin*. Je garde toujours une ou deux chambres
de libres pour mes chéries. Quand une nouvelle arrive,
toi par exemple, j'en vire une vieille, vrai. Devine à qui
ça a été le tour cette fois ? Ekberg. Elle devenait un peu
usée de toute façon.

— En fait, techniquement, c'est un squatt, dit Alan d'une voix tremblante. Mais c'est un squatt organisé.

— Non, c'est vraiment sympa, souffla Russ. Allez, Marie. Tu seras mille fois mieux avec nous.

Vous croyez ? Vous le pensez vraiment ?

Les squatts sont des maisons de riches où des pauvres viennent vivre quand les riches ne regardent pas. Certains squatts sont des enfers hippies, mais d'autres sont agréables, si vous pouvez faire face à l'horrible incertitude de ce système. Certains squatts sont pratiquement légaux. Les gens sont sérieux quand il s'agit de vivre ensemble.

Mais il s'y passe toujours des choses, et personne n'a le pouvoir d'empêcher qu'elles se passent. En bas, les gens discutent de demi-bouteilles de lait, de l'utilisation de la salle de bains et de factures de gaz et d'électricité, comme n'importe où ; mais, en haut, à travers une autre fenêtre, il y aura quelqu'un planté sur un lit, brûlant, bouillant, brillant, et une nuit, sous peu, la maison sera remplie de cris. Ils sont tout simplement incapables d'arrêter les choses, ils sont tout simplement incapables de les empêcher d'arriver. Et eux aussi risquent de mal tourner à tout moment parce qu'il est facile de mal tourner quand on vit sur une ligne de fracture.

Je veux que Marie sorte de tout ça. Je veux qu'elle sorte de toute cette zone de risques de taule, de dispensaires, de soupes populaires, de refuges, de maisons de redressement et de maisons pleines de femmes folles. Je veux la voir loin de tous ses plongeurs en eau profonde. Elle risque de mal tourner elle aussi, ça arrive. Elle risque de se briser. Je la vois comme un verre de cristal sur lequel quelqu'un a frappé trop fort avec son couteau ; elle marche le long de la ligne de fracture.

La ligne de fracture, c'est là que je marche, ou que je pense parfois le faire. Sur la ligne de fracture, on peut entendre les choses se préparer à craquer, le sol, les murs d'air, le ciel hermétique. D'autres marchent ici, mais je ne les vois pas. Les lignes sont toujours ailleurs, elles ne se croisent jamais. Il n'y a pas de lignes qui se croisent, de silhouettes qui apparaissent, chaque chose est seule sur la ligne de fracture.

Je lui ai fait des choses, je sais, je l'admets. Mais regardez ce qu'elle m'a fait.

Regardez ce qu'elle m'a *fait*.

12

Pauvre fantôme

Ce soir-là, les garçons aidèrent Marie à déménager du Refuge au squatt.

Ce soir-là, le Refuge était plein de murmures et de grondements. C'était toujours comme ça quand il était arrivé quelque chose à quelqu'un. Et il n'était pas rare qu'il arrive quelque chose à quelqu'un au Refuge, à peu près toutes les trois nuits. Cette fois, c'était arrivé à Trudy. Elle s'était battue avec un homme et elle avait perdu. Ç'avait été un combat inégal, comme toujours. L'homme lui avait cassé le nez et deux dents de devant, alors que Trudy n'avait rien réussi à lui casser du tout. Elle était étendue sur son lit, dans un turban de gaze, tandis que Marie faisait sa valise. Trudy devrait partir aussi : à la moindre histoire, les filles devaient partir. Cela paraissait une règle censée, de faire partir les filles qui avaient des histoires. Elles ne seraient jamais venues ici si elles n'avaient pas eu d'histoires. Et elles ne cesseraient jamais d'avoir des histoires tant qu'elles seraient là.

146

— Ça sera mieux ailleurs, lui dit Marie.

— Ah ouais ? Qu'est-ce que tu en sais, Marie ?

— C'est ce qu'il y a de pire, ici, non ?

Trudy ne répondit pas.

— Bon, ben j'espère que ça ira mieux pour toi, dit Marie.

— Ah ouais ?

— Sincèrement.

— Sûr ! dit Trudy.

Marie aurait bien ajouté quelque chose, mais elle voyait à la façon dont Trudy la regardait qu'elle était déjà de l'autre côté.

Honey l'accompagna en haut. Marie devait dire au revoir à Mme Pilkington et lui donner une adresse fixe. Russ et Alan, mal à l'aise, faisaient les cent pas dans le hall. Ni l'un ni l'autre n'aimaient cet endroit, c'était évident. Et Russ l'aimait encore moins qu'Alan. Marie essaya de faire aussi vite que possible.

— Eh bien, bonne chance, dit Mme Pilkington sombrement. Il y a encore des détails financiers à régler, mais je suppose que votre ami s'en chargera.

— Qui est mon ami ? demanda Marie, vraiment curieuse de savoir.

— L'homme qui paie pour vous ! Je ne fais pas tourner cet endroit avec des haricots, vous savez ?

— Mais qui est-ce ?

— Il y a beaucoup d'hommes qui vous entretiennent ? Oh, vous !... Il s'appelle : M. Prince. Ça vous dit quelque chose, Marie ?

Marie dit au revoir à Honey dans le hall. Honey dit à Russ qu'il avait de beaux yeux, et Russ la repoussa en plaisantant.

Il prit la valise de Marie.

— Toi beaucoup chance, Marie, dit Honey, vivre avec ce beau homme fort.

— Tu vois ? dit Russ. Tu vois ? Tu vois ?

Marie était contente que Honey ait dit cela. Cela leur donna – ou plutôt à Russ – de quoi parler sur le chemin du squatt. Elle, ça ne la dérangeait pas, ces silences habituels, sans issue, ces silences aveugles qui s'abattaient souvent sur eux quand elle était avec Russ et Alan, mais ils semblaient déranger Russ et Alan, surtout Alan. Quelquefois, sous l'effet de ces silences, la gorge d'Alan se gonflait, et il en sortait des paroles, n'importe quels vieux mots, et il lui fallait alors quelques minutes tourmentées pour essayer de les maîtriser et de les rendre sensés. Marie préférait quand il se détendait et continuait à se préoccuper de ses cheveux et quand Russ continuait tranquillement à se préoccuper de ce qui pouvait bien le préoccuper continuellement.

— Ça va être une nouvelle vie pour toi, petite, déclara Russ. J'y ai bien réfléchi et, bon, si tu te conduis bien, tu auras peut-être même le droit de goûter au gros bout.

— Russ, protesta Alan, et il se tira les cheveux. Non, ajouta-t-il d'une voix étranglée, ça sera bien de t'avoir avec nous là-bas.

Et ce fut bien.

Le squatt était une maison étroite au fond d'une impasse qui servait d'aire de jeu : les voitures pouvaient s'y garer, mais elles allaient et venaient avec précaution, sachant bien que les enfants aux hurlements péremptoires étaient les vraies célébrités de la rue. La maison était pleine de gens ordinaires, mais il faut dire que les gens ordinaires sont vraiment très étranges, ils regorgent de rêves et d'infamies, ou du moins c'est ce que pensait Marie. Il suffit d'écouter : ils vous diront tout si vous leur en laissez le temps. Au sous-sol vivait l'habile Vera aux dents de lapin, jeune Irlandaise aux mouvements déliés, actrice qui trouvait rarement à jouer dans quoi que ce soit ; son ambition était de devenir célèbre et de gagner plein d'argent. À côté vivait Charlie, un vieil Australien malicieux qui s'enorgueillissait d'avoir été jugé pour voies de fait sur un enfant sept ans plus tôt ; il se vantait toujours qu'il ne toucherait plus jamais un enfant et ne pensait désormais qu'à trafiquer sa motocyclette qui était déjà si rapide qu'il osait à peine l'utiliser. Et Russ lui-même avait aussi sa chambre au sous-sol.

Le rez-de-chaussée était commun, mis à part le spacieux studio que Norman s'était alloué, le gros et pâle Norman qui dans ses jeans informes était généralement révéré comme le cerveau du squatt. Sa vie avait été jusque-là une bataille continuelle avec ce qu'il appelait un sérieux problème de poids ; il ne l'avait d'ailleurs pas résolu, pas encore, puisque la moindre déviation d'un régime de famine le rendait obèse plus ou moins instantanément sans qu'il pût rien y faire ; et il était déjà incroyablement gros comme ça. Au premier étage vivait une entière famille de trois personnes : Alfred, triste faillite dans les Midlands, qui fouillait la ville en quête d'une affaire et n'en trouvait pas, Wendy, sa femme aux épaules larges, mais maladive, qui passait ses journées en robe de chambre, et leur fils de huit ans, Jeremy, qui avait trop peur pour parler beaucoup de ce qu'il voulait ou craignait.

Alan vivait au deuxième, à côté de la chambre partagée par deux Noirs, Ray et Paris. Ils dépensaient l'argent qu'ils gagnaient à la foire de Battersea à parier sur des chevaux ou des chiens ; mais ils n'avaient jamais les bons chevaux ou les bons chiens, ni d'ailleurs d'argent. Ensemble, ils caressaient le rêve de devenir footballeurs professionnels (et on pouvait souvent les voir perfectionner leurs talents dans la rue), Ray avait l'intention de représenter un jour Leyton Orient, Paris mettait tous ses espoirs dans Manchester United. Ils avaient tous les deux trente ans et se ressemblaient par d'autres aspects.

Seule dans le grenier, il y avait Marie.

Sa chambre avait une âme, les vestiges d'une présence y planaient légèrement. Mais la présence lui céda la place avec bonne grâce, et la chambre admit Marie. Elle avait un lit, deux draps, trois couvertures, une fenêtre divisée en quatre, deux tables, une haute et une basse, une lampe, un lavabo, deux robinets, trois étagères, une commode, deux tiroirs, quatre murs, six porte-manteaux, et quatorze lattes de plancher baignées de soleil. C'était idéal. Avec l'argent qu'elle avait gagné en vendant son temps (plus ce qu'Alan avait absolument voulu qu'elle accepte : son temps avait plus de valeur que celui de Marie, même s'il ne semblait pas vouloir l'argent qu'il lui procurait), elle s'était acheté du Lion Noir, de la Fée du Logis, de la Pie Qui Chante, du Nectar, du Monsieur Propre, du Caline, du Monsavon et de l'Air du Temps. Quand elle rentrait du travail, elle montait toujours en courant pour vérifier que sa chambre était encore là et que tout s'y trouvait encore, encore idéal. Et ensuite, elle se couchait sur son lit et dévorait les livres avec une soif inextinguible jusque tard dans la nuit.

Elle lut *Les Bons et les Méchants, Les Gros et les Grands, Les Vifs et les Morts, Les Beaux et les Maudits*. Elle lut *La Vraie Vie de Sébastien Knight, Une courte vie, La Vie à venir et autres histoires, Choses vécues, Une sorte de vie* et *Si la vie est un bouquet de roses, pourquoi est-ce que je n'en ai que les épines* ? Elle lut *Les Rêves des morts, Un mort à la barre, Meurs, chéri, meurs, De vie à trépas* et *la Mort d'Ivan Ilych suivi d'autres nouvelles*. Elle lut *Labyrinthes, Scrupules, L'Amérique, Tristesse, Désespoir, Nuit, Aimer, Vivre*. Elle apprit vite que les titres étaient souvent trompeurs. Certains livres étaient morts, ils étaient vides, il n'y avait vraiment rien dedans. Mais d'autres étaient vivants : ils s'emparaient de vous, semblaient contenir toutes choses, comme des oracles, des alephs. Et quand elle se commandait de se réveiller tôt, ils étaient encore ouverts sur la table, bien conscients de leur pouvoir, et ils attendaient tranquillement.

Une chose que les livres ne pouvaient pas faire, pourtant : ils ne pouvaient pas lui rendre ses rêves ni, tout au moins, apaiser son sommeil.

Et ils n'apprenaient pas vraiment non plus comment on vit avec les autres.

Toute la semaine, trois choses rôdèrent : la pensée d'Amy et de ce qu'elle avait fait, la pensée de Prince et de ce qu'il pourrait faire, et Alan. Alan était la troisième chose qui rôdait. Le pâle Alan rôdait dans l'escalier quand elle quittait sa chambre chaque matin. Il traînait là comme un fantôme désœuvré, condamné à toujours attendre du mauvais côté de la porte des vivants. À entendre le tremblement de sa voix quand il disait « Bonjour, Marie », on aurait dit qu'il y avait passé la nuit, comme si, sans une pratique constante, sa voix se cassait complètement. Il rôdait sur les marches du squatt, pour guetter Marie ou tirer de son sommeil profond Russ qui préférait dormir quelques minutes de plus plutôt que de prendre avec Marie et Alan le petit déjeuner élémentaire qu'ils partageaient d'habitude avec Charlie, Alfred, Vera, Jeremy et Paris.

Alan rôdait derrière elle au travail. Il utilisait alors ses yeux, qu'il envoyait hors de son petit réduit monter la garde derrière elle à l'évier, et Marie pouvait les sentir glisser sur son dos. Il rôdait devant le vestiaire quand il était l'heure de rentrer, et elle sentait son champ de force toute la soirée, dans le salon communautaire où marchait la télévision, même quand elle sortait seule dans le petit jardin où l'on était libre d'aller à condition de faire attention aux fleurs, aux légumes, aux mauvaises herbes et aux orties des autres. Et il rôdait pour finir, le soir, quand Marie montait son escalier, et il lui disait « Bonne nuit, Marie », « Dors bien » ou « Dieu te bénisse, Marie », comme si ces mots scellaient une journée de lutte vaine mais honorable pour une cause qui devrait maintenant attendre jusqu'à l'aube, pour le retrouver à nouveau dans les escaliers. « Hélas, pauvre fantôme », pensait Marie.

Il ne faisait ou ne disait jamais rien. C'était Russ qui faisait ou disait toujours des choses. Le vieux M. Garcia était plus affectueux et démonstratif qu'Alan, et même le langoureux Antonio lui faisait ouvertement la faveur de ses caresses endormies. Mais Alan ne faisait rien. Russ lui pinçait douloureusement les fesses, lui chatouillait le menton, lui embrassait la gorge ou lui léchait les oreilles, et il ressassait avec une obsession troublante ses projets élaborés pour elle ou les plans qu'elle nourrissait pour lui.

— Je ne sais pas quand je pourrai te caser, petite, disait-il, mais ça pourrait *bien être bientôt.* Je me fais d'habitude une règle de ne pas aller jusqu'au bout le premier soir. Mais tu me connais. Fais-moi boire deux whiskies et j'ai la tête qui tourne, tu peux faire de moi ce que tu veux.

— Russ ! disait Alan ; mais c'est tout ce que disait Alan.

Marie ne comprenait pas. Peut-être que rien de tout ça n'avait d'importance après tout. Elle espérait seulement qu'Alan irait bien, qu'il ne se casserait rien.

Un vendredi, en début de soirée, Marie reçut l'ordre de mauvais augure d'aller dans la chambre de Norman pour répondre au téléphone. Norman lui montra le téléphone public d'un geste d'une ampleur qui le fit presque basculer en arrière, puis il sortit de la chambre en tremblotant comme de la gélatine, et ferma la porte derrière lui. Marie avait regardé les gens utiliser le téléphone plusieurs fois et elle était assez sûre d'être à la hauteur. L'haltère courbé et brillant était plus lourd qu'elle ne s'y attendait. Mais elle attendait un appel : elle savait qui ça serait.

— Oui ? dit Marie.

Une voix fluette commença à parler. Les téléphones étaient visiblement des instruments de communication moins efficaces que les gens ne le laissaient paraître. Par exemple, on entendait à peine l'autre personne, et elle vous entendait à peine.

— Je n'entends pas. Quoi ? dit Marie.

Puis elle entendit, un sifflement furieux :

— *J'ai dit : tu le tiens à l'envers !*

Marie rougit et fit comme on lui avait dit.

— Pfff, tu es une vraie femme du monde, hein ! ricana Prince.

— Je suis désolée, dit Marie.

— Bah, laisse tomber. Ou plutôt non, si j'y pense, bon Dieu !

— Comment saviez-vous où me trouver ?

— C'est le genre de choses que je sais. Maintenant, écoute, Marie, est-ce que tu y es allée ?

— Oui.

— Tu as eu du pot ?

— Non, une tasse de thé.

— Ça ne t'a pas ramenée en arrière ?

— Non, je suis toujours ici. C'est complètement changé, là-bas.

— Quoi ? Je veux dire : tu n'as pas eu de chance ?

— Si, j'ai cette chambre maintenant.

— Bon sang !

Elle l'entendit étouffer un grognement de rire.

— J'ai intérêt à choisir mes mots avec toi. T'es-tu *souvenue* de quelque chose, Marie ?

— Juste le rose.

— La rose ?

— Non, je ne me suis souvenue de rien.

Il marqua un silence.

154

— Bon Dieu, dit-il. Merde. Écoute, pourquoi tu ne viendrais pas avec moi demain soir faire un tour en ville ?

— Parce que je ne veux pas.

— Tu es intéressante, Marie, je te l'accorde. Ouais, je dois dire que tu es intéressante. J'ai bien peur de devoir insister. À demain. Je passerai te prendre à ton travail.

— Qu'est-ce que vous me voulez ?

— Je veux juste te faire faire un tour, c'est tout.

— Un tour de quoi ?

— Tu verras. Au revoir, Marie.

— Au revoir, dit Marie.

Elle rejoignit Alan sur les marches, devant la maison. Ils regardaient jouer les enfants, ou du moins Marie les regardait. Marie estimait qu'Alan était trop occupé à trembler et s'arracher les cheveux pour leur prêter beaucoup d'attention. Les garçons tourbillonnaient dans la rue selon des itinéraires déterminés par leur énergie, et les filles qui trônaient sur les murs des jardins des deux côtés de la rue les observaient. La cruauté venait facilement aux garçons et trouvait aussi grâce chez les filles. Marie avait un jour vu le petit Jeremy, balbutiant, écrasé contre une voiture par un de ces jeunes champions au cœur dur ; le visage de Jeremy arborait un sourire maladif pendant que le garçon qui le tenait se tournait vers les filles pour voir si elles l'admiraient ou lui faisaient signe d'arrêter.

— Marie ? dit Alan, quand son tremblement se calma.

— Oui ? dit Marie en se tournant.

Elle était désolée de faire ça à Alan. Elle savait qu'elle lui avait donné son nouvel air hébété, ses mains tremblantes, son sourire de Jeremy. Il avait donné sa chambre à Marie et elle lui avait donné tout ça. Elle lui avait montré un chaos en lui qu'elle ne comprenait pas. Ce n'était pas juste, et elle était désolée.

— Qui était au téléphone ?

— Seulement un homme que je connais.

— Ah.

Alan accueillit la remarque comme si c'était un reproche léger mais qu'elle avait parfaitement su rendre cinglant et que, de plus, il méritait entièrement.

— Marie ?

— Oui ?

— Qu'est-ce que tu préfères faire le soir ?

— Lire dans ma chambre.

— Ah. Bien répondu, dit Alan.

Sa main ouverte se crispa brusquement sur sa bouche comme, sans prévenir, son rire lui arrachait une quinte de toux.

— Non. Je veux dire, tu sais, le week-end, les soirs où tu sors.

— Oh, dit Marie prudemment.

— Parce que, je me demandais : dis non et tout si tu ne peux pas ou autre, mais... Mais je me demandais si tu pouvais sortir avec moi. Demain. Soir.

— Je vois un homme demain soir, déclara Marie.

Alan prit sa lèvre inférieure entre ses dents, leva les sourcils et hocha la tête douze fois.

Juste à ce moment Russ monta en courant les marches du sous-sol. Quand il vit Marie, il s'arrêta brusquement, comme s'il ne l'avait jamais vue avant.

156

D'un index expérimental, il lui leva le menton. Il l'embrassa, poussant sa bouche jusque dans la sienne, si bien que ses lèvres chatouillèrent les dents de Marie. Marie pensa que si Russ voulait faire ça, c'était une chose tout à fait agréable et rassurante ; donc elle ouvrit sa bouche plus grande et passa son bras autour de son cou pour se donner un meilleur équilibre. Cela dura un long moment. Puis Russ retira ses lèvres avec un bruit sec et soudain, il la contempla d'un œil judicieux pendant quelques secondes, il secoua enfin la tête avec une sévérité sans pitié avant de monter les dernières marches. Alan s'arracha une poignée de cheveux avec un faible gémissement et se leva. Puis il descendit la rue en courant, si vite que même les garçons tourbillonnants hésitèrent et s'écartèrent en retenant leur souffle pour le regarder foncer.

Bon sang ! Est-ce que vous avez déjà été aussi malade qu'Alan le fut le lendemain ? Vous connaissez ce genre de douleur ? C'en est une vraiment mauvaise, n'est-ce pas ? Dans les deux ou trois pires. Ce genre de douleur n'est pas très à la mode de nos jours, et certains prétendent ne pas la ressentir. Mais ne vous y fiez pas. L'ennui de la douleur, c'est que ça fait mal. Ouille ouille aïe aïe ! *Ça fait mal.* Si l'amour est ce que vous pouvez ressentir de plus fort, alors ça c'est le pire. Mais la douleur, c'est ce qui arrive quand on tombe amoureux des autres.

Bon sang ! Qu'est-ce qu'il a pris, Alan, aujourd'hui ! Ça alors, Alan en prend vraiment un sale coup aujourd'hui ! Quand on est amoureux et qu'on essaie

157

de se faire aimer par quelqu'un, on peut entendre la texture de ses propres pas, le sifflement de son souffle qui passe. Des yeux invisibles vous observent sans relâche : même la nuit, quelque chose préside à la forme de votre sommeil. Chaque pensée porte une pointe ou une croix.

Mais alors l'échec s'abat et vous sentez son poids. Vous vous voyez dans toute votre laideur. C'est ce que subit le pâle Alan maintenant, dans l'étroit enfer de son réduit. Il est condamné au supplice. Chaque infime mouvement de ses mains, chaque toux étouffée, chaque cheveu tombé brille de sa laideur, et il *est* hideux, il l'est, parce que l'amour vous rend hideux quand le poids de l'échec s'abat sur vous.

Maintenant ses oreilles ont commencé à prendre part à cet amusement horrible : elles ont des hallucinations. Alan n'a pas besoin de ça. Les choses sont déjà assez pénibles sans en rajouter. Et il n'ose pas se tourner pour voir si ce qu'il entend est vrai. Un petit clapotis dans l'évier est un baiser échangé entre Marie et Russ ; le froissement d'un torchon est sa main qui glisse sur sa robe ; chaque silence est leur paix joyeusement partagée, ensemble parmi ces sentinelles de lumière et tous leurs secrets. Que ce soit Russ, ou un autre, ça n'a pas d'importance. Le monde entier se régale d'elle et elle *aime* ça. Les pensées d'Alan se bousculent, son corps est un rodéo, une émeute. Chaque souffle est du feu. Bon sang, qu'il souffre ! Bon sang, il en prend un coup ! Ça alors, qu'est-ce que la douleur fait mal en amour quand le poids de l'échec s'abat !

Marie sentait le crépitement de la radioactivité d'Alan, son champ de force détruit, comme le ciel, la nuit, après la mort des rois, tout en éclairs et hystéries de météorites en flammes. Mais elle n'arrivait pas à le comprendre, elle n'arrivait pas à comprendre son excès. Son instinct lui dictait assez justement de lui porter aide et assistance. Mais chaque mot ou geste qu'elle lui offrait était immédiatement dénaturé par ce nouveau pouvoir qu'elle détenait. En quoi consistait ce pouvoir ? C'était le pouvoir de faire souffrir. Les sourires de Marie n'étaient plus des sourires, pas pour Alan.

Il n'y avait peut-être pas de meilleure façon de réconforter les autres dans ces moments-là. Est-ce qu'en parler les aiderait ? Russ en parla.

— Putain, qu'est-ce qui t'arrive aujourd'hui ? demanda-t-il à Alan avec dégoût alors que tous les trois mangeaient leur rapide repas pendant le creux de l'après-midi. Non mais regarde ses mains ! Regarde-moi ça !

Russ se renversa dans sa chaise et passa son bras sur les épaules de Marie.

— Tu sais ce qu'il a, non, chérie ? Le mal du branleur ! Berk ! Regarde-le. Le sale mal du branleur, voilà ce qu'il a. Va falloir que tu limites, petit, que t'arrêtes de te branler comme ça. Écoute, merde, Al, regarde les choses en face ! Qui a besoin de te voir dans cet état ?

Ça n'aida pas, mais alors pas du tout.

À sept heures, ils traversèrent ensemble le café vide. Russ alla aux toilettes et, pour la première fois de la journée, Marie et Alan se retrouvèrent seuls. Sans perdre de temps, Marie prit la main d'Alan et la serra.

Il se tourna vers elle, les yeux fermés par la douleur. Je n'ai pas fait ce qu'il fallait, pensa-t-elle, mais je vais quand même faire la chose suivante. Elle se pencha vers lui et dit, d'un ton aussi chargé de sens qu'elle le put :

— *Oui.*

Ses yeux s'ouvrirent. Mais c'est alors qu'ils virent tous les deux la voiture noire s'arrêter et Prince en sortir prestement. Il appuya son épaule contre la portière, pencha la tête et lui sourit posément.

Ils s'avancèrent d'un pas hésitant vers la porte, et Russ les rejoignit d'un pas rapide. Une fois dans la rue, Marie hésita un instant, mais, bien sûr, elle savait qu'elle n'avait pas le choix.

— Qui est ce mec-là ? demanda Russ pendant que Marie s'éloignait.

— Viens, Russ, dit Alan.

Russ s'attarda à regarder quelques instants avant de rattraper son ami.

13

L'action en direct

— Regarde, dit Prince à Marie qui s'approchait.

Il se tourna. Il tendit un doigt, posa ses avant-bras à plat sur le toit de la voiture et regarda sa montre d'un œil blasé. Marie s'arrêta à côté de lui et regarda.

Sur le trottoir d'en face, un homme se jeta bruyamment dans la rue par une porte entrouverte. Il titubait. Il se redressa pour partir en courant, mais avant qu'il ait pu s'éloigner une femme à demi vêtue le rejoignit et d'un bond, un bond inhumain ou animal, elle fut sur son dos et sembla l'écraser au sol. Il essaya de se dégager, et ils entendirent nettement sa veste se déchirer entre les mains de la femme. Ils hurlaient tous les deux, elle sans discontinuer et un ton plus haut. L'homme la repoussa vers la porte où une seconde femme apparut qui, amie ou traîtresse, la retint par les épaules jusqu'à ce que l'homme se fût dégagé d'un coup. Il partit en courant et se retourna deux fois. Les femmes s'embrassaient maintenant, bien qu'une continuât à gémir.

C'était un son de bête affamée, captive, qui se faisait de plus en plus fort. Ils l'entendaient encore alors que les deux femmes étaient rentrées et avaient claqué la porte derrière elles.

— Étrange, remarqua Prince avec légèreté. Cet endroit est plein de choses étranges si l'on sait où regarder. De choses bizarres. Viens.

Il ouvrit la porte et observa Marie qui montait dans la voiture ; elle le fit maladroitement, les pieds d'abord.

— Attention aux mains, dit-il.

La porte se referma avec un bruit sourd d'air comprimé, et l'ombre de Prince fit le tour par l'extérieur, derrière la tête de Marie. Il se glissa à côté d'elle et tourna la clef dans sa serrure. Elle regarda par sa fenêtre ; le café disparut, détournant son visage sombre. La machine baissa la tête et commença à dévorer la distance. Ils furent vite sur les rayons de béton qui étendent leur réseau sur la ville, la voiture fonçait à pleins gaz pour tenter d'être à la tête du troupeau.

— Bien sûr, c'est la première fois que tu montes dans une voiture, n'est-ce pas ?

— Oh, je pense que j'étais certainement déjà montée dans une voiture, répliqua Marie à la fenêtre.

Elle se tourna brusquement. Prince souriait à la route qui se déroulait.

— J'ai des masses de temps pour toi, Marie. Je te l'ai déjà dit. Des masses de temps.

La vie submergea presque Marie ce soir-là. Elle n'aurait jamais deviné les divisions abyssales de la ville et ses atroces énergies, son mobilier, sa quincaillerie, sa puissance et sa surabondance. Et elle ne pouvait plus avoir de doutes quant à Prince. Il la connaissait. Il connaissait tout.

— Regarde, dit-il dans le bar au quarante-quatrième étage.

Marie se tourna pour voir une rousse vêtue d'une robe rose, qui riait au bras d'un gros homme à l'œil mort. Le rose de sa robe était enfantin, mais ses cheveux étaient aussi rouges que du sang.

— Il a payé une agence cinq cents francs pour l'amener ici ce soir. Elle en gardera cinquante, peut-être moins. Cinquante francs pour sortir avec de gros types. Ensuite ils se mettront d'accord. Il lui donnera mille francs, peut-être mille cinq cents. Elle passera quatre ou cinq heures de son temps à son hôtel, puis elle rentrera chez elle retrouver ses enfants et son mari, qui s'en moque, qui n'a pas les moyens de ne pas s'en moquer.

— Regarde, dit-il dans le cachot sous les rues.

Il s'était arrêté sous un pont et il avait ouvert une porte dans le sol avec ses clefs. Il avait des douzaines de clefs à son trousseau, des clefs pour tout, peut-être, ou juste des clefs de geôlier.

— C'est là que passent les câbles d'énergie de la ville. Ce sont les veines de cuivre qui font marcher les choses, l'eau, l'électricité, le gaz.

— Regarde, dit-il dans le dortoir chaotique d'une enceinte gardée près de l'aéroport, où les coques noires des avions poussaient leur plainte stridente au-dessus de leurs têtes, leurs lumières montant dans l'air sombre.

Marie se tourna pour voir une femme au visage ocre marcher d'un lit à l'autre avec une botte de baguettes et un bébé qui hurlait dans ses bras.

— La balayeuse pince l'enfant pour qu'il réclame de l'argent en pleurant plus fort. Mais elle le pince aussi pour le punir de ses péchés dans ses vies antérieures. Il a dû être un très mauvais garçon pour naître le fils d'une balayeuse. En admettant qu'il y ait une vie après la mort, bien sûr.

— Regarde, dit Prince.

Marie regarda à travers le pare-brise, mais elle ne pouvait toujours pas en croire ses yeux. Un homme, debout au milieu de la rue, nu comme un ver, pleurait en brûlant de l'argent. Il avait un briquet, et une poignée de billets. D'autres gens s'étaient assemblés pour regarder.

— Pourtant il a l'air bien adapté, remarqua Prince. Mais à quoi est-il adapté ? Oh, mon Dieu... qu'est-ce qui t'a conduit là ? Qu'est-ce qui t'a amené à penser qu'il n'y avait plus que ça à faire ? C'est ça, cours ! Cours, vieux !

Ils mangèrent dans un restaurant caverneux qui s'étendait dans un quartier grouillant de Chinatown. Des milliers de Chinois mangeaient avec eux. Jusque-là, Marie avait pensé que le fait que les gens viennent de Suède ou du Sri Lanka n'était pas plus remarquable que celui qu'ils aient des jambes longues ou des cheveux courts ou qu'ils aient de la chance ou non. Maintenant elle voyait que cela avait de l'importance, pas seulement pour vous, mais aussi pour l'équilibre général. Les autres... ces lutins aux visages aplatis qui luisaient froidement... Prince utilisait ses aiguilles à tricoter avec expertise sur la nourriture sucrée. Marie était trop pleine pour manger, bien qu'elle n'ait guère mangé ce jour-là. Il n'y a pas que la nourriture qui vous remplisse. Parfois le présent est plus qu'assez ; parfois le présent est plus qu'on ne peut digérer. Elle buvait son thé et essayait de se préparer.

— Nous commençons ? dit-il.

Marie acquiesça.

— Qu'est-ce que tu sais de Amy Hide ?

— J'en sais suffisamment. La photographie m'a suffi.

— Bien, nous en savons un peu plus. Nous savons quel genre de choses elle faisait, quel genre de personnes elle fréquentait. Un soir elle est allée trop loin. Quelque chose s'est passé. Nous ne savons pas exactement quoi. Tu sais ce que c'est qu'un meurtre, non ?

— Je pense que oui.

— D'habitude on trouve un corps et on doit chercher un assassin. Dans le cas d'Amy Hide, on trouve un assassin et on doit chercher un corps. On ne le trouve pas. On a une confession, un type dans une cellule qui dit ce qu'il a fait et pourquoi. Mais on n'a pas de corps. Où est Amy Hide ? Et c'est là que tu arrives. Montre-moi tes dents.

Marie ouvrit une bouche grimaçante. Elle avait l'impression que quelqu'un d'autre le faisait pour elle.

— Hum, jolies dents. Ça ne m'avance à rien, remarque. Il semble qu'Amy n'ait jamais eu de problème de ce côté, de toute façon nous n'avons mis la main sur aucun dossier. Idem avec le toubib. Donc nous sommes dans un sacré pétrin.

— C'est un crime d'être assassinée ? demanda Marie.

— Quoi ?

Marie pensait que rien ne pouvait étonner Prince ; mais ça l'avait étonné.

— Qu'est-ce que tu as dit ? insista-t-il.

— Je voulais juste savoir. Est-ce que c'est un crime ? Est-ce qu'on peut être puni pour ça ?

— Eh bien, c'est une étrange façon de violer la loi. Tu vois, le problème... (Il hésita et passa la paume de sa main sur son front.) Non. Ce n'est pas la peine que tu saches ça maintenant. Ça viendra plus tard.

— Quoi ?

— Tu verras.

Il avait retrouvé son calme, et un pli amusé réapparut sur ses lèvres.

— On est condamné à quelque chose si on viole la loi ? demanda Marie.

— Au violon.

— Et si on tue quelqu'un ?

— À vie.

— C'est comment, la vie ?

— Un cauchemar.

— Vraiment ?

— Merde, dit-il en riant. N'essaie jamais. Hein, Marie.

— Quoi ?

— Tu es bonne ou méchante ?

— ... Je suis bonne, je vous le jure.

— ... Vraiment ?

Elle le défia de toute la lumière de ses yeux. Elle dit :

— Vous est-il jamais arrivé de faire une chose terrible en rêve et puis de vous réveiller en pensant encore que c'était vrai ?

— Ouais, dit-il.

— C'est l'impression que j'ai en permanence. En permanence.

— Pauvre Marie, soupira-t-il, pauvre fantôme ! Allez, viens, j'ai bien peur de devoir te montrer encore une chose ce soir.

Ils roulaient en silence. Prince n'était plus d'humeur à parler et il semblait se concentrer sur les commandes. Marie regardait la route avec attention. De nouveau la rivière, qui se contorsionnait sans suite dans la nuit lunaire, le mufle fumant d'une usine qui grondait encore, des hangars défilèrent lentement de chaque côté et semblèrent se retourner sur la voiture qui les dépassait, une étendue d'herbe noire où un étang elliptique luisait d'un éclat tremblant. Puis les réverbères s'éteignirent, et elle ne vit plus que les faisceaux fumeux lancés par la voiture noire.

Ils descendirent et marchèrent. Marie sentait le volume massif de l'eau toute proche. Était-ce une autre rivière ou est-ce que la rivière qu'elle avait traversée avec Sharon avait décrit une boucle subtile pour revenir vers eux ? Il y avait une odeur d'humidité végétale et une sensation de liquide dans l'air. L'eau gouttait et suintait musicalement. Elle remarqua les visages sombres aux yeux noirs qui regardaient comme des masques depuis des portes embrumées. Des chiens chétifs et élimés, qui ressemblaient davantage à des rats récemment promus, levèrent la tête pour les regarder, depuis le sac d'ordures fendu où ils mangeaient, et aboyèrent faiblement. Les chiens semblaient gênés par leur soudaine promotion dans la chaîne des êtres, comme s'ils souhaitaient ne pas avoir tant excellé dans le royaume des rongeurs et pouvoir retourner à leur état de rat. L'un d'eux vint en boitant flairer les pieds de Marie puis s'éloigna à nouveau sur la pointe des pattes.

— Ce chien n'agite pas la queue, remarqua Marie nerveusement.

— Il a probablement peur qu'elle tombe, dit Prince.

Un oiseau lourd battit des ailes au-dessus d'eux, et ils entendirent leur bruissement dans l'air humide. Marie pensa à la photo qu'elle avait vue d'une aigle américaine, ses pantalons orientaux, ses vieux yeux et leur foi dans la force du bec à déchirer. Marie pressa le pas. Ils tournèrent dans une ruelle et, tout de suite, Prince courba le dos pour passer une porte basse en lui faisant signe de le suivre. Elle entra derrière lui. L'obscurité et sa poussière établirent un lien avec quelque chose dans sa tête ou sa gorge, un chatouillement dans les veines qui prenait le nez, le mouvement d'un courant familier mais oblitéré dans le flot de son sang. Entouré de bougies, dont l'éclat le faisait paraître aveugle, un vieil homme noir était assis à une table près d'une autre porte. Il vit Prince et se leva en soupirant. Il fit glisser délicatement le loquet et se recula pour laisser entrer Prince. Celui-ci pouvait aller n'importe où. Toutes les portes devaient s'ouvrir devant Prince. Ils montèrent l'escalier de guingois au rythme d'une musique lugubre et confuse. Ils pénétrèrent, par un trou dans le sol, sous la voûte d'ombres d'une longue salle.

« C'est un monde plus lent, pensa Marie, où la cause et l'effet ne sont jamais nécessaires. Ici, les gens essaient de vivre de fièvre et de magie ; ils n'y arrivent pas, mais ils essaient. » Elle regarda autour d'elle, puis elle fixa les lattes de plancher noires, laissant Prince la guider par le bras. Il y avait là vingt ou trente personnes, peut-être beaucoup plus. Dans un coin, là-bas, un film jetait une lueur vive. Les voix étaient basses et assoupies par toute la fièvre dans l'air.

— Ne t'inquiète pas, dit Prince en la conduisant vers les danseurs mous et lourds qui mimaient le chaos sous les lumières poussiéreuses. Ce soir, c'est mort. Il ne se passe rien.

Ils s'assirent sur des chaises courbées autour d'une petite table carrée. Un vieil homme se coula jusqu'à eux et posa lourdement une bouteille et deux verres devant eux.

— Dieu, que je déteste cet endroit, dit-il en se penchant, et il commença vite à boire.

Marie regardait les danseurs. Il n'y avait que deux couples sur la piste. Un Noir étrangement grand traînait les pieds, effondré sur une petite blonde abîmée. Les yeux de l'homme étaient vraiment morts. Il semblait peser de tout son poids sur la fille qui le faisait tourner sur la piste jonchée de détritus comme dans une punition éternelle.

— Tu sais ce qu'ils font ici, Marie, n'est-ce pas ?

— Non, dit Marie, éreintée. Que font-ils ici ?

— Toutes les choses habituelles, toutes les choses banales. On penserait que des gens avec de tels besoins paieraient d'autres gens pour qu'ils les aient pour eux et qu'ils se contenteraient de s'asseoir et de regarder. Vraiment, c'est le dernier endroit où l'on s'ennuie. Quand le monde t'a ennuyé à crever, tu viens ici et tu t'y fais ennuyer. T'en souviens-tu ?

Marie regardait les danseurs. Le second couple était différent : il possédait encore de l'énergie. Ils se balançaient ensemble avec des restes de méthode, l'homme formait des dessins élaborés sur le dos de la fille de ses serres tendues, elles glissaient le long de la courbe noueuse de son échine et redescendaient sous ses seins. Comme ils tournaient laborieusement sur la piste, la fille se retrouva face à Marie, le temps de quelques lentes mesures, elle ne toucha pas terre. Elle sourit. Un de ses yeux était gonflé et violacé. Sa bouche caverneuse s'ouvrit sur un rire silencieux. On lisait sur son visage le soulagement de ne pouvoir tomber plus bas. L'homme, lui, leva brusquement la tête et ils s'embrassèrent. Le bon œil de la fille était toujours posé sur Marie. Tu vois ? Tu vois ? semblait-il dire. Je suis enfin perdue, perdue.

— Amy venait très souvent ici, je crois, dit Prince.

— Vraiment ? dit Marie.

— Exact, exact. Ça lui plaisait surtout quand il y avait de l'action en direct. (Sa voix s'approcha.) Tu ne te souviens pas ? Tu trouves ça *ennuyeux* ? Mais le vice est ennuyeux, très ennuyeux. Qu'est-ce qui t'intéresse, Marie ? Le vaudou, la vidéo, la violence, les vagabonds, les vandales, les vampires ? Qu'est-ce qui *t'intéresse*, Marie, qu'est-ce qui t'intéresse *vraiment* ?

Marie se détourna. Elle ne savait comment répondre à l'agitation dans sa voix. Ce n'était pas de la colère, mais peut-être l'impatience du désespoir éveillé.

— Alors ils trouvent des gens qui savent déjà ce que valent quelques dents. Ils sont battus, malmenés, couverts d'urine, et ensuite on peut monter sur la scène et leur taper un peu dessus. Les punching-balls sont payés. Oh, bon, bon. C'est pas mal, hein. Tu ne t'en *souviens* pas ? Vraiment pas ?

Marie ne dit rien. Les danseurs s'embrassaient encore, avec une violence redoublée, comme s'ils se mangeaient la langue. L'homme poussait la fille vers le coin de la pièce qui était le plus sombre. Attendez, il y a une porte là-bas, une porte basse presque noyée dans l'ombre. Sans cesser de s'embrasser, sans cesser de danser, sans cesser de la pousser, il se dirigea vers la porte. Soudain la tête de la fille se renversa ; elle avait vu la porte et elle l'avait vue s'ouvrir. Oui, c'était plus loin, c'était beaucoup plus loin, c'était plus, c'était encore un tout autre palier dans la descente vers le fond. Mais elle rit et redressa ses épaules comme si elles étaient des ailes pour s'envoler. Ils étaient passés de l'autre côté. La porte se referma violemment sur eux.

Marie se tourna vers Prince. Elle savait qu'il la regardait depuis un bon moment.

— Qu'y a-t-il derrière cette porte ? demanda Marie dans la voiture.

— J'ai été une fois derrière cette porte. Toi aussi, je crois.

— Arrêtez de jouer avec moi. Pourquoi ne me laissez-vous pas tranquille ? Quoi que j'aie été, je suis *moi* aujourd'hui.

— Je reconnais là mon Amy, dit Prince. C'est l'opposition qui parle.

— Arrêtez. Laissez-moi tranquille. Je ne fais de mal à personne. Et je ne peux pas avoir été assassinée, n'est-ce pas, puisque *je suis ici.*

Prince rit. Au bout d'un moment, il dit :

— Y a-t-il une vie après la mort ? Qui sait ? À la réflexion, ça ne m'étonnerait pas de la vie, pas toi ? Ça serait bien son style d'avoir un dernier tour à nous jouer… D'accord. D'accord. Nous te laisserons tranquille pendant un petit moment. En fait, il n'y a derrière cette porte, ces jours-ci, qu'un matelas ou deux, pour autant que je sache. Pour la baise. Ça, tu connais, Marie ?

— Un peu.

— Oh ! très bien.

Marie dit :

— Vous savez que j'habite dans un squatt maintenant. Je suppose que vous le désapprouverez aussi.

— Moi ? Pas vraiment. Il y a des squatts qui sont bien. Il y en a même qui sont légaux. Les gens ne plaisantent pas quand il s'agit de vivre ensemble. Eh ! dit-il comme la voiture qui les précédait semblait sur le point de quitter sa voie en zigzaguant.

— C'est…

— Je sais où c'est.

La voiture remonta la rue aire de jeu avec méfiance. Maintenant tous les enfants dormaient. Les murs de jardin avaient l'air gelés sous la lumière de la lune, la cour où les fillettes s'asseyaient et regardaient paraissait spectrale.

— Marie, deux choses.

Prince sortit de la voiture si vite que quand Marie ouvrit sa portière sa main était déjà là, patiemment tendue. Il se redressa et dit :

— Les photos, sur le manteau de la cheminée de ton ancienne chambre. Penses-y. Essaie… de voir si tu peux suivre tes traces un peu plus loin dans ton passé.

172

Ton passé est toujours là. Quelqu'un doit s'en charger. (Il se tut un instant et leva la tête vers le ciel.) Regarde.

Étirée en brume, en fumée blanche, une créature blanche solitaire, égarée, séparée de son troupeau, s'enroulait comme un génie autour du feu d'argent de la demi-lune. Elle n'avait pas l'air inquiète ; elle avait l'air contente d'être laissée seule à son jeu nocturne.

— Ils ne sont pas vivants, tu sais, dit Prince. Ce sont juste des nuages, de l'air, du gaz.

Son haleine effleura un instant ses lèvres, cette haleine médiane, puis passa sur sa joue. Elle s'approchait des marches de la maison quand elle entendit claquer la portière et redémarrer la voiture.

Marie monta l'escalier de la maison endormie. Elle pouvait ne faire aucun bruit quand elle voulait. Elle se glissa jusqu'à la chambre qu'elle aimait. L'escalier était là. « Toutes les choses sont vivantes, même ces sept marches, se dit-elle. Tout est vivant, on peut toujours trouver un aspect positif aux choses. »

Elle s'arrêta sur la dernière marche. Elle savait sans le moindre doute qu'il y avait quelqu'un dans sa chambre, que quelqu'un l'attendait derrière la porte. « Ne t'arrête pas maintenant », se dit-elle, et elle ouvrit la porte. Quelqu'un était assis dans le noir. C'était Alan. Il n'osa même pas ôter les mains de devant son visage. Ses bras étaient aussi raides et friables que du petit bois. Il ne pouvait pas s'arrêter de pleurer. Marie se déshabilla. Elle se mit au lit et lui dit de venir aussi. Il vint. Il voulait entrer en elle, mais sans lui faire mal, contrairement à Trev. Alan voulait juste se cacher là un instant. Elle le laissa, elle l'aida à entrer. Tout fut fini en une minute. Marie espérait juste qu'il ne casserait rien. Mais elle pensait que c'était probablement déjà fait.

Y a-t-il vraiment une vie après la mort ? Bonne question.

Si oui, ce sera probablement l'enfer. (Si oui, ce sera probablement mortel.)

Si oui, ça ressemblera probablement beaucoup à la vie parce qu'il n'y a de la variété que dans la vie. Il devra y avoir de nombreuses versions de la mort pour répondre à toutes les versions de la vie.

Il faudra qu'il y ait un enfer pour chacun de nous, un enfer pour vous et un enfer pour moi. Ne croyez-vous pas ? Et nous devrons tous y souffrir seuls.

14

En attendant tristement

Alan et Marie... « Alan et Marie. » Le couple *Alan et Marie.* Quelles sont leurs chances, selon vous ? Selon moi – mais ce n'est que mon opinion – je ne pense pas que cette histoire soit une bonne idée pour aucun des deux, pas vraiment. L'amour est aveugle, me direz-vous. Oui, mais où un aveugle peut-il conduire un autre aveugle ? Dans des rues borgnes, des chemins inconnus, le visage tremblant de peur. Et puis il faut penser aux autres.

Russ, par exemple, est *très en colère.* Alan a de *très gros ennuis* avec lui à cause de tout ça. Voilà un secret qui aidera à comprendre pourquoi. Jusqu'à il y a peu, Russ passait trois ou quatre nuits par semaine chez Vera, la voleuse, la chômeuse chronique, au sous-sol (c'est en fait à ça que se limite sa relation avec les stars de l'écran et de la scène). Mais la nuit dernière, quand il est entré comme à son habitude, il a trouvé le brillant Paris étalé nonchalamment sur le lit en train de lire le

New Standard. Et voilà que juste après ça il voit Alan et Marie descendre prendre le petit déjeuner, main dans la main.

Une réflexion majeure semblait inévitable ; et une fois qu'il se mettait à penser, de nouveaux doutes l'assaillaient sur de nombreux points. Illettré, Russ est très impressionné par de nombreux attributs d'Alan, même s'il ne le montre pas. Beaucoup de choses, chez Alan, le remplissent d'une admiration sans bornes. C'est bien pour cela qu'elle l'aime : parce qu'il lit et écrit si bien. De plus, à la suite d'une remarque désagréable de Vera, Russ a commencé à entretenir des doutes radicaux et dévastateurs quant à la taille de son pénis. Peut-être que le petit Alan en cache un énorme (après tout, on ne peut jamais savoir) ? Tout cela, Russ le croit pendant les sombres nuits de son âme, ses heures de cafard. Des chœurs de trahison font la sérénade à chacune de ses pensées, et dans la nuit sinistre, il rumine sa vengeance.

Je vous entends murmurer : « Eh bien, au moins Alan ira bien pendant quelque temps. » Même pas. Pour Alan aussi, ça va mal. Il pense que ça ne peut pas aller plus mal. Il a tort. Attendez.

— Tu veux descendre la première ? lui demanda-t-il le lendemain matin.

Marie se retourna. Alan était assis au bord du lit, jambes serrées, complètement habillé. La nuit l'avait très peu changé. Toute la couleur de son visage semblait s'être infiltrée dans le blanc de ses yeux : leur rouge était plus éclatant que leur bleu. Sa bouche tremblait encore là où ses lèvres sèches se séparaient. Marie s'assit et Alan tourna vite la tête.

— Pourquoi voudrais-je faire une chose pareille ? s'étonna Marie.

— Je ne sais pas, dit-il, et il y eut finalement un tremblement de triomphe furtif sur son visage. Je veux dire, tu veux que tout le monde sache ?

— Sache quoi ?

— Pour nous.

— Nous ?

— Je t'aime vraiment, Marie, tu sais.

— Qu'est-ce que cela veut dire exactement ?

— Cela… Je mourrais pour toi, sur la vie de ma mère, je te le jure.

— Je vois. Mais tu ne dois pas mourir pour moi, n'est-ce pas ?

— Non.

— Alors qu'est-ce que ça veut dire ?

— Je ferais n'importe quoi pour toi, croassa-t-il, et il s'arracha une poignée de cheveux. Écoute, je vais descendre maintenant, et comme ça ils ne sauront pas.

Mais il ne leur fallut pas longtemps pour comprendre. Ils comprirent parce que toute la journée, un dimanche, Alan, livide, soit ne la quittait pas des yeux, soit lui tenait la main (d'une main froide et moite qu'il ne cessait de remuer), soit il agitait un doigt, soit il caressait ses articulations du pouce. Marie fut encore plus sidérée par l'effet immédiat que ces attentions eurent sur les autres. Un horrible scintillement voilé commença à émaner de Norman et Charlie, et Wendy et Alfred lui exprimèrent leur dédain par un sourire figé et un regard froid. Ray et le petit Jeremy au moins semblaient tout à fait indifférents ; mais il y avait une grossièreté et une perte de distance palpables dans les regards et les rires de Vera et Paris. Quant à Russ, il se contenta de la regarder toute la journée avec une expression d'incrédulité dégoûtée sur le visage.

Marie, se sentant très embrouillée, saisit la première occasion pour implorer Alan d'oublier tout ce qui avait pu se passer et de revenir aux choses telles qu'elles étaient avant. Alan dit qu'il ferait n'importe quoi pour elle, sauf ça.

— Vas-y, demande-moi. N'importe quoi, dit-il.

Mais Marie ne trouvait rien d'autre à lui demander, rien d'autre que ça. Il versa des larmes quand elle céda. Marie commençait à se demander dans quoi elle s'était engagée.

Prenez mercredi soir.

Une couverture entre elle et l'herbe humide, Marie était assise dans les derniers rayons de soleil du jardin et lisait un livre. Elle lisait *la Dame au petit chien et autres nouvelles* où on disait des choses bien étranges sur les femmes. L'après-midi au café avait été moyennement turbulente. Quand Alan avait tourné le dos, Russ s'était précipité dans son bureau et en était ressorti en brandissant quelques brochures secrètes qu'Alan gardait dans son tiroir. Elles portaient des noms comme : *Transplantations capillaires : les faits*, *Comment garder vos cheveux* et, plus brutalement, *Vous devenez chauve ?* Alan en fut malade tout l'après-midi. Plus tard, il lui dit d'une voix tremblante, un rictus douloureux sur la figure :

— Marie. Tu sais, Russ ? Eh bien, devine. Il ne sait même pas lire et écrire.

Et soudain, Alan n'eut pas l'air aussi content qu'il pensait l'être à l'idée de communiquer cette information.

— Pauvre Russ, dit Marie.

Marie lisait dans le jour tombant. Elle tourna une page. De temps à autre, sa frange sombre était soulevée par une salve de vent égarée. Elle se pencha pour gratter sa cheville nue d'un ongle insouciant. Elle tourna une page : le papier qui tournait jeta son éclat sur ses yeux comme elle levait le menton calmement pour regarder le nouveau rectangle imprimé. Ses yeux ne quittaient pas le livre. Mais elle savait que le visage d'Alan l'observait de derrière la fenêtre du salon, un poisson pâle dans sa mare.

Or, Marie savait qu'Alan allait bientôt tâcher de venir la rejoindre. Elle savait qu'il savait qu'il ne devrait pas essayer : elle ne souhaitait visiblement pas sa présence et il ne ferait qu'insensiblement augmenter sa pitié et sa lassitude. Mais il faudrait qu'il essaie, son esprit convaincu par l'amour. S'il ne s'empressait pas de le faire, c'est Russ qui le ferait à sa place. Par quelque aveugle décret, Russ semblait plus ou moins capable de faire ce qu'il voulait avec Marie, y compris en public, sans la moindre arrière-pensée ou réserve. Deux fois déjà, elle avait passé toute la soirée sur ses genoux. C'était confortable, elle devait l'admettre, et ça semblait être égal à Alan. Il regardait de l'autre côté et se concentrait sur ses propres cheveux. Il ne faisait jamais le moindre commentaire.

Du coin de l'œil, là où l'œil relie le cerveau et son radar, Marie vit Alan commencer sa manœuvre vers les marches du jardin. Elle tourna la page. Il réapparut sur le petit balcon de bois et regarda le ciel comme s'il voulait juste savourer la fraîcheur de l'air du soir. On aurait dit qu'il s'apprêtait à marquer sa nonchalance par un sifflotement. Il le fit. Seigneur, quel bêlement ! Elle tourna la page. Sa jambe levée hésitait au-dessus de la première marche, mais c'est alors qu'il entendit le remue-ménage joyeux habituel derrière lui. Russ ! Le sifflotement avait été la grossse erreur ! Il s'écarta et regarda les fleurs pendant que Russ dévalait l'escalier.

— Te voici, mon cœur, dit Russ.

Marie posa son livre. Il était inutile d'essayer de lire quand Russ était là. Il aimait jouer, surtout pincer et chatouiller. Ils jouèrent pendant vingt minutes. Marie riait beaucoup en culbutant, jambes en l'air, Russ était très drôle, elle devait le reconnaître. Après, il la reconduisit dans la maison en la tenant par la main. Alan était toujours sur le balcon, à regarder les fleurs. Quand Marie passa à côté de lui, il se tourna vers elle et elle l'entendit s'arracher une poignée de cheveux. Il regarda sa main avec étonnement : il y avait là de quoi se faire une queue de cheval. Il leva les yeux sur Marie. Tous deux pensèrent : il ne doit pas refaire ça trop souvent. Il ne lui en reste plus que trois ou quatre comme ça.

Marie suivit Russ dans le salon. Elle se sentait vraiment désolée pour Alan, et elle aurait tant voulu qu'il arrêtât de se préoccuper de ses cheveux.

Quand les uns et les autres eurent dîné, une fois la télévision épuisée et tous dispersés par un ou par deux, Russ, Marie et Alan étaient restés seuls dans la salle commune.

Marie était assise sur les genoux de Russ. Elle ne savait pas très bien ce qu'elle était censée faire à ce sujet ni même si cela avait de l'importance. Russ se contentait de la prendre et de l'y poser. Alan avait essayé une fois mais l'expérience n'avait pas été un succès. Il l'avait littéralement mise sur ses genoux qui s'étaient presque aussitôt mis à trembler avec une telle violence que la voix de Marie en chevrotait quand elle parlait. Elle s'était levée et elle était allée s'asseoir sur les genoux de Russ. C'était beaucoup plus confortable. Russ savait vous lover dans le creux de son corps et serrait bien ses bras autour de votre taille.

— Pourquoi perds-tu ton temps avec cette petite épave merdique ? lui demanda Russ en agitant la tête vers Alan qui sourit.

Marie haussa les épaules. Elle ne pouvait rien lui répondre. Les soirées finissaient toujours comme ça désormais. Cela la mettait mal à l'aise et elle ne savait pas pourquoi. Mais ça semblait amuser les garçons. Russ lui posa un baiser bruyant sur l'oreille. Elle passa un bras autour de ses épaules, pour être mieux installée.

— T'es ma poupée, chuchota Russ bien fort. Nous pourrions nous envoyer au septième ciel. Nous pourrions faire de la musique douce, oh si douce, ensemble… Mmm… Non mais regarde-le, lui.

— Allez, Russ, protesta Alan timidement.

— Il va être chauve comme un œuf dans… une demi-heure. Ha ! J'ai plus de poils sous mon bras gauche qu'il en a sur tout le caillou ! Regarde un peu ma poitrine.

Russ prit une profonde respiration. Marie tâta sa poitrine pour faire quelque chose.

— Tu vois ? Maintenant regarde cette merde d'Alan.

— Allez, Russ, dit Alan en haussant modestement les épaules.

— Non mais regarde-le… Est-ce que tu as déjà vu de ta vie une petite chiure de merde pareille ? Comment il est au pieu, hein, Marie ? Foutrement pathétique, je parie. Qu'est-ce qu'il fait, hein ? Hein ? Il le rentre comme un chausse-pied, il crachote en vitesse, et il se l'essuie sur l'oreiller ? Hein ? Hein ? Ha ! Avec moi, c'est pas comme ça que ça se passe, moi d'abord ce que je fais, je…

— Viens, Marie, dit Alan.

Il était debout devant elle, la main tendue. Elle prit cette main, pour arrêter son tremblement plus que toute autre chose. Elle se leva et se dirigea avec lui vers la porte.

— Bonne nuit, déplumé. Ne te défonce pas trop, ma chérie, leur cria Russ, et ils entendirent longtemps son rire amer les poursuivre dans l'escalier.

Marie était couchée, nue, dans son lit et attendait Alan. Il préférait se préparer en bas pour le stade final de son épreuve quotidienne. Dans quelques minutes il ferait son entrée. Puis il dénouerait sa ceinture et se dégagerait de sa robe de chambre étrangement hirsute pour s'avancer courbé jusqu'au lit où il la rejoindrait entre les draps. Puis il ferait ce qu'il lui fallait faire.

Cela ne lui procurait visiblement pas plus de plaisir qu'à elle. Peu d'aspects de la vie sur terre paraissaient aussi incompréhensibles à Marie. Alan et elle avaient essayé deux choses : dormir ensemble ou séparément, mais les deux s'étaient révélées également mauvaises. Ils pouvaient peut-être de nouveau dormir séparément. Peut-être que si elle devait dormir avec quelqu'un, elle pourrait dormir avec Russ, à qui cela semblait importer le moins. Elle avait présenté ces alternatives à Alan et il avait paru y être extrêmement opposé. Il avait dit qu'il ferait tout ce qu'elle lui demanderait sauf ces deux choses, même si ces deux choses étaient les seules choses qu'elle lui ait jamais demandées. Ce qu'elle voulait vraiment, c'était de revenir aux choses telles qu'elles étaient avant. Elle pouvait lire un livre la nuit et dormir plus confortablement. Russ redeviendrait peut-être comme avant, et elle perdrait peut-être ce pouvoir qu'elle ne voulait pas sur Alan, ce pouvoir de le rendre malheureux. Il ne pourrait sûrement pas supporter ça beaucoup plus longtemps. Il ne pouvait sûrement pas l'aimer tant que ça.

Alan entra dans la chambre. Il essaya de murmurer un « bonsoir » discret, mais il ne put émettre qu'un râle desséché qui s'échappa du fond de sa gorge. Avec des mouvements précipités mais qui lui prirent pourtant un temps infini, il se dégagea de sa robe de chambre, et il semblait à la fin lutter contre cette toison collante. Il la laissa tomber sur une chaise et rampa jusqu'à elle dans l'obscurité.

Sa poitrine était humide mais sa bouche était complètement sèche. Alan faisait toujours les choses de travers comme ça. Son corps sentait le désodorisant atrophié, sa bouche le dentifrice et les restes d'un bain puissant à multiples effets. Il dégageait une spongiosité aigre dans de tels moments avec son crâne humide et ses mains luisantes. « Pauvre fantôme », pensa Marie. Elle gisait crucifiée, tandis que la bouche serrée d'Alan embrassait ses lèvres. Son membre créateur et pendouillant n'était qu'une présence moite contre sa cuisse, ni flasque ni dure, il attendait tristement. La tristesse, voilà ce que c'était. Il se souleva sur le corps en étoile de mer de Marie. « Oh mon Dieu, il est en train de mourir, se dit-elle, il ruisselle de partout, il fond. »

Cela ne durait jamais longtemps, et bientôt il dormait ou essayait de dormir. Il n'était pas très doué pour ça non plus. Pendant de longues heures, Marie restait éveillée et l'écoutait parler en rêvant, les mots n'étaient pas très nets mais ils en disaient assez sur sa confusion et sa tristesse d'être vivant parmi tous les autres.

Ce fut une période turbulente et fatigante pour Marie ; mais il ne se passait vraiment rien. Elle repensait souvent à sa soirée avec Prince, mais elle se sentait alors soit pleine de défi, soit engourdie, prête à se rendre. Mais elle ne savait pas ce qu'elle devait faire, à part essayer de bien se conduire, et elle le faisait, elle essayait vraiment. Le fantôme du passé n'était pas près de disparaître, donc Marie cherchait à s'y habituer, à ne pas tant en souffrir. Elle vivait le train-train quotidien comme tout le monde. Elle attendait. Le temps attendait. Puis, un dimanche, ce qu'elle devait faire ensuite lui apparut clairement.

C'était le jour où ils allèrent à la piscine de leur quartier : Marie, Alan, Russ, Ray, Paris, Vera, Alfred, Wendy et Jeremy. Marie était inquiète au départ, elle se demandait surtout ce qu'elle allait mettre, mais Wendy la rassura. Wendy était devenue une bonne amie de Marie, c'est elle par exemple qui lui avait expliqué la contraception. Marie pensait, pour une étrange raison, que seuls les gens dans les livres avaient des bébés. Mais Wendy, elle, avait eu un bébé. Marie pensait à ce qu'elle avait risqué, avoir un enfant, l'enfant d'Alan. Aïe ! Et dire que cet acte de douleur ou de tristesse était aussi l'acte qui peuplait le monde.

— Est-ce que tu sais nager, Marie ? demanda Wendy tandis qu'elles pataugeaient avec Jeremy et Vera dans le tunnel qui les conduirait aux échos sonores de la piscine.

— Je ne sais pas, dit Marie, contente de son maillot de location.

Le noir lui allait bien.

— Comment ça, tu ne sais pas ? s'étonna Vera.

— Je veux dire que j'ai peut-être oublié, dit Marie, confuse, en pénétrant dans la haute arène.

— Alors viens dans le petit bain, dit Wendy.

— Je crois que je vais juste m'asseoir pour le moment, répondit Marie.

Marie ne savait pas où donner de la tête. Jamais l'impudent présent n'avait afflué si puissamment. Regarde, regarde, regarde, regarde ceci, regarde cela, regarde-le, regarde-la, tous dans une telle luminosité liquide. L'eau projetait des océans qui descendaient en rubans sur les

hauts murs. Les formes vives, emmêlées, élancées, battaient l'eau et se jetaient dans ce chaos, embrasées par
la lumière… Ray passa comme un éclair noir, bondit
des deux pieds sur le rebord semblable au liège de la
piscine et s'éleva en un arc tombant dans les airs pour
culbuter quand ses bras percèrent la surface de l'eau.
Sa tête et ses épaules réapparurent aussitôt, et il hurla
dans la direction de Paris qui s'élança de la planche de
débarquement en aplomb, serra ses genoux contre sa
poitrine et dispersa l'eau de son éclaboussement ato-
mique. Même Alan, l'air à peine plus vieux que Jeremy
dans son maillot gris duveteux, passa en courant, lui fit
signe et plongea, jambes écartées, dans le grand bain.
Jeremy lui-même était debout au bord de la piscine,
tendu, huit doigts dans la bouche, à regarder son père
essayer de noyer sa mère. Wendy semblait en raffoler et
elle poussait des hurlements lascifs après chaque nouvelle tentative, jusqu'à ce qu'Alfred fatigué se laissât
aller agréablement dans le petit bain où Paris se pro-
menait maintenant avec Vera sur les épaules.

« Est-ce que je m'y risque ? » pensa Marie, sous l'effet du désir puissant qui s'emparait d'elle. Elle regardait Alan aider à soulever Jeremy qui battait l'eau dans
le petit bain. Même Alan semblait en liberté dans cet
élément de verre et de lumière.

— Non mais regarde ces dingues de nègres !

Russ était assis, dégoulinant d'eau, à côté de Marie.
Il lui montra Paris et Ray qui étaient visiblement des-
tinés à se distinguer comme les vrais héros de l'après-
midi. Pour l'instant, ils s'empoignaient sur le plongeoir.
Paris crocheta la jambe droite de Ray et, ensemble, ils

culbutèrent dans l'eau. Vera et Wendy hurlèrent du bord, Wendy applaudissait et Vera sautait sur place.

— On dirait des foutus gosses, remarqua Russ.

— Regarde, dit Marie.

Ray était à nouveau sur le plongeoir, debout sur la tête. Il ouvrit les jambes en Y. Paris s'élança et plongea entre les pieds roses tremblants de Ray. Paris tomba légèrement en arrière quand il heurta l'eau. Les Noirs faisaient toujours ça quand ils plongeaient, remarqua Marie. Ils n'arrivaient pas à garder leur ligne de force droite ; leurs corps étaient toujours occupés à se préparer pour la chose suivante.

— Tu parles ! dit Russ. Alors comme ça, Paris peut tenir sur la tête. Super. « Paris. » Ha ! Non mais c'est un nom ça ? *Paris.* Tu appelles ça un nom ? Je te jure !

— C'était Ray qui était sur la tête, objecta Marie.

— Ah ouais ? dit Russ, ennuyé. Qu'est-ce que ça peut bien changer ? Pour moi, ils sont tous pareils.

Marie avait déjà entendu dire ça. Elle était d'accord. Ils lui paraissaient tous assez semblables. C'était évident : c'était comme de dire que leurs dents étaient semblables. La raison pour laquelle ils se ressemblaient tant, c'est qu'ils avaient tous l'air si pleins de vie, si bien faits. « Eux s'amusent plus avec leurs corps que nous, c'est tout », pensa-t-elle. Alors que rien n'offrait une diversité plus monstrueusement variée, si horriblement mal assortie et bigarrée, que le pandémonium de rose ruisselant et barbotant qu'elle avait sous les yeux. Un homme dont le ventre et le derrière enflés et disjoints étaient aussi bien reliés l'un à l'autre que les Amériques sur le globe ; une femme dont les jambes étaient tout en pelures d'orange ; un vieil homme construit

187

entièrement en fil de fer et fourrure de mouton. Même les jeunes portaient leur différence. L'affaire des seins par exemple : Vera était mince avec une grosse poitrine, ce qui lui donnait tout de suite sournoisement l'air souple et athlétique ; Wendy, en revanche, était grosse avec de petits seins, une injustice flagrante et douloureuse. Grosse mais plate, merci bien. Et ça, c'était avant que le temps se mette à l'œuvre. Marie voyait l'œuvre du temps partout où elle regardait. Donc c'était ça, l'œuvre du temps…

— Vas-y, fiston, vas-y, négro, dit Russ à haute voix. Putain.

Paris et Ray tenaient maintenant Vera par les pieds et par les mains. Alan était à côté d'eux et comptait. Ils la balancèrent une fois, puis deux, puis trois et la lâchèrent. Vera s'envola, portée par son cri, jusqu'à ce que son corps frénétique s'effondrât dans l'eau. Paris plongea et ressortit à côté d'elle comme un têtard géant remonté en se trémoussant des profondeurs.

Plus tard, pendant que les autres prenaient du thé à la buvette, Marie s'échappa toute seule. Elle longea le bord glissant jusqu'au petit bain. La piscine était presque vide maintenant, mais l'eau inassouvie venait toujours lécher les bords. S'aidant de la rampe, Marie plongea à reculons son corps dans l'élément froid. Sans hésiter, elle se tourna et se poussa en avant. Oui. Elle aussi pouvait le faire. Elle aussi pouvait participer. Ses jambes reflétaient ses bras et elle filait doucement sur l'eau, qui clapotait calmement, claquait des lèvres, assoiffée. La tête dressée et le visage éclairé par la lumière, Marie s'avança dans le grand bain.

Donc, ce soir-là, quand le message arriva, elle était prête à le recevoir. Après tout, c'était un message très simple. Elle l'avait probablement déjà entendu sans le reconnaître. Le message était à la télévision.

Marie était habituée à la télévision maintenant, ses concours, ses mondes suspendus, son présent infini de catastrophes vociférantes. Personne ne venait (comme Marie l'attendait chaque soir) pour expliquer ce qui n'allait pas et pourquoi la terre bouillonnait ainsi de crises et de rage. Tout le monde à la télévision avait l'air un peu fou, et ceci expliquait peut-être cela. Marie imaginait que le monde contenait un nœud en fusion de flammes et de métal qui s'échappait de plus en plus de son centre. Quand la pression devenait critique, certaines zones des lointains horizons du monde crachaient du feu sous forme de liberté, terreur et ennui. Le feu choisissait des points chauds, mais la chaleur s'étendait. La terre semblait cracher du feu sans cesse désormais. Cela ne semblait plus jamais s'arrêter. Peut-être qu'un jour prochain la terre entière serait en flammes. Comme il était étrange et fortuné que Marie vive dans un endroit où le feu ne se montrait qu'en petites flammèches vite éteintes. Comme il était étrange et fortuné de vivre sur une île qui mijotait doucement.

— Et plus tard dans la soirée, disait tendrement la télévision, nous écouterons aussi Michael Shane qui rentre juste d'Ethiopie avec un reportage en deux parties.

Marie leva les yeux de son livre. L'écran était empli par la photo d'un jeune homme dans une pose intelligente, le menton appuyé sur la main, qui les regardait de ses yeux patients et graves. Marie se souvint de ce que lui avait dit Prince : les photos dans ton ancienne chambre, penses-y. Elle y pensa, puis elle entendit dans sa tête ce que Marge avait dit : « Ça, c'est Michael. Il est célèbre maintenant, bien sûr… Un jeune homme si attentionné. »

15

Par cœur

— Allô, puis-je parler à Michael Shane ?

— Un instant, s'il vous plaît, dit une voix de femme. Marie attendit. Elle bâilla. Elle s'était couchée tard la veille pour voir Michael Shane à la télévision. Annoncé par une suite de sombres accords de guitare, les projecteurs l'avaient trouvé prestement assis au bord d'un fauteuil noir qui grinçait. À sa droite, perchés sur des tabourets ridiculement hauts, se trouvaient un Blanc et deux Noirs, une femme et un homme. Ils étaient tous devant un grand écran sur lequel Michael montrait fièrement ses récents exploits.

— Actualités, annonça une voix virile, posée et componctueuse, comme si c'était son nom.

— Allô, puis-je parler à Michael Shane ?

— Ah, une minute, ne quittez pas.

Les aventures de Michael, protégé du soleil par un casque, s'étaient déroulées quelque part dans l'Afrique embrasée. Il avait visité une usine de café, une mine d'étain et une plantation de bananes. Il s'était recroquevillé dans un hélicoptère. Il avait trébuché à travers des bidonvilles. Il avait parlé à quelques Noirs très importants, dont, pour certains, on ne pouvait révéler ni les visages ni les noms. Tout le monde avait été très enflammé, terrorisé ou en colère, ce qui n'était pas étonnant avec tout le feu qui les entourait. Et il y avait eu un mauvais moment authentique quand Michael avait dû se mettre à genoux pendant qu'un soldat noir s'approchait, décrochant sévèrement son fusil. Des amis blancs de Michael, boudinés dans leurs tee-shirts, étaient vite apparus, et le soldat s'était éloigné, très gêné. Marie avait trouvé que c'était intelligent de la part de Michael de se mettre à genoux comme ça.

— Allôôô, dit une voix de femme d'une chaleur presque étouffante. Ici la secrétaire particulière de M. Shane. Puis-je vous aider ?

— Allô, puis-je parler à Michael Shane ?

— Ahh, dit la voix d'un air entendu. C'est de la part de qui ? demanda-t-elle, espérant clairement écarter cette lacune anodine.

— Marie Lagneau, dit Marie.

— Je vois, répondit la femme. Un instant, s'il vous plaît…

Michael avait ensuite discuté de ses exploits avec les gens sur les tabourets. Ils s'étaient aussi beaucoup disputés, entre eux, avec Michael, et Michael s'était à son tour bien disputé avec eux. L'émission avait fini avant eux. On pouvait encore les voir gesticuler intelligemment tandis que les lumières baissaient et que les accords de guitare reprenaient. Marie trouvait que Michael s'en était exceptionnellement bien sorti, surtout si l'on considérait qu'il n'avait qu'une douzaine d'années.

— Allô, dit la voix avec une nouvelle chaleur. Je crains que M. Shane n'entre en conférence à la seconde même. Pourriez-vous me dire de quoi il s'agit ?

— Oui. Je veux lui parler d'Amy Hide.

— Un instant, s'il vous plaît.

— Allô ?

— Allô. Michael Shane ?

— Lui-même, dit Michael Shane.

« Ah, donc le monde fonctionne, pensa Marie, ou du moins en partie. » Les choses qui se passaient à la télévision n'étaient pas toutes de l'autre côté. Des lignes ténues reliaient les deux.

— Vous avez bien dit Amy Hide ? demanda-t-il.

— Oui.

— Qui êtes-vous ?

— Marie Lagneau. Je suis une cousine d'Amy Hide. Je voudrais parler d'elle.

— Amy… Je n'ai pas pensé à elle depuis… au moins dix minutes. Eh bien, vous avez trouvé à qui vous adresser. C'est mon sujet préféré, Amy, mon dada. Quand pouvons-nous nous rencontrer ?

— Dimanche prochain ?

— Voyons, attendez un instant. Je pars en Australie cet après-midi, dit-il posément.

— *Quoi ?* s'exclama Marie. Je veux dire : vraiment ?

« C'est réglé », pensa-t-elle.

— Mouais. C'est ennuyeux, d'ailleurs. Si j'avais su, j'y serais allé directement de Los Angeles. Je n'y vais que pour un jour ou deux. Voyons. Je veux m'arrêter à Madras pour attraper un après-midi de l'Essai, et il y aura probablement quelque chose à vérifier dans le Golfe. Excusez-moi, je pense à voix haute. Bon. Il faut que j'aille à Tokyo à un moment quelconque la semaine prochaine. Oh, c'est ennuyeux, que c'est ennuyeux. Carol ! Est-ce que Tokyo est *après* Bogota ? Bien, bien. Non, dit-il. Dimanche sera parfait.

— Vous êtes sûr ? dit Marie.

— Ouais, je serai là toute la journée à boucler ce truc sur l'Erythrée. Le seul ennui, c'est qu'il m'est vraiment difficile de traverser la ville. Et si vous veniez ici ?

Marie retourna en courant de la cabine téléphonique au café. Alan la remplaçait à la plonge (elle lui avait raconté qu'elle devait aller à la pharmacie) et Antonio ne la vit pas, tout était en ordre. Dimanche était dans six jours, six jours écartelée entre Russ et Alan, six jours à aller travailler quand le ciel était paradisiaque et à rentrer quand il était infernal.

Marie alla chez Michael Shane. L'immeuble où il vendait son temps était juste de l'autre côté de la rivière, pas très loin de là où les Botham avaient habité avant que Marie casse le dos de M. Botham. Elle se demandait, comme elle se le demandait souvent, où ils étaient maintenant et si elle les reverrait jamais. La surface de la rivière avait la chair de poule sous le vent qui la zébrait. On aurait dit une cotte de mailles. Au-dessus, les nuages aussi passaient un mauvais moment. Marie savait maintenant que les nuages étaient morts – de l'air, du gaz, des spores –, mais ces nuages ressemblaient aux fantômes de choses vivantes, des fantômes de cochons peut-être. Le temps changeait, cela ne faisait aucun doute ; l'air était plein de changement. Michael sautait de fourneau en chaudron, de désert en cratère de volcan, mais le bout de terre où habitait Marie refroidissait. Elle regarda à nouveau les nuages qui s'avançaient à l'aveuglette au-dessus d'elle, leurs oreilles ourlées de rose. L'air changeant lui rappelait quelque chose, quelque chose de changeant en soi : elle s'arrêta net dans une cour, glacée par l'étrange vivacité de la lumière. « Les époques de l'année doivent en évoquer d'autres, pensa-t-elle, s'il y a d'autres époques à évoquer. Tout vieillit sans cesse ; ils ont tous de grandes maisons dans leur tête où ils peuvent flâner. Je suis fatiguée de mon étroit ruban, de cette planche de temps. Je suis fatiguée. Je suis fatiguée de ces maigres hauts fonds jonchés de cuillers et d'assiettes où le pâle Alan patauge. Je veux nager en eau un peu plus profonde, maintenant. Je ne peux pas continuer à épuiser chaque seconde… » Une mouette folle à la tête terrible, une tête de rongeur contractée par la rage et la panique, s'abattit près d'elle, à la recherche de dépôts sur l'eau. À quoi ressemble la vie pour ce rat ailé au nez osseux ? Marie traversa vite le pont. À dix mètres de l'autre rive, la mouette folle surgit de nulle part et fonça devant elle, ses yeux conscients d'avoir été observée. « Elle me connaît », pensa Marie. Elle demanda son chemin à un vieil homme très grand. Il se pencha vers elle, appuya une main sur un genou pour lui indiquer la route de l'autre, et il resta ainsi un bon moment après son départ.

Sans vraiment y réfléchir, Marie s'attendait à ce que Michael Shane la confronte dans la clarté aiguë du studio, les accords de guitare, le fauteuil grinçant, les questions intelligentes. Il n'en fut rien. Une fille astiquée et brunie l'attendait quand elle entra par les segments étincelants de la porte à tambour. Marie était à l'heure. Marie était toujours à l'heure. La fille qui avait des cheveux bruns pétrifiés et une bonne dose d'expérience élémentaire dans ses yeux mous préféra ne pas l'aborder immédiatement quand Marie donna son nom au concierge. Elle examina d'abord Marie, vite, avec froideur et soulagement. Son regard rendit Marie consciente de ses vêtements : les sandales hors de saison et la jupe de coton trop légère, la chemise bon marché mais flamboyante que Paris lui avait fermement conseillé d'acheter au marché près de leur squatt, le cardigan marron d'Alan qu'elle portait parce qu'il faisait trop froid pour faire autrement. (Marie avait un pardessus, celui de Sharon. Il avait un motif orange et il était toujours humide. Il vivait dans sa penderie. Marie ne l'aimait pas et il n'aimait pas beaucoup Marie non plus.) Cela donna chaud à Marie de penser à ses vêtements. Tandis qu'elle suivait la fille dans le corridor, Marie admirait les convexités charnues de la jupe noire étroite, les veines sombres des bas, les chaussures bruyantes et leur éclat élégant. « Est-ce que je connaissais bien cet homme ? se demandait Marie. Est-ce qu'il me connaissait bien ? » Elles entrèrent dans une pièce vide, celle de la fille visiblement, son sac était étalé sur le bureau, découvrant un paquet de cigarettes et un briquet en or, son pardessus nonchalamment endormi sur la patère. La pièce avait une autre porte. La fille l'ouvrit et adressa à Marie un sourire d'encouragement et de triomphe.

— Vous pouvez entrer, dit-elle.

Michael était assis à son bureau, le dos à la porte, un téléphone noir niché comme un chaton dans l'étoffe accueillante de son épaule. Il susurrait son approbation dans le récepteur.

— Oui, oui. La Barbade, c'est la barbe, tu sais, dit-il en gloussant. Blague à part, je déteste. La Guadeloupe, oui, alors là tant que tu veux. Ouais, ou Sainte-Lucie. Ou Tobago, ouais. Les Maldives ? *Les Maldives ?*

Il fit tourner son siège et se retrouva en face d'elle. Marie dut rassembler tout son courage pour soutenir son regard. Elle crut d'abord que son expression n'avait pas changé, mais avant qu'elle pût soupirer elle remarqua que son front charnu s'était épaissi de façon pressante. Il avait cessé d'écouter ce que le téléphone lui murmurait.

— Ne bougez pas, dit-il en la fixant bien en face. Je te rappelle.

— Vous ressemblez beaucoup à Amy, dit-il alors. Beaucoup, beaucoup.

— Les gens me le disent, répondit Marie.

Il se leva.

— Excusez-moi. Je m'appelle Michael Shane. Et vous êtes Marie Lagneau. Ah, les mains sont différentes. Amy avait des mains blanches, des mains paresseuses. Les yeux aussi sont différents. La couleur est la même, mais ils sont différents.

Il se rassit. À son invite, Marie s'assit en face de lui de l'autre côté de son bureau étincelant. Son visage ouvert dégageait une lumière exceptionnelle, ses yeux, ses cheveux, ses dents. Elle voyait maintenant qu'il n'avait pas douze ans du tout, mais au moins dix-sept ou dix-huit, peut-être plus.

— Vraiment ? dit-elle.

— De quel côté de la famille êtes-vous ?

— Oh, du côté de sa mère, dit Marie qui avait un peu étudié tout ça.

Elle arrangea sa veste. Elle se rendit compte qu'elle essayait de se montrer sous un autre jour, de se dissimuler, de se présenter différemment, plus calme, plus douce, plus gentille. Plus normale.

— Vous ressemblez plutôt à Baby, d'ailleurs, dit-il vaguement. Que voulez-vous savoir, Marie ?

— J'ai connu Amy enfant, commença Marie. Puis je suis partie vivre ailleurs. Je n'ai plus jamais eu de ses nouvelles jusqu'à…

— Oui, ça a été un sacré choc, n'est-ce pas ? Ils n'en sont pourtant pas encore absolument sûrs, je crois.

— Effectivement, dit Marie. Vous voyez, je voudrais juste savoir comment elle était.

Il joignit les mains et croisa les doigts.

— Voudriez-vous un peu de *vin* ? demanda-t-il. Je ne bois pas beaucoup, mais ce que je bois a tendance à être… plutôt bon.

Il sortit une bouteille et deux verres d'un placard sous sa bibliothèque. Il y avait aussi un petit réfrigérateur, remarqua Marie.

— C'est un brouilly assez audacieux, dont le piquant verdelet initial laisse vite la place à l'optimisme et à la chaleur. Et il ne gâchera pas le goût de vos cheese-burgers.

Il se tourna vers elle avec un sourire plein d'espoir. Il avait tous les ingrédients, toute la matière d'un bon sourire. Mais ce n'était pas un bon sourire.

Marie, qui n'avait pas la moindre idée de ce dont il parlait, lui sourit.

Michael Shane arracha le bouchon et versa le vin. Il en but une gorgée, soupira et croisa à nouveau les doigts. Il regarda un instant par la fenêtre. Aussitôt qu'il commença à parler, Marie sut qu'il avait déjà dit tout cela maintes fois, qu'il l'avait maintes fois révélé, qu'il l'avait déjà maintes fois utilisé.

— Elle a été mon premier amour, commença-t-il. Dans tous les sens, mon premier amour. On aimera toujours son premier amour, dit-on. Ça n'est pas un mensonge. Elle m'a brisé le cœur.

— Je suis désolée, dit Marie.

— Ça va. Je m'en suis remis maintenant, je pense, dit-il, et il sourit à nouveau. C'est aussi inoubliable. Je veux dire, les bons moments aussi sont inoubliables. Il était extraordinaire de vivre à ses côtés, elle était drôle, passionnante, très expressive. Complètement déchaînée, bien sûr. *Très* passionnée.

Michael s'accorda alors dix bonnes secondes de rêverie, l'œil orageux. Cela aurait peut-être duré plus longtemps si le téléphone compliqué sur son bureau n'avait pas soudain glapi.

— Quoi ? dit-il. Quoi ? Bornéo. Je veux dire Winnipeg. Carol, plus d'appels, d'accord ?

— Mais qu'est-ce qu'elle avait de mal ? demanda Marie.

— Le manque de confiance en elle, je pense. Aussi intelligente et belle qu'elle fût, je crois qu'elle manquait vraiment désespérément de confiance en elle…

« Tu parles, pensait Marie pendant que Michael s'écoutait parler avec délectation. Manque de confiance en elle. C'est tout. Qui n'en manque pas ? Que disaient et faisaient les gens de ce qu'ils disaient et faisaient avant que ce genre d'expression ne fasse son apparition ? »

— … Et dès qu'elle éprouvait quelque chose pour quelqu'un, et je veux dire un vrai sentiment comme ce qu'elle a éprouvé pour moi, une part d'elle-même se tournait contre cette personne ou contre elle-même. Elle devait tout foutre en l'air, et en s'humiliant d'une façon ou d'une autre au passage. (Il tressaillit.) Elle a fait des choses terribles. Ouh là là ! (Il siffla.) Des choses terribles.

— Quelles sortes de choses ?

— Oh, vous savez… Il n'y a pas vraiment tant de manières de mal se comporter. Il y en a en fait assez peu. On peut se moquer de vous et coucher avec d'autres gens et se soûler et devenir hargneux, etc. Elle faisait beaucoup tout ça. Une fois elle m'a frappé, et plutôt fort, pendant que je dormais. Il faut quand même le faire, non ?

— Oui, dit Marie.

Elle se trouvait profondément affectée par cet homme et elle ne comprenait pas pourquoi. En ce moment, par exemple, elle se demandait ce qu'il faudrait pour donner à Michael Shane un grand coup de poing, là, pendant qu'il rêvait à lui-même. « Qu'est-ce qui m'arrive ? » pensa-t-elle. Et soudain, elle sut. Elle se rappelait Michael Shane. Mais pas dans sa tête, non, pas dans sa tête.

— Quelle est la pire chose qu'elle ait jamais faite ? demanda Marie.

Il se pencha en avant, l'examina pendant quelques secondes inquiétantes et dit :

— Je vais vous le raconter, comme si en acceptant il se singularisait par son originalité et son courage.

C'était peut-être le cas. Marie écoutait. Elle avait de nouveau chaud. Michael avait cessé de la regarder et une lueur de malheur avait paru sur son jeune visage. Il semblait n'avoir jamais raconté cette partie de l'histoire auparavant. Et maintenant, elle pouvait dire quel âge il avait vraiment.

— Est-ce que nous avons le temps ? Oui, nous avons le temps... J'écrivais une pièce, je l'avais écrite pendant toute l'année où j'avais été avec elle. Sur ce type qui semble tout avoir alors qu'en fait il... Bref. Ma pièce ne valait probablement pas grand-chose. Elle ne valait probablement rien. Nous étions seuls à la campagne dans cette maison qu'on m'avait prêtée. Je relisais ma pièce, je la corrigeais, c'était l'idée. Un jour elle s'est enfermée dans mon bureau. J'ai tapé à la porte. J'entendais le bruit du papier froissé, il y avait un feu dans la cheminée. Elle me chuchota à travers la porte qu'elle allait la brûler. Ma pièce. Sa voix était folle, elle ne lui ressemblait pas du tout. Elle savait que je n'avais pas de copie. Elle n'avait pas la moindre raison ou rien...

— Je suis désolée, dit Marie, sans le vouloir.

— J'ai commencé à l'implorer à travers la porte. J'entendais le feu crépiter. Cela dit, ce n'est pas ce que vous pensez. Elle avait plus d'un tour dans son sac. Elle a commencé à lire des passages à voix haute. De mauvais passages, d'une voix affreuse, ma voix mais... une voix folle. Ça a duré une heure. Vous savez :

« Maintenant, nous arrivons à l'acte II, scène 2, quand Billy dit… », et elle lisait quelques répliques de cette voix affreuse. De la fumée passait sous la porte, même des cendres. Cela dura une heure. Puis elle me laissa entrer. La pièce était partie en fumée et la cheminée débordait. Il y avait un feu d'enfer. Je voyais à peine. Elle me montrait du doigt en gloussant.

— Je suis désolée, répéta Marie.

Elle délégua une partie de son esprit avec la mission de se concentrer pour ne plus dire qu'elle était désolée.

— Je n'ai pas fini. Nous avons eu une bagarre incroyable, à coups de poing. C'est la seule fois de ma vie où j'ai frappé une femme. Cela dit, elle se défendait bien et elle m'envoyait autant de coups que je lui en donnais. Ça a duré une heure aussi. Quand nous nous sommes trouvés trop crevés pour encore nous taper dessus et que j'étais effondré là en train de sangloter et de gémir, elle m'a dit qu'en fait elle n'avait pas brûlé la pièce. La pièce était à côté. Elle avait brûlé du papier blanc. Je ne m'étais jamais senti aussi heureux de ma vie. Nous nous sommes soûlés et nous sommes allés au lit, nous avons couru nus dans toute la maison. Bon sang ! Quelle fille merveilleuse, quelle fille intense ! pensai-je, c'est ça la vie. Mais ce n'est pas ça la vie. C'est autre chose. Très peu après, je me suis rendu compte d'autre chose. Elle devait connaître la pièce *par cœur*. Elle devait la détester *par cœur*. Vous vous rendez compte ? Une semaine après, c'est moi qui l'ai brûlée. C'est à peu près à ce moment que nous avons rompu. J'ai bien cru que j'allais devenir pédé pendant environ un an après ça. Après elle, les femmes ont l'air transparentes. Elles *ont l'air* transparentes. Elles ne le sont pas, bien sûr, ajouta-t-il en regardant Marie.

— Donc... donc, ça c'est la pire chose qu'Amy ait faite ?

— À moi, ouais. Remarquez, ça c'était il y a très longtemps. C'était avant qu'elle commence son grand jeu. C'étaient des enfantillages. Elle avait dix-neuf ans. Ah, Carol. Oui, non, fais-le entrer.

Marie se leva. Elle remarqua sans curiosité que quelque chose était arrivé à ses jambes, elles étaient engourdies et pleines de fourmis, surtout les mollets, pas du tout des jambes, rien que de prétendues jambes.

— Ce qui lui est arrivé ne m'a pas étonné, ajouta-t-il sur le ton de la conversation. Elle n'a probablement pas été étonnée non plus, pas à ce moment-là. Merci, dit-il à Carol en se levant.

Marie se tourna. Carol s'approchait en lui tendant timidement des feuillets de papier rose. Derrière elle, sur le pas de la porte, se balançait un grand jeune homme.

— Ah, ce sont les infos sur le truc en Erythrée, hein ? dit Michael. Vous ne devineriez jamais ce que ces zèbres essaient de faire maintenant. Salut, Jamie, lança-t-il, et il se mit aussitôt à lire.

— Salut, répondit Jamie. Eh, *Mike...*

— Eh bien, au revoir, dit Michael. (Il lui serra la main.) Ça m'a fait plaisir de vous parler.

Ses yeux retournèrent au papier rose. Il dit, sans lever la tête :

— Carol, je vais avoir besoin de vous pour ça. Jamie. Si tu raccompagnais Marie ?

Avant d'aller plus loin, rectifions juste deux inexactitudes quelque peu cruciales dans le récit dramatique de Michael ; deux distorsions révélatrices qui résultent probablement d'une mémoire imparfaite, de *l'amour propre* ou simplement de l'incrédulité.

Voici le premier point. Michael dit : « J'ai bien cru que j'allais devenir pédé pendant environ un an après ça. » Voilà qui est dit de façon à vous induire en erreur. En fait, Michael avait raison. Il est vraiment devenu pédé et il l'est resté. Il n'a jamais cessé d'être pédé, pas vraiment. Il a cherché à s'abriter de la tempête lunaire et il n'a jamais plus affronté le vent et la pluie. D'après mes propres expériences avec Amy, je dirais que c'était ce qu'Amy cherchait chez Michael. Le deuxième point concerne sa pièce. Son titre, au passage, était *L'Homme qui avait tout*, et elle n'était pas si horrible que ça, juste très consciencieuse et très médiocre. Michael dit : « Une semaine après, c'est moi qui l'ai brûlée. » Ce n'est pas strictement la vérité non plus. Est-ce qu'il ne se souvient pas ? Est-ce qu'il est encore aveuglé par la fumée et ses propres larmes douloureuses ? Il l'a brûlée, mais c'est elle qui l'y a forcé. Il ne voulait pas, mais elle l'y a forcé. Elle l'y a forcé. Oh oui, c'est elle.

Marie suivit Jamie dans le vestibule. Il referma la porte derrière eux et se tourna pour lui faire face, mains sur les hanches.

— Ordure, dit-il avec conviction.

Marie regardait. Jamie commença à parler à la porte comme si elle était une personne et qu'il voulait se

battre avec elle. Elle avait vu ce style convulsif, menaçant, dans les pubs, juste avant que les choses tournent
mal.

— Oh, Mike, espèce de fumier d'enculé. Eh bien,
j'ai des nouvelles pour toi, mon vieux, parce que je
t'emmerde ! Parce que j'ai pas besoin de tes conneries, salaud !

Il se tourna vers Marie en se tortillant. Elle commençait à suivre le couloir désert quand il la rejoignit.

— Vous savez ce qu'il me fait faire ? dit-il, tremblant. Il m'envoie chez cette merde de *Sketchley's* pour
que j'aille lui chercher ses vêtements de safari ! Les
vêtements de safari de cette petite ordure ! Il me traite
comme de la *merde*. J'ai pas besoin de ça ! Je suis plein
aux as !

— Je suis désolée, balbutia Marie. Je trouverai mon
chemin.

— Oh, ça n'a rien à voir avec *vous*, dit-il, en s'ar-
rêtant et en se tournant vers elle avec une gentillesse
consternée.

Il était long, mince et légèrement tordu, comme
ses cheveux. La peau de son visage étroit était d'une
pâleur de fillette. Il avait des yeux bleus brûlants, des
yeux brûlants, et des lèvres que faisaient trembler une
défaite ou un triomphe imminents.

— Je vais vous raccompagner. Je *veux* vous raccompagner. (Ils continuèrent à marcher.) Qu'est-ce que ça
peut me faire ? Qu'est-ce que ça peut me faire ? Oh, le
putain de fumier ! dit-il d'une voix épaisse, et Marie
pensa qu'il allait enfin se mettre à pleurer. Je craque.

Il s'arrêta et passa une main fluette sur son front.

— Merde ! Je *craque* vraiment… Je suppose que je suis soulagé dans un sens.

Il serra ses mains l'une contre l'autre et regarda le plafonnier de ses yeux brûlants.

— Prie, oh prie, vieux, dit-il.

— Ne craquez pas, dit Marie.

— Quoi ?

— Ne vous brisez pas.

— Qui êtes-vous, au fait ?

Ils recommencèrent à marcher. Il la regardait avec grand intérêt, le visage dégagé maintenant.

— Qu'est-ce que vous faisiez avec cette petite ordure ?

— J'étais venue lui poser des questions sur une amie.

— Et pourquoi portez-vous ces vêtements merdiques ? demanda-t-il, soucieux. Je veux dire, vous parlez bien et tout.

— C'est tout ce que j'ai, et je n'ai pas assez d'argent pour en acheter de neufs.

— J'ai plein d'argent, dit-il avec une surprise réjouie.

— Bien joué, approuva Marie.

— Vous en voulez ?

— Volontiers.

— Tenez. (Il sortit une épaisse liasse humide de la poche arrière de ses jeans. Combien… Tenez, prenez tout ça.

— Merci, dit Marie.

— Vos yeux, dit-il. Il vous est arrivé quelque chose, n'est-ce pas ?

— Je ferais mieux de m'en aller maintenant, dit Marie.

Ils étaient dans le hall vide.

— Non, ne partez pas. Ça va, foutez le camp ! Non ! Vous ne voulez plus me revoir ?

— Euh, si, j'aimerais bien.

— Bien, donnez-moi votre numéro alors.

Il lui tendit du papier et un stylo et Marie écrivit le numéro de Norman.

— Fumier, chuchota-t-il alors.

— Bon ben, au revoir, dit Marie.

— Au revoir. Euh, attendez, c'est un peu gênant, mais est-ce que vous pourriez me prêter un peu d'argent ? Pour un taxi ?

Marie sortit l'argent de son sac. Il lui en avait donné beaucoup, elle s'en rendait compte maintenant, deux ou trois fois ce qu'elle gagnait en une semaine.

— Vous êtes sûr que vous voulez me donner tout ça ? dit-elle.

— Oh ! ouais. Prêtez-moi juste deux livres. Je vous les rendrai. Qu'est-ce que l'argent de toute façon ? Ce n'est que du temps, après tout, comme ils me le répètent tout le temps ici.

— Bon ben, au revoir.

— Au revoir. Pensez à moi, dit-il. Et ne craquez pas.

16

Deuxièmes chances

Marie n'a jamais su à quel point elle était pauvre. Pauvre Marie, elle ne l'a jamais su.

Elle s'est habituée aux jupes bon marché, au tissu qui gratte, dont l'imposture est révélée par toute lumière naturelle. Son teint, je regrette de devoir le dire, montre les signes de soumission aux ravages d'un régime invariable de friture, et ses cheveux doivent se battre pour garder leur éclat dans les vapeurs de la cuisine. Elle a toujours la qualité, l'attente, la lumière ; mais tout ça l'atteint, bien sûr que oui. Elle s'est habituée à la pauvreté de l'odeur d'Alan, et à la pauvreté de son intelligence. Pauvre Alan, pauvre malheureux ; mais ce sont tous de pauvres malheureux là où vit Marie.

Maintenant elle sait. Elle pensait que la vie elle-même était pauvre. Maintenant elle sait qu'il n'en est pas nécessairement ainsi, pas pauvre, pas aussi pauvre que ça. Elle pensait que l'affluence n'arrivait que dans les livres. Maintenant, toute la journée, elle éprouve ce sentiment d'exclusion et ce désir déchirant qu'elle avait ressenti au bord de la piscine : elle aussi voulait nager et jouer, et elle savait qu'elle pouvait si elle osait. Le bulletin du petit Jeremy disait : « Bien pauvres résultats. » Déjà ! pensait Marie. Pauvre petit Jeremy, pauvre petite chose.

La vie est intéressante, il y a beaucoup de choses à dire en faveur de la vie, mais la vie peut être terriblement pauvre. Marie le sait maintenant. Elle a vu assez de gens nantis, sourcils froncés dans les magasins et les voitures. Ce n'est pas leur argent qu'elle veut, elle veut juste leur temps. Et la lumière changeante lui laisse deviner les rapports des pauvres et de l'hiver.

Marie attendait Alan dans son lit. C'était le seul moment qui lui appartenait. Ça ne faisait pas grand-chose, n'est-ce pas ? Ça ne lui donnait pas beaucoup de temps ? Elle entendit son pas dans l'escalier et secoua la tête. Elle était décidée.

Alan ouvrit la porte. Comme d'habitude, il semblait vouloir dire quelque chose, mais il ne dit rien ou n'osa rien dire. Il s'avança comme un crabe jusqu'au pied du lit et commença à essayer d'échapper aux serres de sa robe de chambre, sans bien savoir où regarder. La lune et la fenêtre l'encadraient dans leur carré de lumière : les cheveux semblables à une bouillie trop cuite, les yeux instables qui n'osaient pas se lever, la faiblesse soudain révélée de ses épaules blanches.

— Alan, dit Marie du lit.

Alan laissa tomber sa robe de chambre, les bras ballants, tête baissée, il était prêt.

— Je ne peux plus t'avoir ici la nuit. Je ne peux plus t'avoir dans mon lit. Je ne peux plus. J'espère que tu comprends.

Il fit deux choses à la fois d'autant plus pathétiques qu'il était nu comme un ver. Tout d'abord, il se mit à pleurer, ou du moins c'est ce que supposa Marie. Au comble de la désolation, il fit un effort surhumain pour fermer la bouche et les yeux, et sa poitrine blanche commença à palpiter et s'agiter, le tout en silence. Ensuite, il fit une chose encore plus étrange : lentement et honteusement, pas tant pour se cacher que pour se protéger, pour le garder au chaud et à l'abri du danger, il couvrit de ses deux mains le creux vivant de son corps.

Tout cela, Marie le regardait de son lit.

Enfin, il se tourna vers la fenêtre. Il n'avait pas encore regardé Marie. La lune faisait des choses étranges à son visage et à la file de larmes qui reposait comme de la glace sur ses joues. Il exhala, puis il inspira profondément. Il semblait très distant mais proportionnellement identique, comme s'il s'affaiblissait en se transformant en un autre mélange d'air et de chair. Mais quand il parla, Marie fut surprise par la fermeté, le soulagement dans sa voix.

— De toute façon, je n'avais jamais vraiment cru que cela continuerait, dit-il, en confiant à la fenêtre ce que seule la fenêtre avait besoin d'entendre. J'espérais que ça continuerait, mais je n'ai jamais vraiment cru que ça continuerait. Je sais que je ne suis pas… Je sais, je sais. Oh, je ne sais pas. Je suis content que ça se soit passé, dit-il, et sa tête acquiesça soudain. Je veux dire, je ne voudrais pas qu'il ne se soit rien passé. Je n'ai

210

jamais, tu es la seule chose… *belle*… que j'aie jamais eue dans ma vie.

— Merci. Je suis désolée.

— Veux-tu me promettre une chose ?

— *Oui*, dit-elle.

— Tu ne vas pas commencer, tu sais, avec Russ.

— Oui, promis.

— Tu me le jures sur la tête de ta mère ?

— … Ça, je ne peux pas, dit Marie.

Alan renifla. Il ramassa sa robe de chambre et commença à essayer de la mettre. Il renifla à nouveau, plus mouillé. Quand les autres pleurent, c'est toujours pire s'ils essaient de faire autre chose en même temps. Il serra le tissu contre lui et s'arracha sans y penser une poignée de cheveux.

— Je suis désolée, répéta Marie.

Il se tourna vers elle et écarta les mains. Il détourna de nouveau les yeux.

— Au revoir, Marie, dit-il.

Le lendemain, dimanche, le squatt faisait la grasse matinée. Norman, toujours aussi compétent, enveloppé dans ses jeans avachis, prépara son petit déjeuner civilisé composé d'un œuf dur et d'un jus d'épinard et il l'emporta sur un plateau dans le jardin ; il arborait dans ces moments-là une dignité de grande dame pour ignorer le reste du monde, comme si tous les autres n'étaient que les restes de rêves amicaux venus et partis pendant la nuit sans le déranger. Peut-être que certains hommes se transforment en femmes aussi. Peut-être que certains hommes doivent subir le Retour d'Âge. Ray et Alfred étaient assis, des journaux sur les genoux, en train de lire les résultats des matchs de football avec des murmures cadencés par la résignation ou l'étonnement surpris. Le son mélancolique de la clarinette de Paris venait d'en haut. Le visage traversé de tics, le vieux Charlie nettoyait les entrailles de chrome de sa moto, s'interrompant de temps à autre pour regarder les enfants jouer.

— Bonjour, ma jolie, dit-il quand Marie vint s'asseoir sur le perron avec une tasse de thé.

Marie lui sourit et il retourna à sa moto, en secouant la tête et marmonnant. Pas d'Alan. Marie regardait les enfants jouer, les écoutait avec plus d'attention que d'habitude. Leurs jeux étaient comme au ralenti, dépourvus de rivalité ou d'un semblant de compétition. Qu'est-ce qu'ils disaient le plus souvent ? « Regarde !… T'as vu ?… Regarde ça !… Regarde-moi !… » C'était ce qu'ils disaient plus souvent que tout. Marie pensa soudain que c'était peut-être ce que certaines personnes continuaient à dire toute leur vie sur terre. Regarde ça ! Tu m'as vu ?

Amy l'avait beaucoup dit, devinait Marie. Marie pariait qu'Amy l'avait beaucoup dit. Amy : qu'est-ce que Marie devait faire de tout ça ? Amy s'était mal conduite, Amy avait été folle. Est-ce que c'était important et, si oui, à quel point ? En tout cas, une chose était sûre : être fou n'avait pas d'importance. Être fou n'avait pas d'importance. Si être fou avait de l'importance, alors presque tout le monde aurait visiblement des ennuis terribles. La plupart des gens étaient fous et c'était accepté. (Est-ce que Prince était fou ? Non, probablement pas. Prince était probablement « non-fou ». Ses idées lui appartenaient bien.)

212

Et quant à mal se conduire, à quel point était-ce mal, à quel point était-ce sérieux ? Qui s'en souciait ? La loi et les autres. La loi, mais la loi était assez dure. Il fallait se conduire drôlement mal pour la violer, quoi qu'en ait dit Prince cette fois-là. La loi n'était pas aussi fragile que les autres, elle ne se cassait pas en petits morceaux comme eux. La loi n'était pas aussi fragile que la bouche de Trev ou le nez de Trudy ou le dos de M. Botham ou le courage d'Alan ou le cœur de Michael ou celui de Mme Hide, qui avaient tous été brisés à un moment ou à un autre. La loi était dure à violer. « Mais, oh mon Dieu, comme je la déteste ! » pensa Marie.

— Marie ?

Elle se tourna. C'était Ray.

— Un type pour toi au bigophone, dit-il.

Marie alla dans la chambre de Norman. Elle craignait le pire.

— Allô, c'est moi, Jamie. Tu vois de qui je veux parler ?

— Oui. Bonjour, dit Marie.

— Comment te sens-tu ?

— Plutôt mal. Comment te sens-tu ?

— Horriblement mal. J'ai cette incroyable gueule de bois. Enfin, c'est mieux que rien, je suppose. Je téléphonais pour savoir si tu voulais venir déjeuner.

Marie accepta. Elle était contente, elle devait l'admettre. Ça serait agréable de sortir de la maison et, en plus, le changement d'air lui ferait du bien.

Marie remonta. Elle hésita dans le silence devant la chambre d'Alan, mais elle décida de ne pas le rompre.

Elle s'assit sur son lit. Pour la première fois, elle pensait sérieusement à ses vêtements. Mis à part la chaleur, la protection et la correction, à quoi servaient les vêtements au juste ? Pourquoi Jamie lui avait-il fait des remarques sur les siens ? Visiblement, ils servaient à exprimer quelque chose à travers des formes et des couleurs. Mais quoi ? Est-ce que les vêtements disaient juste : « Regarde ! » ? L'argent et le sexe semblaient être les principaux produits offerts ici. Les vêtements pouvaient les nier tous deux, ou affirmer l'un ou l'autre. Marie se demandait ce que ses propres vêtements avaient à dire sur l'argent ou le sexe. Les vêtements pouvaient-ils exprimer l'absence de l'un et la pure incompréhension de l'autre ? Oui, mais ça n'était pas ce que les vêtements étaient censés faire ; ça n'était pas le genre des vêtements ; ce n'était pas ce que les vêtements aimaient exprimer. Les vêtements s'intéressaient aux autres choses, à l'abondance et au savoir-faire. Indirectement et peut-être involontairement, les vêtements faisaient une troisième chose : ils dévoilaient aux autres l'âme qu'ils revêtaient en dramatisant les tentatives de mensonges sur l'argent et le sexe-Marie prit un bain dans la pièce voisine de la chambre d'Alan, toujours silencieuse. À la réflexion, elle se dit qu'il y passait beaucoup de temps, surtout avant de venir au lit. Quelles ablutions secrètes, quelles mornes remises en question avaient lieu dans tout ce lino et ce chrome ? Enveloppée dans une serviette, elle retourna dans sa chambre. Elle se brossa les cheveux et accentua les couleurs de son visage. Elle mit une culotte blanche, qu'elle tira bien haut jusqu'à sa taille étroite ; puis elle mit des chaussures rouges, un pull blanc et une jupe blanche, toutes choses qu'elle avait achetées avec l'argent de Jamie… En descendant l'escalier, Marie vit Russ sortir de la chambre d'Alan. Il ne dit rien. Il la regarda comme il ne l'avait jamais regardée, d'un air de défi mais aussi de respect et de peur. Les yeux de Marie soutinrent les siens ; mais elle savait que son regard lui disait qu'il pensait que ses vêtements mentaient.

Marie marchait. Elle avait consulté le livre de Norman plein de graphiques qui représentaient la ville, et elle avait mémorisé son chemin, qui lui faisait traverser le grand parc. Elle était reconnaissante à celui, quel qu'il fût, qui aurait pu l'empêcher de le traverser, de les y autoriser, elle et les autres. La journée était limpide et dotée d'un bon vent ; il y avait un éclat étiré, effrangé dans les lignes du ciel, et, au loin, des nuages importants s'étaient rassemblés. Les gens étaient dehors en grand nombre. Ceux qui étaient seuls semblaient se serrer les coudes, chacun avec un journal, tantôt flânant près des entrées et des sorties du parc ou tantôt marchant d'un pas vif de l'une à l'autre. Les gens avec des familles ou juste leur amoureux s'engageaient plus avant. Marie gardait un œil sur les couples et se demandait comment ce serait d'en faire partie. Ça lui semblait drôlement agréable. Cela tenait visiblement aux secrets qu'ils partageaient. Le meilleur couple tournait autour de l'eau qui constituait le cœur du parc. Ils se donnaient du plaisir par quatre expédients fort simples : en étant là et nulle part ailleurs, en étant eux-mêmes et pas quelqu'un d'autre. Marie n'avait jamais eu le sentiment d'appartenir à un couple, d'appartenir à quoi que ce fût, quand elle était avec Alan. Ils avaient juste fait la chose, douloureusement. Aucun des deux n'avait jamais allégé le fardeau de l'autre. Oh, comme elle espérait qu'il irait bien !

Elle finit par laisser ses notes mentales s'effacer et elle demanda son chemin aux gens : si on avait le temps, c'était une méthode infaillible pour arriver aux autres endroits. L'endroit où habitait Jamie était incroyablement vaste, mais plein d'autres personnes devaient y vivre également. Elle sonna sur le bon bouton et, presque aussitôt, la lourde porte à demi vitrée répondit en sonnant à son tour. Marie recula, espérant que ça n'allait pas se révéler trop grave. La porte continua à sonner pendant quelques secondes avec une impatience croissante, puis elle cessa soudain, exaspérée. Elle entendit des pas. Une fille, un bébé jeté sur l'épaule, apparut dans le vestibule et tira la porte en fronçant les sourcils.

La porte s'ouvrit.

— Encore cassée ? demanda la fille.

Le bébé regardait Marie avec un étonnement évident.

— J'espère que non, dit Marie.

— Vous venez déjeuner ?

— Si ça ne dérange pas, dit Marie.

La fille se tourna sans s'engager et précéda Marie dans le couloir, le visage consterné du bébé ballottait sur son épaule. Elles évitèrent l'ascenseur en cage et montèrent à pied. Marie pensait qu'il était dommage que Jamie ait déjà une famille. Pas étonnant que le bébé la regarde d'un air si surpris. À mi-chemin, Marie entendit le bruit de nombreuses voix qui sortaient de la porte ouverte en haut. Elle se souvint de son souvenir de la fois où, étant enfant, elle se préparait à entrer dans une pièce pleine d'autres gens et du rose intime de sa robe qui passait devant ses yeux.

D'une certaine façon, aujourd'hui, les autres inquiétaient et intéressaient Marie moins qu'à cette époque. Il y avait déjà tant de choses impossibles ; elle savait qu'en réalité aucun feu de la rampe ne vous attendait. Marie était consciente, et avait été consciente depuis le début, du fait que les autres ne passaient quasiment pas un instant à penser aux autres.

Marie suivit la fille et le bébé dans un long couloir jusqu'au bord d'une haute pièce pleine de gens et de lumière. Et pleine de couples, Marie le sentit vite. Mais avant que la pièce pût la confronter ou l'absorber, la tête de Jamie apparut dans l'entrebâillement d'une pièce voisine et il lui fit signe d'entrer.

— Bonjour, murmura-t-il, et il referma la porte derrière eux.

Ils étaient dans une grande cuisine, plus grande encore que celle du café. Et elle était propre et lumineuse, pas fumée et jaunie par une couche de poussière humide déposée sur tout ce que l'on touchait. Les cheveux fins de Jamie étaient en bataille et ses yeux contenaient plein d'agitation et de chaleur.

— Tu veux un Bloody Mary ? demanda-t-il.

— C'est quoi, un Bloody ?

— C'est... Bon Dieu, tu es bizarre. Tu ne connais que dalle, hein ? Tiens. C'est le seul remède contre la gueule de bois.

— Qu'est-ce que c'est ?

217

— Quand on est soûl. Mais Boulgakov dit que les épices aident aussi, et je crois tout ce que je lis. C'est pour ça qu'il est aussi épicé. Ça ne te plaît pas ? demanda-t-il, vexé.

— Mais si.

Il se dirigea vers la table blanche ronde au milieu de la pièce. Marie remarqua qu'il boitait. Ses jambes avaient la même longueur mais l'une était beaucoup plus raide que l'autre, et il l'utilisait avec plus de précaution.

— J'ai une cuite comme un orage d'été. C'est le genre chic. Je ne me sens pas malade, juste furieux. Je parie que les cons ne se sentent pas furieux du tout, juste incroyablement malades. Et maintenant, il faut que je m'occupe de toute cette horrible *bouffe*. Tu sais faire la cuisine et tout ?

— Non.

— Du tout ?

— Du tout.

— *Quoi* ? Tu es bien une *fille*, non ?

Marie acquiesça.

— Alors à quoi crois-tu servir si tu ne sais pas faire la cuisine ? Vous devez avoir une sacrée opinion de vous-même, mademoiselle. Attends une minute. (Il tendit un doigt tremblant vers elle.) Est-ce que tu sais faire des lits ?

— Oui.

— Et est-ce que tu fais pipi assise ?

— Oui.

— Bien, dit-il, considérablement radouci. Je suppose que deux sur trois, ce n'est pas si mal. Allez, tu peux me donner un coup de main avec ce truc, non ? Sois sympa !

La nourriture que Jamie défaisait et jetait çà et là était élémentaire mais elle avait l'air coûteuse. C'était le genre de nourriture que Marie n'avait vue qu'à travers une vitrine, l'air trop apprêtée pour être mangée derrière son reflet compatissant. Marie l'aidait de son mieux et ses mains étaient naturellement plus fermes que celles de Jamie.

— Je suis étonnée que tu aies un bébé, dit-elle.

— Quoi ? Un *bébé* ? (Il secoua la tête.) Ce n'est pas le mien. C'est le sien. Des bébés… des bébés ? marmonna-t-il un peu comme les garçons avaient marmonné : « Des *livres.* » Pas moi, non, merci. Je n'ai pas de bébé. Ça ne se voit pas ?

— Non. À quoi ? demanda-t-elle.

C'était juste le genre de chose qu'elle espérait pouvoir un jour voir chez les autres.

— Je suis puéril. Les gens sans enfants le sont toujours. Terrifiant, non ? La vie est pleine de tours terrifiants comme ça. Je lui porte de plus en plus de respect.

Il leva les yeux. Il s'approcha d'elle, un couteau à la main. Il posa les bras sur ses épaules.

— Tu sais, tu as *vraiment* l'air super, déclara-t-il en regardant ses chaussures rouges, sa jupe et son pull blancs. *Vraiment* super !

« Ça a marché », pensa Marie.

— Moi, je suis horrible, dit-il. Ne crois pas que je ne le sache pas. Tu devrais voir un peu comment je me vois. J'ai vraiment une sale tête.

— Non, dit Marie. Tu as une bonne tête.

Il posa le côté de son visage froid sur sa gorge nue et fit plusieurs sons étranges, des sanglots reconnaissants, aurait-on dit. Comme si sa mémoire le lui soufflait, Marie se sentit poussée à passer ses bras sur les épaules de Jamie. C'était une option. C'était une des choses que l'on pouvait faire dans de tels moments. Mais elle ne le fit pas et, de toute façon, il retourna bientôt là où il était avant et commença à prendre le déjeuner plus au sérieux.

Pendant l'heure qui suivit, Jamie s'affaira à servir de la nourriture et encourager les gens à la manger. Marie était assise près de la fenêtre, une assiette sur les genoux. Une seule de ces personnes lui adressa la parole pendant tout ce temps, un homme houleux, au visage tanné, doté de la voix la plus forte que Marie ait jamais entendue. Il la dominait de toute sa haute taille et une de ses jambes se convulsait ou palpitait dans son pantalon.

— Vous êtes une grande amie de Jamie ? cria-t-il.

— Oui, dit Marie.

— C'est drôlement organisé chez lui. Comment est-il ?

— Je ne sais pas, dit Marie.

Et ce fut tout. Mais ça lui était égal. Marie avait les couples à regarder, et c'était très intéressant. Sans compter Carlos, le bébé, il y avait quatorze personnes dans la pièce, qui s'étaient confortablement installées dans les généreux ventricules de lumière. Carlos filait sur le plancher par à-coups mécaniques soudains sur ses paumes et ses genoux abîmés, thème de spéculations ravies où qu'il allât. Si quoi que ce fût attirait son attention, il essayait de l'attraper. Il suffisait que ce fût une chose pour que Carlos veuille l'attraper. À différentes reprises, il s'approcha de Marie et la regarda avec stupeur. Elle essaya de lui parler mais il ne répondit pas. Il ne pouvait tout bonnement pas comprendre Marie.

La pièce contenait six couples. Il fallut un certain temps à Marie pour établir les bonnes connexions. Certaines étaient simples. Un couple se tenait par la main presque en permanence, y compris pendant qu'ils mangeaient. Un autre couple semblait déverser sa fragile intimité dans tout ce qu'il faisait ; il y avait une ligne constante mais flexible de complicité entre leurs yeux : Marie voyait qu'ils ne formaient pas un couple depuis bien longtemps. L'homme houleux qui avait parlé à Marie était plus âgé que tout le monde de la même façon que Carlos était plus jeune ; la fille aux cheveux fous qui formait un couple avec lui regardait rarement de son côté, et seulement pour rafraîchir son mépris : Marie voyait qu'ils n'étaient un couple que pour peu de temps encore. Il y en avait souvent d'autres qui semblaient dépareillés ou mal attachés ; mais soudain leur partenaire se dressait inexorablement devant eux et ils devaient à nouveau se soumettre au pacte amer. Jamie ne semblait pas appartenir à un couple, mais on ne savait jamais.

Quant à la pièce, l'appartement, le labyrinthe : c'était comme la maison de M. et Mme Hide, aéré et vide, embarrassé d'espaces entre les choses. « C'est pourtant différent, pensait Marie. C'est neuf, il y a plus. Tous les gens ici ont été spécialement différenciés ; ils sont tous librement ensemble et ils doivent rarement faire des choses qu'ils n'aiment pas déjà faire. Bien qu'ils varient selon les multiples façons dont les gens peuvent varier, ces gens-ci partagent la même impétueuse unanimité sur l'argent et le temps. Et ils pensent que c'est bien ainsi. »

Seuls Jamie qui s'affairait, Carlos l'automate et bien sûr Marie continuaient à opérer selon leurs propres principes incertains.

— Regarde tous ces gens, lui dit Jamie avec animation, en s'accroupissant par terre à côté d'elle.

Marie les regarda tous. Il toussa et dit :

— Je suis de nouveau soûl, Dieu merci, donc ne t'étonne pas de l'abaissement général de mon ton... Regarde-les tous. Tu sais ce qu'ils ont en commun ?

— Quoi ? demanda Marie.

— Ils se le sont tous fait les uns aux autres, dit-il comme s'il faisait allusion à une habitude mystérieuse et répugnante qui leur était propre. Tous les gens que je connais l'ont fait à tous les gens que je connais. Tu ne l'as fait à personne ici, n'est-ce pas ?

— Non, dit Marie, qui en était tout à fait sûre.

— Ça me soulage. En fait, c'est une des choses qui me plaît chez toi.

Il commençait à être agité de secousses régulières qui venaient de quelque part aux environs de sa taille osseuse.

— Toutes les filles ici, elles y ont toutes été. Elles l'ont toutes fait comme ça, et puis par-derrière, et puis sur le côté avec une jambe en l'air, et puis pliées en trois avec les genoux accrochés sous les coudes. Pourquoi est-ce qu'elles le font ? Les femmes ne le font pas pour le *sexe*. Elles le faisaient parce que tout le monde le faisait et qu'elles ne voulaient rien rater.

Maintenant elles vont toutes sur la trentaine et elles sont toutes terrifiées parce qu'elles veulent un mari et des gosses comme tout le monde. Elles veulent toutes une deuxième chance. Elles font toutes semblant de ne l'avoir jamais fait bien qu'elles continuent toutes à le faire. Elles se prennent toutes pour des vierges. Mais qui les veut maintenant, hein ? Qui veut de vieilles baiseuses ?

Marie décida d'essayer quelque chose. Elle se pencha en avant et dit :

— J'ai perdu ma mémoire.

— Oh, ne m'en parle même pas, dit-il en grimaçant, une main sur la joue. Ça m'arrive *tout le temps.* Et je n'ai que vingt-neuf ans ! Je fais les choses deux fois, je veux dire les lettres et les choses comme ça. Comme un *vieux* con. Je...

— Non. Je veux dire que je ne me souviens de rien de ce que j'ai fait.

— Moi non plus ! Je me réveille et pendant un instant la nuit passée est là, présente. Et puis une main noire l'efface de ma tête. Et tout disparaît pour toujours. On a parfois quelques indices. Par exemple, si on a mal à l'estomac, on sait qu'on a dû beaucoup rire. Des choses comme ça. Je...

— Tu ne comprends pas. Je veux dire... je ne sais pas qui je suis. Je pourrais être quelqu'un d'autre.

— Tout à fait ! Tout à fait ! Je veux dire, la moitié du temps je pourrais être *n'importe qui.* Pour ce que ça peut me faire ! N'importe qui, je m'en moque ! Il n'y a qu'un grand blanc en moi. Je suis juste... grand ouvert. Je...

— Est-ce que tous les gens qui sont ici sont comme ça ?

— Ouais ! Euh… non, pas eux. Ceux-là, ils sont juste complètement dingues, c'est tout.

— Je vois, dit Marie, et elle se détourna pour cacher sa déception.

Maintenant les gens commençaient à partir. Marie pensa d'abord qu'ils allaient juste faire un tour ; mais il devint vite manifeste qu'ils allaient chez eux, qu'ils habitaient dans d'autres endroits… Confuse, Marie annonça qu'elle rentrait chez elle aussi. Jamie acquiesça d'un air absent et dit qu'il pourrait lui faire un bout de chemin s'il en trouvait le courage. Il l'accompagnerait aussi loin qu'il le pourrait.

Marie alla dans la salle de bains. Elle se sentait bizarre, ballante, mystifiée. L'appartement était immense, plein d'ombre, peut-être sans fin. Il n'y avait pas de lumière au bout du haut corridor, donc n'importe quelles étendues pouvaient être remplies par l'air granulé : n'importe quoi pouvait se passer dans ces lointains. Elle alla là où on lui avait dit d'aller. Les gens partaient encore, mais maintenant elle ne les entendait plus. Elle se dirigeait vers la quatrième porte à droite depuis un bon moment et elle avait encore pas mal de chemin à parcourir. Qu'est-ce qui l'oppressait ? Elle atteignit enfin la porte. Elle sut tout de suite qu'il y avait quelqu'un à l'intérieur.

— C'est ouvert, dit une voix de fille.

Marie ouvrit la porte et entra prudemment. C'était une pièce tout en longueur, avec un épais tapis, plus une salle pourvue d'un bain qu'une salle de bains. À l'autre bout se tenait la petite femme musclée qui appartenait au grand homme houleux. Elle était debout devant le miroir et secouait ses cheveux électriques.

— J'en ai pour une minute, dit-elle au reflet de Marie dans la glace.

Marie s'approcha. La fille était occupée dans le miroir à adoucir le kaléidoscope de taches de rousseur sur ses joues et l'aura couleur de mûre aux coins de sa bouche. Marie croisa les bras et attendit. La fille laissa tomber deux petites boîtes dans son sac, une palourde noire aux mâchoires ouvertes. Soudain, la fille tourna son visage sauvage. Marie recula d'un pas, choquée par la peur et la haine qui brillaient dans son regard.

— Tu es Amy Hide, n'est-ce pas ?

Marie se sentit envahie d'une chaleur intime.

— Et si oui ? dit-elle, mais avec le contraire du défi dans sa voix.

La fille se glissa vers la porte. Elle serrait son sac contre elle comme si Marie était prête à le lui arracher des mains.

— Rien. Mais ne crois pas que je ne le sache pas.

— Ne le dites à personne. Je vous en prie… Au revoir.

Le courant d'air de la porte claquée lui fit cligner des yeux. Elle passa à la chose suivante. Elle souleva le couvercle et s'assit sur le siège froid. Une main passa sur son visage. Elle eut soudain l'air bien vieille, là, les genoux serrés sous l'ourlet de sa jupe, sa culotte blanche mollement recroquevillée sur ses chevilles, les chaussures rouges sur la pointe des pieds.

« Il faut que tu arrêtes de te faire du mauvais sang, se dit-elle. Tu ne t'en débarrasseras jamais. Il faut juste que tu arrêtes de te tracasser, un point c'est tout. »

17

Maillons manquants

Jamie la raccompagna jusqu'à mi-chemin, jusqu'au cœur embrumé du parc.

— Est-ce que cela te dérange si nous nous donnons la main ? demanda-t-il.

Il avait retrouvé son calme.

— Non, dit Marie.

— Tu peux le supporter. Ça ne te gêne pas trop ?

— Non.

— Oh, bien. J'aime ça. C'est une des seules choses que je puisse encore faire avec les filles et qui ne me gêne pas.

— Pourquoi ?

— Je ne sais pas. Je me sens peut-être innocent dans ces moments-là, dit-il. Mais tu es préoccupée et j'ai de nouveau la gueule de bois, et ce n'est pas la peine de parler.

Ils continuèrent à marcher. Donner la main à Jamie n'avait aucun rapport avec donner la main à Alan.

Marie se demandait pourquoi. Il était vrai que la main de Jamie était chaude, sèche et douce, ce qui changeait d'une main froide, nerveuse et humide ; mais il y avait plus. Peut-être, comme tant d'autres choses, était-ce juste une question d'âge. Alan avait vingt et un ans, Jamie vingt-neuf, Marie quelque part entre les deux. Avec Alan, elle avait toujours l'impression de mener ou d'être menée, comme si elle était la mère et lui l'enfant, qui tour à tour traînait en arrière ou tirait en avant. Mais Jamie marchait au bon pas, un pas régulier, en dépit ou peut-être à cause de sa pauvre jambe raide... Les autres remarquaient vite la différence. Ils n'étaient pas si nombreux à la regarder, et ceux qui la regardaient le faisaient plus agréablement. Les hommes la regardaient subrepticement, tristement plutôt qu'avec une légèreté hostile. Les femmes n'avaient apparemment pas besoin de la regarder du tout, sauf ses vêtements, et encore avec un intérêt semi-professionnel plutôt qu'un air de défi ou de triomphe. Quant aux vieux, ils la contemplaient avec une expression tout à fait bienveillante, visiblement réjouis, ravivés, revigorés par son existence même. Qu'avait-elle fait pour mériter cela ? Un vieil homme particulièrement vieux interrompit sa marche hésitante pour s'arrêter, rêveur devant eux, et il demeura là, apaisé, ses mécaniques au ralenti, tandis qu'ils le dépassaient. De son sourire figé s'échappa un trémolo embrumé, un chevrotement nasal aigu, comme un fredonnement oublié.

Jamie rit.

Marie dit d'un ton léger :

— Un jour tu seras comme ça.

— C'est pour ça que je ris aujourd'hui, dit-il. Je ne rirai pas alors. À condition que j'y arrive. Où habites-tu ?

— Dans un squatt, dit-elle.

— Hum, je m'en doutais, quelque chose dans ce genre. Ça ne casse pas des briques, n'est-ce pas ? Pas des briques ? Écoute, il y a plein de place là où je suis. Il y a toujours des gens qui viennent y habiter. Je ne suis pas en train de te donner mon numéro, etc., ou un truc comme ça, dit-il en écrivant un numéro sur un bout de papier qu'il lui tendit. Je veux dire que je ne suis pas en train de te faire du boniment ou autre, dit-il en le lui donnant. Tout ça, j'en suis revenu. Je te dis juste que tu peux venir habiter chez moi quand tu veux.

— Je comprends.

— Tu veux encore de l'argent ?

— Non, j'en ai assez.

— Tu es sûre ? Bon, ben O.K.

Ils se quittèrent au bord du lac. Jamie ne semblait pas mieux savoir que Marie comment les gens dans leur situation se disaient au revoir. Il finit par juste lui serrer le bras et s'éloigner. Elle se tourna une fois et vit sa longue silhouette voûtée, mains dans les poches, sur le point de disparaître. Puis il se retourna aussi et lui fit un grand geste en marchant à reculons.

L'herbe devenait plus sombre. La circulation avait une liberté dominicale sur la route droite, tout là-bas, de l'autre côté des grilles qui ceignaient le parc. Obéissant à la lointaine action lunaire et ses silencieuses tempêtes de lumière, les jours baissaient, les jours se repliaient sur eux-mêmes. Marie avait déjà entendu parler de l'hiver. Dans les soirées froides, les gens en parlaient avec résignation et quelquefois une appréhension stoïque. Il n'y avait pas de date précise pour son arrivée et chacun avait une théorie différente quant à sa venue. Marie n'était pas trop inquiète. L'hiver serait certainement intéressant. Marie commençait déjà à se sentir mieux à propos d'Alan. Elle réfléchissait. Le but de l'amour était peut-être d'entourer tous les gens sur la terre d'un cercle, un cercle qui était souvent brisé à certains endroits mais qui essayait sans cesse d'être parfait. Elle serait toujours une des personnes qui tendraient les bras pour protéger Alan, et elle espérait que lui aussi serait toujours prêt à l'entourer, parce que le cercle serait éternellement imparfait, il aurait toujours des chaînes brisées et des maillons manquants partout, et de nombreuses mains seraient sans mains à tenir. C'était certainement ça. Elle décida de monter droit dans sa chambre et de le dire à Alan pour voir s'il accepterait.

Dans la rue-aire de jeux, seuls quelques enfants s'attardaient encore. À peine visibles, ils s'appelaient et se faisaient signe comme des fantômes en train de disparaître. Bientôt ils seraient tous à l'abri en train de prendre le thé derrière les fenêtres des autres. Marie monta l'escalier en courant. Elle avait soudain froid sous sa jupe et son pull blancs.

Elle entra dans la chambre d'Alan sans s'arrêter pour frapper. Elle était silencieuse et vide dans la pénombre.

— Alan ? dit-elle.

Sur la table, devant la fenêtre, quelques papiers luisaient indifféremment dans la lumière mourante. Comme Marie se tournait pour partir, elle vit Alan debout dans un coin, face contre mur. Pourquoi faisait-il une chose pareille ?

— Alan, je…, commença-t-elle en s'avançant vers lui.

C'est alors qu'elle vit que ce n'était pas Alan. C'était impossible. C'était quelqu'un de beaucoup plus grand qu'Alan. Elle hésita. Alan était peut-être monté sur un meuble. Mais pourquoi ? Elle s'approcha encore. Était-il debout sur son lit ou sur cette chaise ? Le lit était trop loin et la chaise était renversée. Marie tendit la main et toucha l'épaule d'Alan. Il se tourna. Mais pas de la façon dont les gens se tournent d'habitude. Autour de son cou, il y avait le cordon de sa robe de chambre.

Alan avait laissé un mot sur la table. Il n'y était question que de ses *cheveux*.

Pauvre Alan. Pauvre fantôme.

Le suicide. N'importe quel jeune pense se suicider avant de devenir vieux. Mais on passe rarement aux actes. On ne veut tout bonnement pas aller aussi loin. Quand on est jeune et qu'on regarde devant soi, le temps se perd dans les brumes à vingt-cinq ans. « Ce n'est pas moi qui deviendrai vieux », dit-on. Mais si. Oh que si ! On finit toujours par devenir vieux.

Combien de fois pensez-vous au suicide ? Tous les jours ? Une fois par semaine ? Presque plus ? Cela dépend probablement de votre âge. Il faut du courage pour vieillir mais il en faut encore plus pour se suicider. C'est très dangereux. Le jeune Alan a dû avoir beaucoup de courage là-haut cet après-midi. Il a eu de la chance d'être jeune. Autrement, il n'y serait pas arrivé.

On est vieux quand on voit que la vie est pauvre mais que c'est tout ce qu'il y a. La mort est dérisoire ; elle ne dure qu'une seconde ; c'est fini avant même qu'on le sache, pour autant qu'on le sache.

J'ai naturellement envisagé le suicide. Oui, je l'ai envisagé. Certains jours, je n'envisage rien d'autre. Bien sûr, je ne peux pas l'envisager sérieusement avant d'avoir réglé mes comptes avec Marie. Et en plus, je me fais bien trop vieux pour ça, maintenant. C'est déjà une idée trop romantique pour moi : je veux dire que ce n'est pas très *réaliste*, non, le suicide ?

Les gens se suicident de plus en plus jeunes, dix-huit, quinze, dix ans. La vie les étouffe très tôt de nos jours. Quand on est jeune : c'est le bon moment. Est-ce que je regrette de ne pas m'être suicidé alors, au bon vieux temps quand j'étais jeune ? Non, pas vraiment. La vie est pauvre, mais c'est tout ce qu'il y a, pour autant qu'on sache.

La première chose que Marie dut faire à propos du suicide d'Alan fut une déclaration.

— C'est juste une formalité, dit le policier minable dont ils avaient gâché le dimanche, qui se déplaçait silencieusement dans la pièce. Bien sûr, vous n'êtes pas *obligée* de dire quoi que ce soit, mais d'après mon expérience… c'est d'habitude… En fait, ce n'est pas vraiment mon secteur, en fait.

Marie s'assit et regarda de l'autre côté de la table le visage trempé, ruisselant, de Russ. Elle n'avait pas la moindre idée de ce qu'elle allait dire.

— Bien, voyons…, dit le policier en se tripotant l'oreille.

Il proposa d'abord de transcrire un récit oral de chaque habitant du squatt. En tirant une langue boutonneuse, il écrivit très doucement les récits identiques de la découverte d'Alan que Paris puis Ray balbutièrent péniblement. Le policier regarda sa montre.

— Je devrais peut-être… C'est dommage, vraiment, que vous soyez si nombreux. Puis, nerveusement, et en essayant d'ignorer les grands reniflements mouillés de Russ (des reniflements qui arrivaient de ses sinus pleins de chagrin dans sa gorge rougie), il commença à distribuer des morceaux de papier et un fagot de feutres silencieusement fournis par Norman. Marie s'assit à la longue table avec Russ, Ray, Paris, Vera, Charlie, Alfred, Wendy et Norman, et en se grattant beaucoup la tête et en pliant les épaules, ils se courbèrent comme des écoliers sur leur pensum.

Que pouvait bien dire Marie ? Elle était désolée d'avoir brisé le cou d'Alan ; elle n'avait jamais voulu ça. Elle se demandait si les cheveux d'Alan étaient responsables, comme il le prétendait. Mais il ne lui semblait guère probable que des cheveux puissent vous briser le cou. C'était sûrement encore à cause de Marie. *Je suis désolée*, écrivit-elle de sa belle écriture. *Je ne voulais pas. J'essaierai de ne pas recommencer.*

Mais c'est alors que les deux hommes en uniforme descendirent avec la civière bosselée. Russ se leva et écrasa son stylo sur la table. Il regarda Marie de son visage enfantin et lugubre.

— Qu'est-ce que je fais ? dit-il. Je ne sais pas *écrire*. Il la montra du doigt.

— C'est toi qui l'as tué ! Il n'avait que vingt et un ans. Tu l'as tué et tu t'en *fous*. Salope !

Marie entreprit un voyage, un voyage qui dura plusieurs jours. Elle prit le métro, d'un bout à l'autre et en cercles dans les entrailles fumantes de la ville. Elle prit la Ligne Circulaire, dans ce nouvel espace-temps, jusqu'à ce qu'elle en ait la tête qui tourne. Et ça ne l'amena jamais nulle part. Elle arpenta le béton grumeleux de Piccadilly et de Leicester Square. Elle dormit dans une pièce pleine d'autres gens et de gargouillis et des gaz des mauvaises nourritures. Elle s'appuya contre un mur où d'autres filles étaient appuyées. Deux hommes différents vinrent lui demander si elle était libre ; elle secoua la tête les deux fois et ils repartirent. Pendant un moment, le temps tourna dans une série de boîtes. Elle alla en camion dans un endroit où il fallait vider ses poches et son sac et se soumettre à la présence lointaine. Ils l'enfermèrent une nuit avec une fille qui pleurait sans cesse et se levait pour uriner bruyamment dans un pot sous son lit. Le matin, ils la firent se déshabiller et une femme l'examina : de quel droit, Marie l'ignorait. Elle reprit le camion. Elle dormit dans une rangée blanche ; d'autres femmes qui hurlaient et yodelaient toute la nuit. « Oh, tu es dure ! » répétait inlassablement la voisine de Marie. « Oh, tu es… oh, si méchante. » Marie le savait déjà ; la femme n'avait pas

234

besoin de le lui répéter. Ils lui donnèrent ses affaires dans une enveloppe marron et des pilules jaunes qui firent un peu reculer le présent. On pouvait marcher dans un jardin ou s'asseoir dans une pièce verte où les lumières et les visages vacillaient sans cesse. Marie fit ces choses-là pendant pas mal de temps. Puis Prince arriva et la fit sortir. Ils durent le laisser entrer, bien sûr. Ils durent le laisser entrer et le laisser la sortir.

— Enfin, j'ai pigé ton style, Marie, lui dit-il dans son bureau. Ah, tu fumes maintenant. C'est un de tes nouveaux progrès ?

Marie tira une bouffée de fumée. Elle avait perfectionné cet art pendant ces derniers jours, sous la tutelle ardente de quelques fous divers. Ils lui avaient dit que ça lui ferait du bien, surtout pour ses nerfs. Marie n'en savait rien, mais elle aimait avoir quelque chose qui lui occupait les mains et la bouche, surtout la bouche. Elle dit :

— Je suis désolée.

— … Bravo, dit-il. Maintenant tout va bien.

— J'ai essayé de bien me conduire.

— Et maintenant tu n'essaies plus ? Tu parles comme un enfant.

Marie ne dit rien.

— J'ai des nouvelles pour toi, ajouta-t-il plus calmement. M. Tort… il s'est rétracté.

— M. Tort ?

— L'auteur de la confession de ton meurtre. Il est revenu dessus. Maintenant, il dit qu'il ne l'a pas commis.

— Qu'est-ce que ça veut dire ?

— Eh bien, ça n'est pas vraiment très surprenant de sa part. On lui a dit que tu étais vivante et que tu te portais bien. Donc il s'est rétracté. Tu n'en aurais pas fait autant ?

Marie ne dit rien.

— Je dois lui concéder qu'il a mis du temps à se laisser convaincre. Il s'accrochait à son histoire. Ça n'arrive pas souvent.

— Ah non ? dit Marie.

Il attendait qu'elle lève les yeux. Elle leva les yeux.

— Non, pas souvent. Il a dit qu'il l'avait bien fait. Il a dit que tu le lui avais demandé. Donc il l'avait fait.

Les larmes s'amassèrent dans les yeux de Marie. Elle n'essaya pas de les arrêter quand elles débordèrent. Quelques-unes tombèrent sur ses jambes. Il y en eut même une qui tomba sur sa cigarette. Elle entendit Prince soupirer et se lever. Il s'approcha d'elle en agitant son mouchoir blanc.

— Ne t'en fais pas, dit-il. Il n'est pas encore sorti, pas encore libre, il lui reste du temps à faire. C'est pour ça que nous attendions. Nous voulions le prendre sur autre chose... Et maintenant, Marie ? Qu'est-ce qui reste ? Ton travail s'est envolé. Le squatt aussi, au fait.

— Où ? Pourquoi ?

— Le moindre pépin dans ce genre d'endroit... (Il agita mollement la main.) Non, Marie, tu n'as plus où aller maintenant. On dirait que tu as brûlé toutes tes cartouches.

— Non. Il y a un endroit où je peux aller.

Elle lui montra le morceau de papier.

— Ah, tu as établi cette connexion, dit-il en acquiesçant.

— Il m'a dit que je pouvais l'appeler et venir quand je voulais.

Prince prit un des téléphones sur son bureau et l'abattit devant elle.

— Alors, appelle-le.

Marie appela Jamie et Jamie était là. Elle ne fut pas étonnée du ton détendu avec lequel il lui dit : « Oui, bien sûr. Viens. » Quoi que les autres aient jamais fait à Marie, ils ne lui avaient jamais menti. Ils gardaient la plupart de ça, comme tant d'autres choses, pour eux-mêmes. Il n'y avait qu'une seule personne, semblait-il à Marie, qui était vraiment un professionnel du mensonge ; et elle était assise en face de lui maintenant.

— Mais attends, dit Jamie. Et toutes tes merdes ?

Marie rougit.

— Quoi ?

— Toutes tes affaires. Tu peux les mettre dans un taxi ou un truc comme ça ?

— Oh non. Je n'ai plus rien.

Prince ne leva pas la tête quand Marie finit. Il écrivait quelque chose avec un stylo d'acier.

— Tout est arrangé ? demanda-t-il.

— Oui.

Marie le regarda, mais avec haine. Qu'est-ce qu'il faisait d'autre que de lui raconter des mensonges et de la faire pleurer ?

— Il est riche, dit-elle au hasard.

— Ah, bien.

— Je m'en vais, maintenant.

— C'est ça.

Il ne leva pas les yeux. Il dit :

— Souviens-toi, Marie. Méfie-toi de ton propre pouvoir. Personne n'est sans pouvoir.

— Je m'en vais, maintenant, et j'espère ne jamais vous revoir jusqu'au jour de ma mort, dit Marie, et elle sortit de la pièce.

18

Pas la peine

— Maintenant, la première chose que nous devons faire, dit sévèrement Jamie, c'est de t'apprendre à boire et fumer correctement. Bien. Voyons si tu bois assez.

— D'alcool?

— Bien sûr. Tu veux dire qu'on peut boire autre chose?

— Une fois par semaine, dit Marie.

— *Quoi?* Bien, nous allons vite corriger ça, mademoiselle. Prends un verre. Nous allons t'y mettre. Le truc, c'est de boire beaucoup à midi. Cela économise beaucoup d'efforts en début de soirée.

— Je me sens mal toute la journée si je bois à midi, dit Jo qui habitait aussi là où habitait Jamie.

— Et alors? demanda Jamie.

— Je n'aime pas me sentir mal toute la journée.

— Personne *n'aime* ça. C'est pas ça qui compte. On ne te demande pas *d'aimer* ça. Maintenant Marie. Combien de cigarettes?

— Trois ou quatre par jour…, dit Marie, pleine d'espoir.

Mais Jamie la regarda pendant un long moment, puis il secoua la tête tristement.

— Non. Ça n'ira pas du tout, j'en ai peur.

Il se détourna, les yeux mi-clos, et dit avec désinvolture :

— J'en suis à trois paquets et demi par jour…

— Vraiment ? dit Marie.

— Ouais. Oh, c'était l'enfer au début, je l'admets. Faut vraiment travailler dur pour passer de deux à trois paquets, il faut un sacré courage. Après, c'est enfantin. Maintenant nous allons te fixer une cible réaliste, disons vingt cigarettes par jour, et ensuite nous pourrons progresser lentement à partir de là. D'accord ? C'est juste une question de volonté. c'est tout. C'est simple : si tu le veux assez, tu peux y arriver. Crois-moi. C'est possible, Marie !

— Je ne vois pas ce qu'il y a de si intelligent à se tuer, dit Augusta, qui vivait aussi là où vivait Jamie.

— Oh, *toi*, ne commence pas. Oh, je vois. Je connais. Nous allons vérifier. Tu veux vivre, n'est-ce pas ? Tu veux *vivre*.

Marie but son verre à petites gorgées et écrasa son mégot. Aussitôt, Jamie remplit son verre à ras bords et lui tendit une cigarette neuve qu'il alluma.

— Voilà. *Toi*, tu peux le faire. *Toi*, tu peux le faire, Marie. Maintenant, il suffit de manger de la nourriture très riche et de ne pas faire d'exercice, et tu devrais très bien t'en tirer.

— Tu es complètement fou, Jamie. Ce n'est pas très drôle, tu sais, dit Lily qui habitait aussi là où habitait Jamie.

— Et comment pourrais-tu savoir, *toi*, si c'est drôle ?

— Ça ne me fait pas rire.

— Mais tu es une femme ! Les femmes ne rient pas quand elles trouvent les choses *drôles*. Elles rient quand elles se *sentent* bien.

— Bla bla bla, dit Lily.

— Oh, quelle connerie ! dit Jo.

— Vite un Valium, s'il vous plaît, dit Augusta.

— C'est vrai ! Qu'est-ce que ça peut bien vous faire ? C'est juste *différent* pour vous…

Il se tourna vers Marie, tête baissée, les yeux brûlants.

— Bien, je pense juste que puisque personne ici ne fait rien et ne fera jamais rien, autant faire autre chose, c'est tout.

— Marie, dit Lily. Tu as tous les draps et les serviettes, etc., qu'il te faut ?

— Pourquoi, le petit homme est-il venu ? demanda Jo.

— Est-ce qu'il a rapporté mon chemisier ? s'inquiéta Augusta.

— Lequel ?

— Ils l'avaient perdu. Tu sais, celui en soie grise avec le…

— Je pense, dit Jamie, en se levant difficilement, je pense que j'arriverai tout juste à m'arracher à cette conversation.

Il hésita au milieu de la pièce. Ses yeux brûlaient d'une honte et d'un désir d'adolescent.

— Je, c'est juste…

« Non, pensa Marie. Ça va. Ce n'est pas la peine. »

— Ce que j'ai dit à propos des femmes qui ne rient pas, dit-il, et aussitôt les filles commencèrent à soupirer, marmonner et se tourner. Si j'avais dit *la plupart* des femmes, vous auriez toutes été d'accord et vous vous seriez bien moquées de vos sœurs. Mais c'est de *vous* que je parle parce que vous ne lisez jamais un livre, que vous ne faites jamais rien. C'est pour ça que vous ne riez que lorsque vous aimez bien quelqu'un ou que vous vous *sentez* bien.

— Rasoir, déclara Augusta.

— Rasoir ? Ah oui, c'est rasoir ? Eh bien, dans ce cas, je me casse. « *Gimme shelter.* » Pitié ! dit-il, et il sortit en trébuchant.

— Ne l'écoute pas, dit Lily à Marie. Il est impossible quand il est soûl.

— Cet homme déteste les femmes, remarqua Augusta, les yeux fermés.

Jo secoua la tête.

— Non, il a juste besoin de sortir et de faire quelque chose.

Il était vrai que personne ne faisait rien dans cet appartement. Enfin, ils faisaient des choses mais ils ne faisaient rien. Ce n'est pas qu'ils restaient sans rien faire mais ils ne faisaient rien non plus. Marie comprit vite pourquoi : ils n'en avaient pas besoin. Pas besoin.

Marie reconnut les trois filles du dimanche où elle était venue déjeuner. Elle ne fut pas étonnée de trouver qu'elles vivaient là. Elle n'était pas étonnée de trouver que quelqu'un d'autre vivait là, quelqu'un qui ne faisait rien non plus : le petit Carlos.

Dans un sens, Carlos était ce que faisait Lily. Carlos exigeait et recevait une attention quasi permanente. Il avait tout le temps besoin du temps de Lily et elle le lui donnait. Carlos apprenait à marcher ou attendait de marcher. Sa grosse tête gonflée de lait portait un motif variable fait de furieuses meurtrissures rouges ; Carlos les obtenait en tombant beaucoup, surtout dans la salle de bains où il tombait le plus. On pouvait l'y entendre bouger, gazouiller ou gargouiller avec intérêt : puis il y avait soudain un grand bruit sourd ou fracassant, un silence choqué pendant lequel Carlos rassemblait sa douleur et son outrage, et enfin son puissant vagissement déchirant qui faisait accourir Lily en espérant qu'il ne s'était rien cassé. Carlos pleurait aussi pour d'autres raisons. Ses pleurs avaient toujours un effet positif : ils lui obtenaient toujours ce qu'il voulait. Quand on y pensait, Carlos était vraiment très populaire, il s'était gagné pas mal d'admirateurs pour quelqu'un qui n'avait qu'un an. Pensez au nombre d'amis et de disciples qu'il aurait à cinquante ou soixante-quinze ans !

— Quel est le programme, au juste, avec Carlos ? demandait Jamie à Lily.

Jamie passait pas mal de temps à jouer avec Carlos ou juste à le regarder jouer.

— Il pense que tu es Dieu jusqu'à trois ans. Ensuite, il pense qu'il veut coucher avec toi jusqu'à douze ans. Ensuite, il pense que tu es de la merde jusqu'à vingt ans. Ensuite, il devient pédé ou autre et il se sent coupable envers toi jusqu'à soixante ans et jusqu'à ce qu'il devienne aussi vieux et merdique que toi. C'est le programme, non ?

— Ne parle pas comme ça, protestait Lily, et elle prenait Carlos dans ses bras.

Quelque chose dans les yeux de Lily rappelait à Marie le Refuge et ses filles détruites. Lily avait jadis eu des ennuis. mais maintenant elle s'en était sortie, elle n'avait plus d'ennuis. Elle avait des cheveux blonds emmêlés, entortillés, sans poids, des lèvres tristes, et il n'y avait aucun défi dans sa présence. Elle avait aussi un homme qui s'appelait Bartholomé et qui travaillait en mer du Nord. Lily pensait tout le temps à Carlos, même quand Carlos dormait ou gazouillait dans la pièce voisine. Lily ne faisait rien, mais c'était normal. Carlos était tout ce qu'elle faisait.

Jo ne faisait rien mais Jo faisait plein de choses. Marie n'avait jamais rencontré ou vu quelqu'un qui faisait autant de choses que Jo. Elle avait « une fortune personnelle », ce qui fournissait peut-être une explication (tout le monde ici, y compris Marie, avait l'argent de Jamie). Elle avait aussi des épaules comme le dossier d'un canapé, des cheveux bruns courts dansants et une sorte de mâchoire de héros militaire avec des dents férocement bonnes. Elle faisait toujours des choses, tennis, squash, équitation, golf, ou bien elle partait dans des endroits éloignés, virtuellement inaccessibles, au volant de sa grosse voiture puissante. En début de soirée, elle rugissait des hymnes sous la douche brûlante, puis elle paradait en sweater et jeans informes pour superviser le dîner avec Lily. Ensuite, elle s'installait devant la télévision, et pendant qu'elle la regardait, elle tricotait, enfilait des hameçons, recordait ses raquettes de tennis ou graissait ses fusils. Puis à onze heures et demie pile elle se levait, s'étirait et disait :

« Bon ! » et partait à grands pas se coucher. Il lui arrivait de sortir avec son homme. Il arrivait très rarement qu'il vienne. Son homme était incroyable, comme s'il sortait de la télévision. Jamie disait souvent que, selon lui, l'homme, c'était Jo.

— Putain, c'est un *homme*, cette fille ! disait-il. Ne vous laissez pas avoir, elle est paumée aussi. Toutes ses histoires de plongée, d'alpinisme, de cross et de deltaplane, elle veut juste remplir ses journées et ne penser à rien. Vous pensez que ça lui plaît de sortir avec ce robot de merde ?

Un dimanche soir, les plombs sautèrent. Pendant que Marie et Lily tenaient les bougies, Jamie regardait peureusement le tableau électrique qui luisait avec une mauvaise volonté triomphante du fond de son trou. Jamie allongeait sans cesse les doigts pour les retirer nerveusement au dernier moment. Jo fit son entrée dans l'appartement avec un fusil et trois faisans morts pendus à sa ceinture. Elle écarta Jamie d'un coup d'épaule et rétablit la lumière d'un seul geste de la main. Jamie tomba en arrière. Lily l'aida à se relever. Clignant des yeux, et tout en secouant la poussière de ses vêtements, Jamie dit d'un ton irrité :

— Putain, tu n'es vraiment pas une fille, tu es un mec ! Putain !… Pourquoi tu n'ajoutes pas un *e* à ton nom et tu vas pas jusqu'au bout ?

Mais Jo se contenta de rire et alla d'un pas lourd jusque dans sa chambre. Peu après, elle sortait de nouveau. Elle avait d'autres choses à faire.

Augusta non plus ne faisait rien, rien du tout, mais sa vie n'en demeurait pas moins une épopée douloureuse de victoires, défaites, stratégies, retraites, affronts, trahisons, campagnes et conspirations. Une vie sociale, voilà le genre de vie qu'avait Augusta. Et une vie sexuelle aussi. Elle avait des cheveux noirs en épis, mais son visage était d'une pâleur dramatique, plus pâle encore que ses dents, qui étaient elles-mêmes très blanches. Marie la voyait souvent nue, puisqu'elle passait pas mal de temps assise dans le luxueux bordel qui tenait lieu de chambre à Augusta. Augusta avait la même taille et le même poids que Marie ; mais elle n'était pas seulement plus mince que Marie, elle était aussi plus épanouie. Son corps avait une allure athlétique, dynamique, extraordinaire, elle avait le dos étroit et musclé, le derrière voluptueux et les seins coniques montés haut sur une frêle cage thoracique. Augusta avait aussi beaucoup d'hommes.

Elle se levait tard, encore plus tard que Jamie. Près de son lit, il y avait toujours une énorme chope d'eau avec un portrait de la reine d'Angleterre sur sa surface d'émail craquelé. Avant toute autre chose, Augusta la vidait d'un trait. Puis elle se levait et se faisait du café, sans un mot, avec un calme menaçant. Elle était toujours calme et menaçante alors, hautaine, presque impériale, malgré sa pâleur inquiétante et ses mains tremblantes. Elle avait l'air particulièrement calme et menaçante si un homme avait passé la nuit avec elle, plus particulièrement si cet homme n'avait jamais passé la nuit avec elle auparavant. Les hommes d'Augusta… Marie l'entendait rentrer bruyamment avec eux tard dans la nuit, et elle les voyait souvent partir en catimini le matin ou s'enfuir à moitié vêtus, poursuivis par les cris d'Augusta nue. Ces jours-là, elle semblait particulièrement hautaine et digne. On aurait dit qu'elle rassemblait les morceaux d'elle-même que la veille avait dispersés, cette journée décevante et indigne, qui n'avait simplement pas été assez bonne pour Augusta. *Mauvaise* journée, pour être aussi peu à la hauteur que ça.

Jamie avait des théories similaires sur Augusta.

— Putain, c'est un *homme*, cette fille, en tout cas en ce qui concerne les hommes. Je sais qu'elle est une remarquable artiste du pieu et tout ça. Elle dit que c'est bon pour sa silhouette. Mais regarde ses yeux. Elle a des yeux de... paumée.

Après le déjeuner et quelques verres, Augusta commençait immanquablement à croître en beauté et elle n'arrêtait pas de croître de toute la journée.

— Tu me sidères, lui disait Jamie sur le ton de la conversation. Tu te réveilles le matin et tu as une foutue tronche de déterrée. Vers le milieu de l'après-midi, tu as de nouveau l'air d'une vierge.

Ce n'étaient pas des choses à dire à Augusta sans danger car elle était à juste titre célèbre pour sa susceptibilité et ses colères. Marie se demandait comment Augusta pouvait se tourmenter à se tourmenter aussi souvent qu'elle le faisait. Mais elle ne se tourmentait pas, comme Marie le découvrit vite : sa colère faisait partie de quelque chose sans fond en elle. Il y avait vraiment beaucoup d'Amy dans Augusta. Oh oui, beaucoup ! Mais au moment où elle commençait à s'habiller pour la soirée, Augusta semblait aveuglément, indubitablement bonne. Elle sortait toujours, à moins que quelque chose ne se soit mal passé. Une voiture, un taxi ou un homme venait, et Augusta s'en allait pour s'offrir à la vie qui l'attendait avec impatience. Et quand quelque chose s'était mal passé et qu'elle restait à la maison, elle avait l'air encore plus digne et menaçante que jamais.

Ces soirs-là, Augusta se soûlait, parlait beaucoup et riait furieusement de ses propres plaisanteries. Jamie se moquait d'elle, s'il pensait que c'était sans danger.

— De nouveau bafouée et trahie, hein, Augusta ? Larguée et en rade. Je parie que quelqu'un va en avoir pour son compte demain. Ouh ! C'est une terreur !

Et Augusta riait de ça aussi. Mais Jamie ne disait jamais rien le matin, quand Augusta avait l'air si hautaine. Par exemple, il ne dit jamais rien le jour où Augusta était revenue avec un œil au beurre noir et où on pouvait l'entendre vomir bruyamment dans la salle de bains. Personne ne dit rien, elle avait l'air de le prendre de si haut !

Marie était couchée dans son lit, la nuit, dans sa petite chambre au bout du couloir, accueillant les pensées indésirées qui lui venaient toujours alors. Jamie avait raison dans un sens : Augusta et Jo *étaient* comme des hommes. Elles avaient le pouvoir, le pouvoir d'en imposer, d'inspirer la peur, elles savaient être redoutables. Redoutables !... Quelle honte, vraiment, que lorsque les femmes essayaient de se libérer des hommes et d'être fortes, elles ne faisaient rien d'autre que d'observer ce qui rendait les hommes forts et de les imiter. N'y avait-il pas d'autre moyen d'être fort, un moyen féminin ? Marie était sûre que si. Mais peut-être que non, ou plus aujourd'hui, ou pas encore. Peut-être que les femmes ne seraient jamais à la fois fortes et féminines. Peut-être que les femmes n'en auraient jamais la force.

Où était le pâle Alan maintenant ? Il n'avait jamais eu la moindre force, il n'avait jamais su être redoutable. Où était-il, au paradis ou en enfer ? S'il était au paradis, il plongeait peut-être dans une piscine nébuleuse, mais il plongeait parfaitement cette fois, jambes serrées et tendues ; ou bien il se contentait de paresser toute la journée sur un nuage, à jouer avec sa belle chevelure épaisse. S'il était en enfer, alors ce serait un enfer pâle et humble avec de fausses flammes comme dans le feu doré des Botham, et tout serait très calme, il ne s'y passerait pas grand-chose. Le plus probable, pourtant, était qu'Alan s'était tout simplement arrêté, arrêté net. Sa vie avait été soustraite, effacée. Oui, c'était le plus probable, Marie en avait bien peur. Elle ne croyait pas en la vie après la mort. Elle croyait juste en la mort.

Elle s'en remettra.

… Bon, Marie semble être de nouveau retombée sur ses pieds, et sans se casser. Bien sûr, les femmes aiment les hommes qui ont beaucoup d'argent, n'est-ce pas ? Allez ! Mais oui. Si j'étais une femme, je les aimerais aussi. Pourquoi pensez-vous que les hommes gaspilleraient leur vie à essayer de gagner ce truc ? Jadis, les hommes se disputaient les femmes à coups de poing, de gourdin et de dents. Maintenant ils utilisent l'argent. Je vois plutôt ça comme un progrès.

Remarquez, Jamie n'a pas gagné son argent. Il l'a toujours eu. L'argent a toujours été là, à attendre de lui appartenir. Les riches ont leurs propres terreurs, à force de vivre dans un monde où le besoin n'existe pas. Ici, les choses se la coulent trop douce, et les riches ont leurs propres terreurs. C'est bien fait pour eux, mais c'est vrai. Il faudra que Marie fasse attention à elle, ici. Le désastre viendra sans qu'elle s'y attende, de l'autre côté.

Avez-vous jamais habité dans un endroit où vous vouliez quelqu'un qui ne vous voulait pas ? Eh bien, ne le faites pas, ne le faites jamais. Partez. N'habitez pas dans un endroit où vous voulez quelqu'un qui ne vous veut pas. Partez-en aussi vite que vous le pouvez et ne revenez pas. C'est tout ce que je peux vous dire. C'est tout ce que vous pouvez faire.

Un matin, dans son lit, Marie se souvint comment, enfant, elle s'était assise et avait pleuré sur le ciment gris de la cour de récréation de son école, elle avait pleuré inconsolablement, et sans personne pour la consoler.

Elle avait été exclue de quelque chose, ils ne voulaient pas la laisser se joindre à eux, ils ne voulaient pas la laisser se joindre à eux et jouer. Tout le monde s'attendait à ce qu'elle s'arrête de pleurer à la fin de la récréation. Elle aussi. Mais elle ne s'arrêta pas. Le déchirement, l'arrachement ne voulaient pas partir, oh, oh, ça faisait mal, ça faisait mal ! Elle était assise à son pupitre en classe, sa tête dans les mains, les épaules tremblantes. La maîtresse ne fut pas méchante. Elle l'emmena dans un coin, la fit monter sur une chaise et ouvrit une fenêtre pour l'aider à respirer. Ça n'arrêta pas le déchirement non plus. Elle avait regardé l'après-midi étincelant et s'était écoutée pendant un long moment, aussi étonnée que les autres par la profondeur et la violence de ses sanglots.

250

... Marie était assise, nue, sur le rebord de son lit. Elle pleurait à nouveau. Ça ne pouvait plus durer, se disait-elle. Elle ne pouvait pas rester seule plus longtemps. Ce n'était pas seulement Jamie, elle savait ce qui n'allait pas chez *Jamie*. Mais lui seul pouvait arrêter l'âpreté et le déchirement, le besoin, l'arrachement de ce désir. Et tout le monde avait besoin de quelqu'un qui le fasse se sentir à moitié entier.

19

Homologues

Jamie ne faisait rien. Jamie ne faisait rien non plus. Rien. Bien sûr, il avait travaillé, pour Michael Shane par exemple, mais…

— Je laisse béton, ça me fait trop chier, dit-il de sa voix rocailleuse. J'ai tout simplement pas besoin de ces conneries. Qui en a besoin ? Pas moi.

Jamie ne faisait que lire à longueur de journée. Marie prenait parfois les livres qu'il avait finis ou abandonnés. En général, ils étaient américains et parlaient de pauvres gosses qui tournaient bien. Marie découvrit que bien des choses que disait Jamie – des expressions, des paragraphes entiers, des points de vue soutenus fermement – et beaucoup de ses maniérismes et de ses affectations élégantes étaient en fait volés aux livres qu'il lisait. Était-il permis de voler des choses aux livres sans les leur rendre ensuite ? Marie supposait que oui, ici en tout cas. Les livres semblaient s'en moquer et, de plus, ici, tout était permis.

Marie lisait aussi, mais les livres ne l'aidaient pas beaucoup. Elle se rendait compte qu'elle lisait pour trouver des indices, rien d'autre. « Rien n'est plus maussade que la compagnie d'une femme qui n'est pas désirée », lut-elle quelque part. Elle essaya de ne pas être maussade. Mais est-ce qu'elle n'était pas désirée ? Comment le savait-on ? Elle lut ailleurs : « Les pensées solitaires d'une femme sont presque exclusivement romantiques »... pas celles des hommes. Mais celles des *femmes* non plus, c'était fini. Elle trouva quelques livres brochés cubiques avec en couverture des femmes comme Augusta et le mot *Amour* dans leur titre. Marie les lut tous. Dans ces livres, quand une femme voulait un homme, elle enlevait simplement tous ses vêtements et disait des choses comme : « Fais-moi l'amour » ou « Prends-moi » ou, dans un cas exceptionnel, « Donne-moi un enfant de toi. » Marie ne se voyait pourtant pas dire ça à Jamie. « Jamie ! Donne-moi un enfant de toi. » Non, Marie ne se voyait pas dire ça. Les femmes s'habillaient aussi de façon particulière : il y avait une tenue noire minimale avec des dentelles qui avait eu l'effet désiré, avait dit les mensonges nécessaires à un homme qui s'était comporté dans une bonne mesure comme se comportait Jamie maintenant ; et quelquefois, les filles arrivaient nues sous un manteau de fourrure. Ensuite les hommes couchaient avec les femmes, leur donnaient d'habitude une gifle ou deux en plus de tout le reste. Ce n'était pas ce que voulait Marie. Elle devait admettre, pourtant, que ces hommes et ces femmes semblaient vraiment avoir du plaisir quand ils le faisaient à leur manière gênante et vaguement répugnante. Mais ces hommes étaient tous des pilotes de course ou des magnats des affaires ou des gangsters ou des vedettes de cinéma. Et Jamie n'était pas vraiment comme ça. Comment était Jamie ? Est-ce que Jamie était pédé, peut-être, comme Gavin ? Marie pensait que non.

Et soudain, elle comprit : les livres *parlaient* du monde réel, du monde du pouvoir, de l'ennui et du désir, du monde brûlant. Ces livres-là étaient seulement plus honnêtes que les autres ; mais tous, ils rampaient et se nourrissaient du présent à vendre. Qu'avait-elle cru jusque-là ? Elle avait cru que les livres parlaient du monde idéal, où rien n'était idéal, mais où tout avait une idéalité et une possibilité d'ampleur morale. Et il n'en était rien. Elle parcourut les étagères des yeux avec un orgueil caustique. Les livres n'avaient rien de spécial, les livres étaient juste comme tout le reste.

Plus tard ce jour-là, Marie alla dans la salle de bains et ferma la porte à clef. Lentement, devant la grande glace, elle ôta tous ses vêtements. Elle recula d'un pas et secoua ses cheveux, puis elle contempla les pentes malléables de son corps… Elle avait l'air de poser, elle avait l'air gauche, elle ne se ressemblait certainement pas, mais, oui, elle n'avait pas l'air mal. Sa chevelure massivement sculptée tombait jusqu'à la pointe de ses seins, ondulait plus bas que sa gorge rayonnante. Est-ce que ses seins étaient de bons seins ? La forme et la texture lui paraissaient assez agréables, ils étaient ronds et souples, sans la moindre trace de graisse, et ses mamelons avaient quelque chose

d'endolori et de méticuleux qui pouvait certainement attendrir. Plus ou moins à mi-chemin entre les
courbes ombrées sous ses seins et la deuxième ligne
pileuse, se trouvait l'œil froncé et puéril qu'était son
nombril, lui-même le point central d'une convexité
creuse qui s'aplatissait maintenant à la charnière des
hanches, où la peau était fragile et de tendres veines
étaient dévoilées... Puis venait cet autre point crucial,
dont le rôle dans la vie était si discuté, si essentiel, si
révéré, si prisé. Protégé par une toison et une protu-
bérance osseuse, lui aussi était fait de chair et d'élasti-
cité. Avec un net sentiment de malaise, Marie regarda
de plus près. Oui, c'était bien neuf, c'était davantage.
La peau était rose, un rose intime. Il y avait là d'autres
espèces de créatures. Franchement, tout ça ne paraissait pas très bon à Marie. À dire vrai, ça lui paraissait
même très mauvais. Mais au moins, ça n'était pas toujours exposé au regard, ce qui était toujours plus que
ce que l'on pouvait dire de son homoloque masculin.
Puis les cuisses étincelantes, élancées le long de leurs
vraies lignes. C'est bon, c'est bon, se dit-elle, ça doit
être bon : c'est tout ce que j'ai. Elle se glissa à nouveau dans ses vêtements et ouvrit la porte. Jamie passait dans le couloir.

— Salut, Marie, dit-il sans s'arrêter.

« Qu'est-ce qui ne va pas chez moi ? » se demanda-
t-elle.

Marie demanda aux autres filles.

Elle demanda à Lily.

— Ce n'est pas *toi* qui as un problème, hurla Lily
par-dessus le vagissement régulier de Carlos.

Carlos ne pleurait pas, il essayait juste le pouvoir et le glouglouté de ses cris.

— Calme-toi, mon chéri, sois un ange. On dirait qu'il a juste… il a tout eu. Oh, Carlos, je t'en prie, arrête, je t'en prie.

Il se révéla que Lily et Jamie avaient été un couple, il y a longtemps.

— Pourquoi avez-vous cessé de l'être ? demanda Marie.

— Je voulais un bébé, lui non.

— Oh, je vois.

Elle demanda à Jo.

— Quoi ? Avec lui ? Oui, si les poules avaient des dents, dit Jo, défaisant une tenue d'explorateur, se changeant pour une partie de tennis. Ce n'est qu'un petit *branleur*, c'est tout. Pourrais-tu me passer mes chaussures ?

Il se révéla que Jo et Jamie avaient été un couple, il y a bien longtemps.

— Pourquoi avez-vous cessé de l'être ? demanda Marie.

— Parce qu'il n'avait pas assez de couilles pour y *travailler*. Nous avions un travail de construction massif à entreprendre dans notre relation, et il n'était tout simplement pas à la hauteur.

— Oh, je vois.

Elle demanda à Augusta.

— Entre. Ferme la porte. Je suis contente que tu m'en parles. Il y a certaines choses que je pense que tu devrais savoir, dit Augusta.

Elles restèrent longtemps assises à discuter sur le lit brillant d'Augusta. Leur conversation aurait eu de quoi les rendre folles parce qu'Augusta devait sans cesse tancer ou concilier différents hommes à son téléphone malmené. Elle n'était pas beaucoup sortie depuis le matin de l'œil au beurre noir. Il s'estompait maintenant en passant par tous les tons de rouge, mais elle semblait toujours très hautaine à ce propos. Elle buvait de la vodka d'une bouteille trempée dans un seau en plastique plein de glace.

— Fondamentalement, disait Augusta, il est homosexuel. Et il est impuissant. Les narcissistes le sont toujours.

— Vraiment ? dit Marie.

— Il déteste les femmes. Elles le terrorisent.

— Alors pourquoi nous laisse-t-il toutes vivre avec lui ?

— Pour nous opprimer. Pour nous opprimer de ses sarcasmes. Réponds, tu veux bien ? Dis-moi d'abord qui c'est. Mouais, oui, d'accord.

— ... Mais il nous laisse faire ce que nous voulons, reprit Marie, et il nous donne tout l'argent dont nous avons besoin.

— *Voilà* comment il nous opprime.

— Mais s'il nous déteste et nous craint, pourquoi prend-il la peine de nous opprimer ?

— Je te dis la *vérité*, Marie, dit Augusta, avec un regard étincelant d'une telle rectitude lugubre que Marie s'empressa d'acquiescer et de se détourner. Bien sûr, je suppose que tu sais qu'il se masturbe ? Oh, réponds à celui-là, s'il te plaît. Demande qui c'est... Oh, d'accord.

Il se révéla qu'Augusta et Jamie avaient été un couple, il y a longtemps.

— Et pourquoi avez-vous cessé de l'être ? demanda Marie.

— Oh, pour une petite dispute idiote ! Tu ne pourras pas le croire. Je suis allée le voir à la clinique tous les jours pendant trois semaines et quand il est sorti il m'a dit (et là elle laissa sa bouche s'avachir et se faire sinistre) : « Je laisse béton, ça me fait trop chier. » Non, mais tu te rends compte ? Réponds. Qui ? Non ! Bon, d'accord.

— … Oh, je vois, dit Marie.

— Dès que je l'ai vu, dit Augusta en claquant des doigts, j'ai su qu'il s'était dégonflé. Comme tous les hommes, il est fondamentalement un pornographe. Qu'est-ce qu'ils *savent* ? Qu'est-ce qu'ils *ressentent* ? Je veux dire qu'est-ce qu'ils ressentent *vraiment* ? Rien ! Oh, ce sont juste des… Qui ?

Augusta prit l'appareil d'un geste auguste et y chuchota longuement.

Elles parlèrent un moment d'autres choses. Elles parlèrent de la grande ferme où Augusta habiterait un jour, et des huit ou neuf enfants qu'elle y élèverait.

Bien plus tard, Augusta dit :

— Je te connaissais… avant.

— Vraiment ? dit Marie.

— Comment t'appelais-tu… ? Était-ce Amy ?

— Oui.

Marie n'était pas trop inquiète. Peut-être qu'Augusta aussi était deux filles. Après tout, Jamie avait dit à Marie qu'Augusta n'était pas son vrai nom non plus, le vrai nom d'Augusta était Janice.

— Nous avions parlé toute la nuit et puis nous avions brouillé des œufs. Tu étais étrange.

258

— Je ne me souviens pas, dit Marie.

— Oh, moi aussi j'étais passablement soûle. Mais je me souviendrai *toujours* d'une chose que tu m'as dite. Je l'ai oubliée maintenant.

— Je vois.

— Tu faisais des choses étranges. Avec de gros hommes et des types de couleur et des trucs comme ça. Et puis tu téléphonais à tes parents.

— Quoi ?

— Quand tu étais avec ces types de couleur.

— Pourquoi ?

— Parce que tu les détestais.

— Qui ?

— Tes parents. Mais en vérité tu avais ce type. Ce drôle de type. Pendant des années et des années. Tu disais que tu ne le quitterais jamais. Tu... je t'aimais davantage alors.

— Ah oui ?

— Oui.

— Pourquoi ?

— Oui. Tu étais plus... réelle.

— Vraiment ?

— Oui. Je me souviens maintenant de ce que tu avais dit. Tu avais dit que tu l'aimais tant que ça ne te dérangerait pas s'il te tuait. Un truc comme ça. Je ne l'oublierai jamais.

Augusta reçut encore deux coups de téléphone et finit la vodka. Elles parlèrent d'autres choses. Elles parlèrent longtemps des poèmes qu'Augusta écrivait parfois tard dans la nuit quand elle était particulièrement soûle.

Marie traversa le salon. Augusta s'était endormie dans une posture impossible et ne pouvait pas être déplacée. Jamie dormait aussi, devant l'écran de télévision vide qui bourdonnait, un livre sur les genoux.

— Oh, putain ! dit-il quand Marie le réveilla.

— Ça va ?

— Oh, je n'irais pas jusque-là. Oh, putain ! répéta-t-il en se frottant lentement le visage à deux mains. Ouh ! Eh bien, je… oups. Je vais juste, ah ! Ma… aïe. Putain de merde. Eh bien, je vais, je vais… 'nuit !

Marie le regarda rouler et tituber hors de la pièce.

Qu'est-ce qui n'allait pas chez lui ? se demanda-t-elle.

Écoutez.

Les assassins normaux se méfient des policiers. Le pédophile mûr voit dans le regard sans curiosité de l'enfant une œillade chargée de salacité prédatrice. Les gens qui sont pour ainsi dire morts aux yeux des nécrophiles actifs vivent plus ou moins de la même façon.

C'est parfois faire preuve d'encore plus d'attention que de laisser seuls les gens qu'on aime. Quiconque est jamais rentré dans un réverbère sait que toute allure supérieure à zéro kilomètre à l'heure est vraiment très rapide, merci.

Certaines personnes regardent le coucher de soleil et ne voient que du sang dans le ciel vampirique. Et quand, le soir, elles voient un crucifix aérien, surgi de l'ouest, plonger sur elles, elles ne peuvent que soupirer et se réjouir de ce qu'un autre avion ait échappé à l'enfer.

Si vous ne vous sentez pas parfois un peu dingue, alors je pense que vous êtes complètement fou. Tous les clichés sont vrais. Personne ne sait quoi faire. Tout dépend de votre point de vue.

— Je suis déprimé, lui dit Jamie le lendemain matin.

Marie le croyait bien. Il avait aussi une gueule de bois terrible. Il avait trop bu la veille. Marie spécula que les gens ne boiraient jamais autant à moins qu'ils ne soient déjà passablement ivres. Avalant avec difficulté, ses joues livides et moites tressaillant de temps à autre, Jamie prit un livre et commença à lire. Marie le regardait. Au bout de quelques minutes, Jamie rit à voix haute. Le rire lui monta à la tête et lui fit mal.

— Aïe, dit-il. Bon sang, c'est vraiment amusant. Elle est bien bonne !

Il relut le passage et se remit à rire.

— Aïe, dit-il.

— Je peux voir ? demanda Marie, s'asseyant sur le bras de son fauteuil.

— Ce passage, de là à là, dit-il en lui montrant. Ce type veut vraiment coucher avec la fille, murmura-t-il d'une voix épaisse, mais il doit coucher avec la mère à la place.

Marie plissa les yeux.

« Et donc je jetai un regard indiscret à travers les haies des années par de blêmes petites fenêtres. Et quand, à force de caresses d'une ardeur lamentable et d'une lascivité naïve, elle, au noble téton et à la cuisse massive, me prépara à l'accomplissement de mon devoir nocturne quotidien, c'était toujours un parfum de nymphette que, désespéré, j'essayais de trouver, alors que j'allais au petit galop à travers les sous-bois de sombres forêts décadantes. »

Marie lut, mais sans rire ni sourire. Elle voyait bien que c'était drôle, elle voyait bien tout ce que ça avait de plaisant. Mais elle ne rit ni ne sourit. Elle se tourna vers Jamie, fortifiée par l'inexpressivité de son propre visage.

Il fronça les sourcils et se redressa. Elle voyait dans ses yeux brûlants qu'il était blessé.

— Je suppose qu'il faut lire le tout, dit-il, et il détourna les yeux.

Marie alla dans sa chambre. Dans un sens, elle était horrifiée par ce qu'elle venait de faire. Mais il était inutile d'être horrifiée. Elle recommencerait. Qu'est-ce qu'il y avait de positif ? Une seule chose : elle savait qu'elle avait du pouvoir. Elle décida qu'elle ferait mieux de l'utiliser puisqu'elle ne disposait que de ça. Et c'était, bien sûr, le pouvoir de faire souffrir les autres.

Ce jour-là, Marie sentit la vie perdre de son acuité et elle s'en réjouit. Elle regardait la vie et la sommait de l'intéresser, d'accomplir quelque convulsion qui la rendrait intéressante. Mais, bien sûr, la vie restait inerte et elle l'estimait d'autant moins. Elle savait pourquoi, mais ça ne lui était d'aucun secours, ça n'était d'aucun secours aux femmes. Elle était une femme et ça ne lui était d'aucun secours. Pas plus, par exemple, que de savoir qu'elle devenait un peu folle cinq jours par mois. Elle devenait quand même un peu folle cinq jours par mois. Elle savait quand elle devenait un peu folle et elle savait quand s'y attendre. Mais, oh, quand ça la prenait, là elle n'en savait plus rien. Pensez-y : si vous êtes une femme, vous devenez un peu folle pendant plusieurs années quand vient l'âge vraiment mûr. Est-ce que je le saurai alors ? se demandait-elle. Oh là là... Les *femmes* sont les autres, oh oui, nous sommes les autres. Nous sommes des plongeuses de fond, toutes. Vous affrontez la tempête en surface où l'on peut battre l'eau et hurler, mais nous nageons sous l'eau toute notre vie.

Marie faisait souffrir Jamie en montrant à quel point elle souffrait. Elle se concentra sur ce sentiment et sa pureté la frappa. Au bout de quelques jours, cela parut évident, juste, même admirable. Bon sang, ce que Marie souffre ! Est-ce que vous voyez à quel point elle souffre ? Marie condensait le monde et son présent en une brume qui flottait en permanence au-dessus de sa tête. Elle en rayonnait, de son nouveau pouvoir. C'était vrai, c'était vrai ; comment une chose pareille pouvait-elle être à la fois si intense et si fausse ? Si Jamie lui adressait une remarque anodine, elle le fixait pendant quelques secondes et puis se détournait, son dédain était si palpable et définitif qu'elle n'avait pas besoin de le montrer par son regard. S'ils se croisaient dans le couloir, Marie s'arrêtait et restait immobile, le défiant de traverser son champ de force. Un jour, elle quittait le salon quand elle entendit Jamie dire à Lily :

— *Bon Dieu !* Qu'est-ce qui a pris à *Marie* ?

Marie sentit une bouffée d'exultation à cet hommage public rendu à son pouvoir. Elle revint en arrière et s'arrêta sur le pas de la porte.

— Elle a ses *règles* ou quoi ? dit-il.

Il leva les yeux et la vit, avec terreur.

— *Qu'est-ce que* tu as dit ?

— Rien, rien, répondit-il en se tortillant sur le canapé et en écartant ses paroles d'un geste.

Marie retourna dans sa chambre et s'assit sur son lit. Elle regarda un point dans le vide, à mi-chemin entre le mur et elle, et resta ainsi pendant plusieurs heures sans ciller. Ça aussi c'était bien, et elle se mit à le faire de façon régulière. Ses sorties dans le salon devinrent imprévisibles et dramatiques. Elle aimait s'asseoir près de Jamie et faire rayonner son aura pour troubler sa paix. Les filles évitaient de lui parler. Même Augusta gardait ses distances maintenant. Augusta savait que le diadème lui avait été arraché. Jamie commença à sortir le soir, et Marie savait qu'il détestait ça. C'était bon, bon. Elle serait toujours là, à le poursuivre, à le traquer de tout son pouvoir.

Un samedi soir, Marie et Jamie étaient seuls dans l'appartement. Marie faisait activement souffrir Jamie en restant assise dans le canapé à regarder pâlement par la fenêtre, attentive à ne pas ciller. Régulièrement, elle serrait son peignoir contre elle comme si elle avait froid. Elle n'avait pas froid. Jamie ruminait, un livre à la main, dans le fauteuil d'en face. À ce moment de la soirée, Marie se demandait rarement ce qui la faisait souffrir ou à quoi souffrir lui servait. Souffrir était l'essentiel. Donc elle eut un sursaut inquiet quand

Jamie jeta son livre, but à grandes gorgées et se tourna vers elle, bras croisés.

— O.K., Marie. Qu'est-ce que c'est que ces conneries ?

— Ces quoi ? dit-elle simplement, le visage totalement ouvert.

— Tous ces grands airs de reine tragique. On dirait Tristan et Iseult ici tous les soirs. Qu'est-ce qui se passe ?

— Je n'ai pas la moindre idée de ce dont tu parles, dit-elle en se reprenant.

Jamie soupira et ferma les yeux. Il tapotait faiblement ses chaussures sur le plancher. Il se leva et traversa la pièce de guingois vers elle. Il s'assit sur le rebord du coussin.

— Maintenant, ne fais pas l'idiote. Tu te promènes avec une tête de martyre et tu essaies tout le temps de me faire me sentir coupable, comme si c'était ma faute. Il n'y a que les filles dans ton genre, vaniteuses et jolies, qui essaient ce genre de truc. Si tu étais un boudin frisé et couvert de boutons, tu crois que tu me ferais ce grand jeu ? C'est bien la dernière chose dont j'ai besoin.

— Pourquoi ? Tu as quelque chose qui ne va pas ?

— Laisse tomber. Je connais, je connais.

Il détourna les yeux et prit son front entre ses deux mains comme s'il avait mal.

— Ça ne va pas ?

— Bien sûr que ça ne va pas ! Et alors ? Ça ne va pour personne.

Marie lui prit la main.

— Je suis désolée, dit-elle.

— Écoute… Chérie. Je suis juste… hors du coup. Je ne suis plus dans ce coup-là depuis longtemps. Je ne suis plus dans les futurs. Je ne suis pas à votre hauteur, vous êtes trop passionnées pour moi. Je suis juste grand ouvert. Tu me crèveras et tu m'anéantiras avant que j'aie le temps de dire ouf. (Il se tourna pour la regarder.) Maintenant, pourquoi as-tu l'air si contente ? Tu ne comprends pas ce que je dis, n'est-ce pas ? Écoute-moi bien.

— Embrasse-moi les seins, dit Marie.

— Quoi ? Eh, attends…

— Oh, je t'en prie, embrasse-moi les seins.

— … Je ne vaux rien pour ça, je te préviens, grommela-t-il au bout de quelques moments.

Mais elle l'entendait à peine désormais.

— Chut, dit-elle. Oh, Dieu merci. Chut, chut.

Marie se réveilla lentement. Avant d'ouvrir les yeux, un souvenir eut le temps de s'arrêter et de glisser. Les souvenirs lui arrivaient assez souvent ces temps-ci, mais toujours sous forme d'analogies d'humeur plutôt que de livraisons d'informations factuelles. Et ils semblaient toujours antidater les événements cruciaux de sa vie. Marie se souvint de ce qu'elle ressentait, écolière, les samedis et dimanches matin, quand elle songeait au luxe subtil de somnoler au lit tout en dévidant tout ce temps qui n'appartenait soudain qu'à elle.

Elle ouvrit les yeux. Oui, le déchirement, le désir étaient partis. Elle tourna la tête. Elle ne s'était jamais sentie aussi rayonnante de générosité et de soulagement. Ce qu'elle vit lui fit refermer les yeux. Elle ne

vit pas grand-chose, juste Jamie, nu sous son manteau, en train de fumer une première cigarette, les
yeux perdus dans le lavis emphatiquement neutre,
totalement gris, de la vitre, le visage tout engourdi
de remords.

20

Eau plus profonde

Maintenant vinrent les jours tranquillisés, et Marie en avait besoin.

Le temps tourna.

— Il a tourné. Je savais qu'il tournerait, lui dit Jamie ce matin-là.

Le temps tourna mal, il se réduisit à une routine aveugle et il était déterminé à ne pas changer. Les flaques du balcon, cinglées par les envahisseurs spatiaux tombés du ciel, réfléchissaient, impuissantes, cette nouvelle guerre des mondes. La rangée de maisons serrées comme des bouchons humides de l'autre côté de la rue offrait un bon radar pour la pluie : on voyait toujours s'il pleuvait fort ou non et à quel angle. Ce n'était pas la pluie voluptueuse des mois chauds. C'était une pluie fine d'aiguilles, livide et attelée maussadement à sa tâche. Et elle durait pendant des jours sans se fatiguer et sans jamais vouloir faire autre chose à la place. Jamie restait sérieusement devant la fenêtre pendant de longues heures maintenant, avec un verre et une cigarette, pendant que derrière lui Carlos tapait le sol de ses mains et Lily et Marie regardaient les murs ou leurs hommes.

— Ce temps est une insulte, disait-il. Voilà ce que c'est. C'est une foutue insulte. C'est comme un coup de pied au cul. On... cette sale pluie vous force à souhaiter qu'elle s'en aille.

Marie sortait quand même, elle dépassait les maisons poreuses, robustes et mornes sous la pluie, pour aller se plonger dans le commerce inondé des rues et des magasins. On pouvait dire une chose de cette pluie : contrairement à beaucoup d'autres choses, ces temps-ci, elle était clairement inépuisable. On n'en manquerait jamais. Les gens faisaient leurs courses avec une panique hivernale, ils achetaient tout ce qu'ils trouvaient. Ils se poussaient parmi les étalages pour arracher les légumes détrempés et les fruits inondés et larmoyants. Comme les soutes de navires pendant la tempête, les sols de la rue, des magasins se gorgeaient des détritus apportés sur les bottes mouillées; chaque carillon de la porte amenait une eau plus profonde, les parapluies travaillaient comme des pistons, les galoches giclaient et le polyéthylène suait à grande eau, tout cela sous le regard des rayonnages pillés. Les choses s'épuisaient, tout s'épuisait, les choses à acheter et l'argent pour les acheter. Mais la pluie, elle, ne s'épuisait pas. Elle faisait partie de l'air maintenant, installée de longue date dans son élément. La pluie ne s'assécherait jamais. Marie sortait longtemps et rentrait trempée jusqu'aux os. Ils la faisaient se changer et prendre un bain chaud. Même Carlos était choqué.

La nuit, elle attendait couchée au lit, pendant des heures, que Jamie vienne de son pas hésitant. Il se glissait nu entre ses bras et l'embrassait pour lui souhaiter bonne nuit avec un grognement solennel et final. Mais ce n'était jamais une bonne nuit. Au début, il lui demandait si elle dormait ou non. Mais maintenant il ne s'en donnait plus la peine parce que maintenant il savait. Il la prenait dans ses bras avec une formalité paternelle ou gisait comme une planche dans la zone crépusculaire du lit, loin d'elle. Cela était égal à Marie. Elle attendait simplement qu'il soit sur le point de s'endormir et elle se mettait à pleurer. Toutes les nuits. Pleurer était une bonne idée, comme le savait Carlos : cela vous obtenait toujours ce que vous vouliez. Et elle pleurait merveilleusement bien, pas trop fort, et avec un hoquet adorablement poignant à chaque fois qu'elle reprenait son souffle, comme le petit jappement au plus fort d'un éternuement, qui donnait à la tragédie des larmes une touche de la comédie de l'éternuement. Marie pleurait merveilleusement bien. Cela marchait toujours.

— Oh, je t'en prie, non, je t'en prie, disait-il.

Jamie se retournait en gémissant et commençait à embrasser son visage. Pendant ce temps, Marie imaginait que son visage devait être plutôt délicieux, avec tout le sel de ses larmes sur ses joues brûlantes et mouillées. La bouche de Marie avait meilleur goût que celle de Jamie, tout au moins au début. Mais au bout d'un moment leurs deux bouches avaient le même goût... Tout se passait par stades. Ce n'était pas un combat ou un acte unique, une convulsion unique, comme l'avaient accompli Trev ou Alan. On

aurait dit un processus d'apaisement, de renforce-
ment ; contre quoi, Marie l'ignorait. Seulement contre
le temps, peut-être.

Il avait le talent, ou le souvenir d'un talent, parce
que c'était sûrement du talent. Il se souvenait assez
bien comment l'on faisait cette danse poussée à
l'extrême, cette danse exagérée. Il savait haleter, se
mouvoir de haut en bas et glisser, il savait avancer
et se suspendre. Marie ouvrait parfois les yeux et
voyait sa tête baissée ou sa gorge tendue ; il y avait
quelque chose de fléchi et d'oblique chez lui dans
ces moments-là, comme si quelque mouvement déso-
béissant en lui suivait secrètement une musique silencieuse. Et ensuite il fumait des cigarettes en silence et
fixait le plafond sombre pendant un long moment. Il
se souvenait de ce qu'il fallait faire, mais il ne se souvenait pas pourquoi on le faisait. Et Marie ne s'en
souvenait pas non plus.

Ensuite la pluie s'intensifia, comme des clous qu'on
plantait dans le toit, et les sept vents se mirent à souf-
fler. Les sept vents tournaient autour de la maison aux
volets fermés, cherchant désespérément une entrée, un
moyen de pénétrer. On pouvait les entendre essayer
une fenêtre après l'autre, jeter leurs forces jointes
contre toute faiblesse. Et quand un vent trouvait une
fenêtre, il appelait les autres et, tous ensemble, ils char-
geaient en hurlant contre la brèche pour piller et violer
les hautes pièces jusqu'à ce que quelqu'un se lève et les
repousse au-dehors. Alors ils partaient et essayaient ailleurs. Puis, juste avant l'aube, on entendait souvent le
tonnerre, très haut dans le ciel d'abord, puis en asté-
roïdes craquelés sur les toits, jusqu'à ce qu'il finisse par

se déchirer dans l'air et crépiter comme une ambulance dans les rues vides.

Prince téléphona.

— Comment vas-tu ? demanda-t-il.

Marie leva le menton un peu plus haut.

— Je suis très heureuse, dit-elle.

— Alors comme ça tu es heureuse ? Tu es très heureuse. Je suis ravi de l'entendre. Tu as plutôt l'air d'être dans un état terrible.

Marie ferma les yeux. Elle ne se laisserait pas inquiéter par Prince.

— De toute façon, ça y est, reprit-il. Il est sorti.

— Qui ?

— M. Tort. Il est sorti, il est libre. Il a fait son temps. Au moment où je te parle, il traîne, affamé, dans les rues.

— Vraiment, dit Marie.

Ce n'était pas intéressant. Elle n'allait pas se laisser inquiéter par ça.

— Il a dit qu'il te *trouverait*, quoi qu'il veuille dire par là. Mais je vois que tu ne trouves pas ça très fascinant. Ne t'en fais pas, nous le gardons à l'œil. Je te verrai bientôt sans aucun doute… Au revoir, Marie.

Marie reposa le récepteur et s'approcha de la fenêtre. Elle alluma une cigarette.

— Qui c'était ? demanda Jamie.

— Prince, dit-elle.

— Le prince de quoi ?

— Rien. C'est un policier.

— Un poulet ? Vraiment ? dit Jamie, ravi. Tu connais un policier ?

— Je l'ai connu il y a longtemps. Il garde juste le contact.

— Il te surveille. Un poulet qui s'appelle Prince. Je pensais qu'il n'y avait que les cons qui appelaient leur chien Prince. Les poulets aussi, je suppose. Des chiens poulets. Non, je suppose que c'est logique. Tu veux boire quelque chose ?

— Oui, merci.

Les gouttes de pluie venaient mourir contre la vitre, inépuisables, en suites sans fin. Marie vit son visage dans la fenêtre perlée et l'autre visage, qui attendait patiemment.

Il y a les Sept Péchés Capitaux : l'Avarice, l'Envie, l'Orgueil, la Gourmandise, la Luxure, la Colère et la Paresse.

Il y a les sept péchés capitaux : la vénalité, la paranoïa, l'insécurité, l'excès, la sensualité, le mépris et l'ennui.

Bientôt Jamie et Marie seraient seuls.

Noël approchait et il y avait des choses à faire. Noël approchait et tout le monde s'en allait.

Jo partait en Suisse skier avec son homme. Deux noceurs d'enfer ricanants vinrent chercher Augusta pour l'emmener à la campagne, Augusta toujours très

hautaine à propos de sa marque jaunissante sur l'œil.
Lily et Carlos partaient chez Bartholomé, en mer du
Nord. Jamie et Marie les mirent dans un taxi et agi-
tèrent leur mouchoir. Quand ils rentrèrent dans l'appartement, enfin seuls, Marie trouva immédiatement
tout différent. Elle s'attendait à ce que l'appartement
semble plus grand, mais il semblait en fait plus petit.
Elle était contente de les voir partir, elle devait l'admettre. Maintenant elle aurait Jamie tout à elle. Sans
vraiment penser à ce qu'elle faisait, Marie coupa le fil
du téléphone, juste pour être sûre.

— Maintenant c'est toi qui vas devoir t'occuper de
tout, dit Jamie, en se levant du canapé et en enfonçant
ses mains dans les poches à la recherche de tous les
billets froissés qu'il y gardait. Prends plein d'argent.

Il regarda par la fenêtre, où il pleuvait bien sûr, toujours patiemment.

— Bon Dieu, quelle chance qu'on ait tout cet
argent. Je veux dire, où serions-nous si nous n'avions
pas tout cet argent ?

— Je sais, dit Marie.

— Ne te casse pas la tête pour la bouffe. Ça m'est
égal. Je mange n'importe quoi. Merde, Noël me terri-
fie. Je ne suis pas comme ces gens qui détestent Noël.
Noël me déteste. Tout le monde boit beaucoup pour
Noël, remarque, et c'est ce que je vais faire.

— Combien de temps ça va durer ?

— Dix jours… Marie ?

— Oui.

— Tu dois me promettre de ne pas trop pleurer tant
que nous serons seuls comme ça. D'accord ?

— Promis.

— Je veux dire, tu peux pleurer mais raisonnablement, bien sûr. Pas trop. D'accord ?

— Promis, dit Marie.

Marie faisait ses courses entre les marbres criblés de sang où elle inspectait les poulets assassinés. Elle arpentait les rangées des marchands de légumes, sous l'œil de rustres édentés et balafrés qui se balançaient comme des singes lubriques à leurs supports de bois. Elle présidait le sacrifice glacial des tables des poissonniers où les crevettes aux yeux d'insectes étaient toutes tournées dans la même direction, comme pour implorer le Croyant. Elle commença à trouver des cartes de jeu dans les rues. Elle commença à les collectionner. Aujourd'hui elle a trouvé l'As de Cœur.

Elle fait souvent venir Jamie aussi en le culpabilisant jusqu'à ce qu'il accepte. Mais il tourne entre les étalages en pente ou attend devant les magasins en tapant théâtralement du pied, au comble de la haine et de l'ennui. Il achète des sacs cliquetant de boissons et grogne contre le vent humide. « Comment ose-t-il ? » se demande Marie.

— Ils sont tous fous à lier dehors, dit-il tristement quand ils rentrent.

Mais Marie n'écoute pas. Marie s'étonne de l'appartement. Comme il est devenu petit. Et il était si grand.

La cuisine compacte est son nouveau domaine. Son visage brille dans les cercles d'acier de chaleur. Elle met un poulet assassiné dans le four et observe sa peau parcheminée jusqu'à ce qu'elle devienne aussi brune que celle du poulet qu'avait fait Lily. Elle le sort. Il est assez chaud pour être mangé. Jamie est assis, affalé sur la table, quand elle le sert. Jamie regarde le poulet pendant un bon moment.

— On dirait la dernière toux de Keats, murmure-t-il.

— *Comment ?* dit Marie.

— C'est-à-dire que, d'habitude, le poulet n'est pas vraiment comme ça. Non ? Enfin, non ? Je ne sais pas exactement où est la différence, mais, d'habitude, il n'est pas comme ça. D'habitude, il n'a pas tous ces... trucs rouges là, non ? Non ?... Inutile de me regarder comme ça, dit-il.

Mais c'est utile. C'est même très utile. Il en mange presque la moitié. Marie le regarde avec satisfaction et fierté pendant qu'il mâche mécaniquement. Un joli jus violet coule le long de son menton.

Ensemble, ils essaient d'abolir l'idée du temps diurne, du temps comme moyen de garder la vie distincte, du temps comme dispositif qui empêche le jour et la nuit d'arriver en même temps. Midi trouve Jamie et Marie, rafraîchis par quelques heures passées à boire intensivement, sur le point de s'asseoir à leur déjeuner. Quand Jamie a mangé autant qu'il le peut, ce qui n'est plus beaucoup, Marie le pousse dans les ombres de la chambre sombre et impuissante, par-dessus la toundra de mouchoirs en papier qui vient de toutes les séances de larmes qui ont été nécessaires, et entre les draps, où elle le prépare tendrement à l'accomplissement de son devoir quotidien. Ensuite ils dorment, profondément, souvent pendant six ou sept bonnes heures, toute une nuit de repos filtrée à travers les heures de l'après-midi suspendu. Le soir ils se lèvent comme des fantômes, comme des vampires fatigués, pour commencer la longue nuit de travail. Les nuits sont longues, mais pas trop longues pour Marie et Jamie. Ils sont toujours à la hauteur. Ils sont toujours encore là quand l'aube arrive ; lourds, lents, mais toujours là, prêts pour l'effort du matin. Pendant leurs premières nuits, Marie attend que Jamie soit embrouillé par les drogues et l'alcool, puis elle lui explique des heures durant pourquoi il n'a jamais rien fait de sa vie et qu'il est secrètement homosexuel et fou. Mais maintenant ils ne parlent plus guère. Ils n'en ont plus besoin. Ils sont si proches.

À minuit, Marie travaille dans la cuisine chaotique. La petite pièce a un rayonnement jaune brûlant comme l'éclat du beurre rance. Elle cuisine par couleurs. Un repas consiste en haddock, peau de poulet (astucieusement conservée par Marie de la veille) et des navets assombris dans du sang de betterave ; un autre en foie, raisin, haricots rouges et les feuilles externes d'artichaut. Elle cuit chaque chose jusqu'à ce qu'elle ait la bonne couleur. Elle cuisine à mains nues, des mains tachées de jus et de sang et de marques liquides de brûlures aussi ridées qu'un chou chinois. Elle s'étonne de sa compétence, de la fermeté de ses décisions, étant donné son manque d'expérience et la petitesse soudaine de la cuisine et de l'appartement.

Elle ne lave plus les choses. Elle ne fait plus la vaisselle, ne lave plus les plans de travail, les vêtements, même ces parties lobées d'elle-même qui ont besoin d'être lavées plus souvent que les autres. Elle tire un plaisir sinistre des exhalaisons épicées, des textures sèches-humides de son corps. Son corps sent abondamment la nourriture qu'elle cuisine ; elle peut identifier les odeurs de différents repas qui émanent d'elle tout à la fois. Elle ne manquera jamais de vêtements parce qu'Augusta, Jo et Lily en ont laissé plein au cas où elle en aurait besoin. Elle fait porter une robe d'Augusta à Jamie. Au début il refuse, mais la robe se révèle très confortable, il doit l'avouer. Elle monte le chauffage, et veille à ce que toutes les fenêtres restent fermées. Jamie rôde parfois, plein d'espoir, aux abords du balcon ; mais Marie secoue la tête avec un sourire ferme mais gentil, et il hausse les épaules et s'éloigne. Une nuit, elle est assise près du feu et mange une pomme. Elle remarque une goutte de sang sur la pulpe blanche striée. Elle s'approche du canapé où Jamie est mollement affalé. Elle l'embrasse sur les lèvres. Au début, il résiste, mais il n'a pas assez d'énergie pour lutter longtemps. Elle finit par faire pénétrer sa bouche dans celle de Jamie, sachant que ça les rapprocherait encore plus l'un de l'autre qu'avant. Et, bien sûr, elle apprécie l'effluve animale, maltée, qui s'échappe entre ses jambes. C'est lui aussi après tout, ses humeurs, son sacrement, sa faute. Et quand le sang lunaire vient, elle le laisse couler.

Au plus profond de la nuit, le visage de Marie rougeoie au-dessus des cercles rouges de chaleur. C'est leur dernier repas et elle est décidée à ce que la nourriture de Jamie ait exactement la bonne couleur. Elle lui cuisine de la cervelle et des tripes et du veau chauffé juste un peu pour ne pas gâcher sa teinte claire. Elle est *décidée* à ce que la nourriture de Jamie ait exactement la bonne couleur. Elle porte le plateau dans le salon. Jamie est assis par terre, il se lève pour aller jusqu'au fauteuil en face d'elle.

L'appartement est si petit désormais qu'ils sont forcés de manger comme ça, leurs assiettes sur les genoux et leurs genoux se touchant. Ça n'a pas d'importance : ils sont si proches. Marie mange vite, sans qu'on puisse l'arrêter. Tout en mâchant, elle lui raconte son histoire : tout, sa mort, sa nouvelle vie, son assassin, et son rédempteur qui viendrait bientôt la chercher. Quand elle achève, Jamie se glisse à nouveau par terre. Et il n'a pas touché sa nourriture ! Marie se penche sur lui un long moment. Elle ne peut pas contrôler son visage ou les sons extraordinaires qui sortent de sa bouche. Ces sons l'auraient beaucoup effrayée si ce n'était Marie qui les produisait.

Heureusement, c'est Marie qui les produit. Elle ne voudrait pas avoir affaire à quelqu'un qui peut proférer de tels sons. Un peu plus tard, elle est dans la salle de bains, debout devant le miroir dans l'épaisse obscurité, elle écoute un rire. À l'instant même où elle allume, un visage se dresse hors de la glace, plein d'exultation, de soulagement, de terreur. Elle a réussi. Elle a traversé le miroir et elle est revenue de l'autre côté. Elle s'est retrouvée. Elle est enfin elle-même.

TROISIÈME PARTIE

21

Sans peur

Finalement, le temps commença à tourner de nouveau. Depuis maintenant plusieurs jours, un tunnel de
bleu perçant avait été visible ici et là dans le dais gris
grumeleux du ciel. Il changeait de temps en temps de
position, s'élargissait de façon invitante puis se rétré-
cissait, disparaissait totalement tout un après-midi,
jusqu'à ce qu'un matin il ait remplacé le ciel entier
par un dôme sans tache, lointain, pur et résonnant.
On se disait : « Donc ça a été comme ça là-haut pendant tout ce temps. Ce sont juste les nuages qui se
mettent en travers. » Maintenant seuls les aéroplanes
perçaient ce ciel épicé, lancés comme des flèches hors
de la brume froide du matin et, le soir, laissant des traî-
nées de sel comme ils fonçaient sans peur dans le doux
enfer enflammé de l'ouest.

Amy Hide était debout dans le jardin carré. Elle
portait des bottes en caoutchouc, un jean et un pull
d'homme bleu. Elle regardait brûler des ordures. Elle

croisa les bras et jeta un coup d'œil vers le chemin qui suivait le mur jusqu'à la route. La porte de la cuisine grinça ; elle se tourna pour voir David, le chat des voisins, se glisser nonchalamment dans la maison. Elle regarda le ciel. Elle commença à chantonner vaguement tandis que le feu crépitait sous sa colonne de fumée oblique.

— Ça ne durera pas, Amy, dit une voix. Ça ne tiendra pas.

Amy se tourna, souriante, une main en visière sur les yeux.

— Retiens ce que je te dis.

— Mais, madame Smythe, vous le dites toujours. Comment savez-vous que ça ne durera pas ?

Mme Smythe se penchait lourdement sur la clôture dentelée qui séparait les deux jardins. Seule sa grosse figure informe était visible, et ses deux mains pendantes, suppliantes.

— Ils l'ont dit, déclara Mme Smythe. À la télé. Il y a un front froid qui vient.

— Pourquoi les croyez-vous maintenant ? Vous ne les aviez pas crus quand ils ont dit qu'il y avait un front chaud qui venait.

— Eh bien, retiens juste ce que je t'ai dit, petite Amy. C'est un conseil de quelqu'un de plus âgé et plus sage que toi.

— Bien, nous verrons. Comment va M. Smythe ?

— Oh, on ne peut pas se plaindre. Il a ses bons jours et ses mauvais jours, disons.

— Mon Dieu, quelle heure est-il ? s'exclama Amy. Je ferais mieux de me dépêcher ou ils seront fermés.

Est-ce que je peux vous rapporter quelque chose, madame Smythe ?

— Tu es bien bonne, Amy. Mais je suis descendue moi-même aujourd'hui... Il est très ponctuel, n'est-ce pas ?

— Oui, dit Amy.

— Tu dois pourtant te faire du souci pour lui parfois.

— Oui, dit Amy.

Une heure plus tard, Amy parcourait du regard le salon ordinaire. Pensivement, elle commença à ranger, sans qu'il y eût pour autant beaucoup à ranger. Elle mit le quotidien dans le portefeuille de bois du porte-journaux, et se pencha pour ôter un fil entortillé du tapis de jute gris. Elle s'installa confortablement dans le canapé, les jambes repliées sous elle comme elle aimait tant. De temps à autre, elle levait les yeux de son livre et jetait un coup d'œil par la fenêtre, dans la rue calme, aux maisons de poupée en face. Quand elle entendit la voiture, elle regarda de l'autre côté et continua à lire. Elle ne voulait pas qu'il pense qu'elle passait sa journée à attendre qu'il rentre. D'ailleurs, il n'en était rien.

La porte s'ouvrit et Prince entra dans la pièce. Il laissa tomber sa mallette sur le fauteuil et déboutonna vite son manteau.

— Bonsoir, dit-il. Tu as passé une bonne journée ?

— Bonsoir. Très bonne. Et toi ?

— Oh, comme d'habitude. City Hall. Mais l'après-midi a été riche en intérêt humain.

— Tu veux boire quelque chose ? Qu'est-ce qui s'est passé ?

— Tu parles. Ce que les gens… (Il s'étira et bâilla vigoureusement.) Ce que les gens peuvent aller inventer pour mal se conduire. Il y en a qui sont de vrais artistes ! Mais parle-moi de ta journée.

— Bonne. Très bonne. Le temps…

— Raconte-moi tout, je veux les plus infimes détails.

Donc elle lui raconta tout, en détail. Elle faisait ça tous les soirs. Elle se demandait souvent comment les rythmes quotidiens et les ajustements quotidiens de sa nouvelle vie pouvaient présenter le moindre intérêt pour Prince, Prince qui rentrait brûlant et échevelé par la dure action humaine. Mais elle aimait lui raconter et il semblait aimer l'écouter aussi. Il ne la laissait jamais rien omettre.

— Comment te sens-tu ces jours-ci ? lui demanda-t-il enfin.

Elle rougit mais sa voix ne trembla pas.

— Je suis très reconnaissante. Je ne peux pourtant pas rester pour toujours, n'est-ce pas ? Tu me diras quand il faudra que je parte.

— Non, reste ! dit-il.

Il se leva et lui tourna le dos.

— Ne bouge pas ! dit-il plus calmement, parcourant des yeux l'étagère chargée de disques. C'est agréable d'avoir une femme dans la maison, comme on dit. Maintenant, qui aimerions-nous écouter ?

— Je pensais faire une omelette ou autre tout à l'heure, suggéra Amy.

— Excellente idée, dit Prince.

À onze heures, Amy disait bonne nuit et montait. Elle se regardait dans la glace dans la salle de bains raisonnable. Avec du lait démaquillant et du coton elle enlevait les légers arrangements de rouge et de mascara de son visage. Elle avait bonne mine : elle semblait à la fois plus âgée et plus jeune qu'avant, plus substantielle. Maintenant elle se regardait dans les yeux sans peur ; elle savait qui elle était, et ça ne lui importait pas plus qu'aux autres. Sa tempe droite et son doux menton portaient encore les empreintes tenaces des coups. Amy n'en voulait pas à Jo. Amy n'en voulait pas à Jo pour la rossée habile et virile qu'elle lui avait donnée, dans l'appartement, le Jour de l'An. C'était une chose tout à fait intelligible. Jamie se remettrait. Il était dans une clinique coûteuse qui s'appelait l'Hermitage. Elle voulait le voir, mais personne n'avait trouvé que c'était une bonne idée. Personne ne pensait que c'était indiqué. Amy savait qu'un jour elle le verrait et qu'elle lui dirait qu'elle était désolée, sans lui faire peur. Elle se brossa les dents, puis traversa le palier jusqu'à sa chambre.

La chambre d'Amy contenait un lit, une table, une chaise et pas grand-chose d'autre. Prince, bien sûr, avait une chambre plus grande et plus compliquée, à côté de la sienne. Sur bien des points, la chambre d'Amy ressemblait à son grenier dans le squatt, et elle l'aimait beaucoup. Mais elle l'aimait d'une façon appropriée. Elle savait qu'elle ne lui appartenait d'aucune manière. La fenêtre encadrait nettement le ciel noir et sa lune chasseresse. Dehors, elle entendait le léger craquement des jeunes arbres et le ronflement discret d'une voiture occasionnelle dans les rues voisines. C'était tout. Mais elle voyait et entendait tout ce qu'elle désirait voir et entendre. Elle enleva ses vêtements et mit sa chemise de nuit blanche. Elle écrivit quelques minutes dans son journal, puis dit ses prières, oui, à genoux au chevet du lit.

22

Ancienne flamme

Elle vivait dans une distante arcadie, un monde agréable, déchu. Les chats et les chiens circulaient parmi les humains sur un pied de parfaite égalité ; les lentes voitures déviaient pour eux dans les rues à angle droit. Cet endroit s'appelait une ville dortoir. Elle avait des haies taillées et l'herbe y était méticuleusement tondue, dans des espaces qui n'étaient souvent pas plus grands qu'un mouchoir de poche. C'était là que ceux qui gagnaient leur vie à Londres rentraient épuisés pour dormir en rangs d'oignons alors que, de l'autre côté de la planète, d'autres gens se levaient comme une équipe pour peupler les lieux de travail du monde. Prince lui avait montré les enceintes planifiées, les mezzanines envisagées. Il y avait tout ce qu'il fallait. On n'avait pas besoin d'aller plus loin que ça bien que, pourtant, ils le fassent parfois, comme les autres, partout ailleurs.

Il lui donnait une certaine somme d'argent toutes les semaines, pour les dépenses de la maison. Amy avait

toujours aimé tester l'argent contre le monde ache-
table. L'argent, bien sûr, était toujours mal considéré
par tout le monde ; dans les magasins et les cafés, les
gens parlaient amèrement de l'argent et de ses méfaits.
Mais Amy avait beaucoup de temps pour l'argent, et
elle pensait que les gens le sous-estimaient gravement.
L'argent était plus versatile que les gens le disaient.
L'argent pouvait dépenser et l'argent pouvait acheter. On pouvait aussi économiser de l'argent tout
en le dépensant. Enfin il était aussi agréable de s'en
séparer que de le conserver, et de combien de choses
pouvait-on dire cela ? L'argent semblait fonctionner
maintenant beaucoup mieux qu'avant, quand elle en
avait eu trop peu.

Prince se levait tous les jours à sept heures, sans
exception. Amy se levait aussi, en partie pour sa compagnie et en partie pour partager les délicieux petits
déjeuners qu'il préparait. Prince était toujours agréablement irascible le matin, sa vague colère était un style
rhétorique contre le monde extérieur. C'est avec une
calme délectation qu'il lisait à haute voix des extraits
du journal que le garçon apportait, récits de cupidité,
de mépris et de folie, et il les commentait de cette façon
complice qu'il avait de faire paraître le bon mauvais et
le mauvais bon. Puis il partait, comme le jour se levait,
pour aller rejoindre la file en marche vers Londres.
Amy faisait la vaisselle et se préparait à affronter la
journée.

Le soir, ils s'asseyaient et lisaient et écoutaient de
la musique. Amy lisait surtout et Prince écoutait surtout. Prince écoutait la musique, ses yeux verts fermés, son visage impressionnant, en forme de courge,

épaissi aux mâchoires. Parfois ils regardaient ensemble la télévision.

— Regardons un peu la télé, disait-il.

Il ne voulait jamais rien voir de particulier.

— Quand je veux regarder la télévision, disait-il, je veux juste regarder la télévision.

De temps en temps, ils regardaient Michael Shane qui était toujours là, toujours dans les zones brûlantes, dans des jeeps, des hélicoptères, des canoës, des cours de prisons étouffantes, des huttes d'adobe, des bunkers criblés de balles, dans tous les endroits où le monde était en flammes.

Un soir Amy hésita et dit :

— C'est une de mes anciennes flammes, tu sais.

— Mouais, je sais, dit Prince froidement. Dur à croire, non ? Cette chiffe molle ! (Il se tourna vers elle et acquiesça plusieurs fois, amusé.) Bon Dieu, je parie que la vieille Amy lui a vite fait son affaire. Je parie qu'elle n'a pas perdu trop de temps avec lui. Elle a dû lui en faire voir des vertes et des pas mûres.

Amy rit honteusement et dit :

— Il m'a dit qu'après Amy, il avait pensé devenir pédé, c'est ce qu'il m'a dit.

— En fait il avait raison. Il est bien devenu pédé et il n'a jamais… ooh, dit Prince en rattrapant son verre de justesse. J'ai failli le renverser.

— Qu'est-ce que tu allais dire ?

Il secoua la tête.

— Rien. À propos de vieilles flammes, ton M. Tort semble se tenir à carreau ces temps-ci, dit-il en regardant à nouveau l'écran.

— Vraiment ? dit Amy.

— Il est peut-être rentré dans le droit chemin.

— Ça ne serait pas trop tôt.

Il se tourna vers elle avec un sourire de connivence, un sourire qui en savait long.

— Je n'ai pas peur, dit-elle. Je pense que je saurai quoi faire cette fois-ci.

— Tant mieux pour toi, Amy, dit-il.

Ce soir-là, elle alla se coucher un peu trop tôt. Alors qu'elle se déshabillait et regardait par la fenêtre, elle entendit monter du rez-de-chaussée l'ouverture trompeusement impétueuse d'un concerto pour piano et orchestre auquel elle s'était particulièrement attachée pendant ces dernières semaines. Elle se hâta de mettre sa robe de chambre. Elle était sûre que ça ne dérangerait pas Prince si elle venait écouter avec lui. La musique s'apaisait au moment où elle descendait pieds nus l'escalier recouvert de moquette et ouvrait la porte. Elle vit Prince avant qu'il ne la voie. Il était debout devant la fenêtre, tête droite, les bras ouverts, et il dirigeait l'air de la nuit.

Il se tourna soudain et perdit presque l'équilibre. Pendant un instant, il sembla perdu, sans plus rien de redoutable, les mains toujours tendues dans un geste de supplication ou d'impuissance.

— Excuse-moi, dit Amy.

— Non, ce n'est pas grave, dit-il en se ressaisissant.

Il lui sourit bêtement et soutint son regard. Lui aussi, je l'impressionne, se rendit-elle soudain compte. Elle entra dans la pièce et s'assit dans le canapé, jambes repliées. Il resta debout devant le feu. Elle ferma les yeux, lui aussi, tête solennellement baissée, et ils écoutèrent ensemble la musique.

Plus tard Amy se leva et monta se coucher. Elle voyait par la fenêtre la lune, perchée seule au faîte même de la nuit. De minuscules particules roses flottaient parmi les tempêtes inaudibles de lumière de l'ombre argentée sur le ciel bleu marine. Si la tendresse avait une couleur, alors c'était la couleur de la tendresse. La joue sur l'oreiller, les pensées d'Amy commençaient à se délier. Elle éprouvait une douce impatience pour chaque moment successif, pas le désir déchirant mais la certitude à moitié inquiète d'une mère à la grille de l'école qui attend que son enfant s'échappe de la foule. Elle sentait que Prince l'observait. Elle sentait ce que c'était que d'être jeune. Elle sentait que la lune et ses propres prières étaient des choses vivantes qui partageaient sa chambre et présidaient avec attention aux contours de son sommeil. Elle n'était pas sûre que ce soit là de l'amour. Elle pensait que tout le monde devait avoir le cœur douloureux quand on commençait à se sentir en accord avec soi-même.

23

Dernières choses

— Je m'en vais pour quelque temps, lui dit-il au petit déjeuner, le lendemain.

Amy ne fut ni inquiète ni même surprise. D'une certaine façon, ça lui fit même plaisir. Elle savait que c'était un hommage à quelque chose en elle, et qu'elle ne le décevrait pas.

— Tu iras bien, n'est-ce pas ?

— Bien sûr que oui, dit-elle.

Ils finirent le petit déjeuner en silence. Elle l'accompagna à sa voiture.

— Quelque chose se passera pendant mon absence, dit-il. Quelque chose d'agréable.

— Quel genre de chose ?

— Tu verras. Quelque chose d'agréable. Et ne t'inquiète pas à propos de M. Tort. Je le tiens à l'œil.

— Un œil vert, dit-elle.

Elle lui donna la main. Il la leva à ses lèvres puis la pressa contre sa joue.

— Je t'appellerai de temps en temps, dit-il. Porte-toi bien.

Sans terreur, elle vivait sa vie en attendant Prince et cette chose qui devait arriver pendant son absence. Elle était contente d'avoir tout ce temps pour faire l'expérience de son bonheur seule. Il lui téléphonait très régulièrement, prenait de ses nouvelles, interrompant la mystérieuse action humaine à laquelle il prenait part. Il lui demandait si la chose était déjà arrivée et Amy lui disait que non.

Puis quelque chose arriva. Amy n'était pas sûre que ce fût la chose dont Prince lui avait parlée. Elle pensait que non, somme toute, parce qu'elle n'était pas agréable, elle n'était pas plaisante. Un dimanche, en fin d'après-midi, Amy furetait dans la bibliothèque du salon. « Maintenant, que voudrait-il que je lise ? » se demandait-elle. Il y avait quelques manuels pesants sur l'étagère du haut, et parmi eux *Anatomie de la mélancolie*. Elle parvint à sortir le livre en tirant sur son dos. Il était plus lourd qu'elle ne s'y attendait, et le poids mort lui fit lâcher prise. Les pages tournoyèrent et quelque chose s'échappa, voleta et s'abattit sur le sol.

C'était une vieille photo, étrangement humide et flasque au toucher ; et la scène qu'elle représentait troubla immédiatement son regard. Sept hommes étaient debout sur une estrade. Les cinq hommes de droite étaient pâles, avec des chapeaux hauts de forme, et l'air sanctifié des magistrats et des pères de la ville. Leurs visages étaient soigneusement détournés de l'œil de l'appareil ; ils semblaient gênés, mal à l'aise, comme s'ils faisaient secrètement des efforts pour ne pas vomir. Le septième homme, à l'extrême gauche, portait une capuche noire. Le nœud coulant incliné dans sa main gantée planait comme un halo au-dessus de la tête du sixième homme qui, lui seul, regardait l'appareil en face. Son visage mince était tendu et pas rasé, et il y avait quelque chose de désespéré et de triomphant dans ses yeux, presque un ricanement de complicité dans cet acte terrible qu'il avait fait commettre au monde. On aurait dit que c'était lui qui punissait et eux qui étaient punis, les pères de la cité nauséeux et l'homme encapuchonné qui n'osait pas montrer son visage. Amy regarda dans les yeux du meurtrier. « Pauvre idiot ennuyé », pensa-t-elle. Elle allait remettre la photo et le livre quand elle vit que quelque chose était écrit au dos, juste deux mots. Ils disaient : « Tu verras. » C'était l'écriture de Prince. Cela l'attrista sans qu'elle sache pourquoi. Elle se leva et on sonna à la porte.

Amy marcha hébétée dans le couloir. Elle vit la forme qui attendait derrière le verre dépoli. Elle décida de ne pas hésiter. Elle ouvrit la porte. Aussitôt son cœur lui sembla partout à la fois : et les deux femmes s'embrassèrent.

— Je ne peux pas y croire, dit Baby quelques minutes après. (Elle se moucha.) Tu sembles si jeune. Tu as l'air plus jeune que *moi*.

— Oh non.

— Je te croyais morte.

— Ne dis pas ça. Je vais recommencer.

— Oh non. Oh, mon Dieu ! C'est ridicule... Que s'est-il passé ? Tu le sais maintenant ?

— Non. Je n'ai pas encore… Je ne me souviens de rien de certain.

— Mais tu es vivante. Et tu es différente. Tu étais atroce, Amy.

— Je sais.

— Tu étais une salope. Excuse-moi. Tu étais… Non, tu n'as pas changé. Tu es juste redevenue ce que tu étais avant, quand tu avais seize ans. Avant que tu le rencontres, *lui*, et qu'il te change comme ça. Ce sont les yeux qui te donnent l'air si jeune. Ils ont complètement perdu leur…

— Quoi ?

— Ce regard maussade, provocant. Cet air ennuyé.

Amy dit :

— Comment va père ?

— Papa ? Oh, il va bien. Il est complètement aveugle maintenant, tu sais. Marge et George sont merveilleux. Je ne leur ai rien dit de… tu sais.

— Oui, je pense que ça vaut mieux.

— Peut-être bientôt. Qui sait ?

— Oui.

— Mon Dieu ! Tu sais que j'ai un bébé ?

— *Non !*

— *Oui.* Elle est *adorable.*

— Et tu es mariée ?

— Bien sûr que oui ! Tu me connais. C'est pour ça que je ne peux pas rester longtemps. Je ne pensais pas te trouver ici de toute façon. Je n'y croyais pas.

— Il t'a appelée, n'est-ce pas ?

— M. Prince ? Non, il est venu. C'est ton homme ?

— Oui, dit Amy. Oui.

— C'est sérieux ?

— Ouais, dit-elle, surprise. Il m'a vraiment sauvé la vie.

— Oui, il avait l'air très gentil. Il tient beaucoup à toi, ça se voit. Oh, mon Dieu, il *faut* que je m'en aille. Et moi qui pensais ne jamais te revoir.

— Mais tu reviendras.

— Oui. Allez, raccompagne-moi.

Les deux sœurs étaient debout à côté de la voiture de Baby. Amy était plus grande de quelques centimètres, mais elles semblaient avoir le même âge. Une écolière passa à bicyclette, une main oubliée sur la cuisse.

— Elle est à lui, dit Baby en tapotant le toit de la voiture. Pas mal, non ?

— Non. Comment c'est ?

— Le mariage ? Oh, c'est bien. C'est simplement inévitable. C'est juste l'étape suivante, comme quitter la maison. Il faut le faire un jour. Tu verras.

— Comment s'appelle ta fille ?

— Pas Amy, j'en ai peur. J'appellerai la deuxième Amy si c'est une fille. Elle s'appelle Marie.

— Comme c'est étrange.

— Oh, c'est un nom très courant.

— Et lui, comment s'appelle-t-il ? Comment t'appelles-tu, *toi* ?

— Bunting, tant pis ! Je suis revenue à Lucinda. Baby Bunting. Au diable ! Donne-nous ton numéro de téléphone. Je t'appellerai. Écris-le ici. Il faut que tu viennes avec ton homme et que tu rencontres ta nièce. Et ton beau-frère. Mon Dieu, c'est si agréable d'avoir de nouveau une sœur !

Elles s'embrassèrent. Baby ouvrit la portière. Elle s'arrêta un instant. Elle se tourna et regarda Amy d'un air chargé de sens. Elle dit :

— Comment sais-je que je suis moi ?

— ... Pourquoi ? Sommes-nous jumelles ? dit Amy.

— Non, mais je t'aime.

— Et moi, toi.

— Tu vois ? Attends, dit Baby. Ça te reviendra avec le temps.

La voiture démarra. Amy la regarda disparaître dans la brume du soir.

Pour se calmer et voir si elle pouvait leur être bonne à quelque chose, Amy alla passer deux heures chez ses voisins, M. et Mme Smythe. Il était impossible d'entrer dans cette maison sans être forcé d'absorber de grandes quantités de thé et de gâteau. M. Smythe, le visage rubicond, tirait sur sa pipe qui gargouillait, démon de bois sournois dans un coin de la pièce. Il ne disait ou ne faisait plus grand-chose. Sur le tapis du salon enjolivé à grand-peine, David lissait son estomac soyeux, une patte en l'air comme un fusil sur l'épaule. Mme Smythe servait le thé et parlait, pour la énième fois, de ses deux fils, Henry, le directeur célibataire d'une grande école dans le nord, et du jeune Timothy qui avait été tué par un policier militaire ivre pendant sa troisième année de service militaire volontaire à l'étranger, Timothy qui avait toujours été un penseur, un rêveur, un chercheur. Dans une de ses rêveries tremblantes, Mme Smythe prédit que si Henry se mariait jamais et avait un fils, alors Timothy renaîtrait dans l'âme du petit enfant. Henry avait cinquante-quatre ans. Amy but encore du thé. Elle voulait parler à Mme Smythe de sa sœur et du bébé de sa sœur, mais elle sentit que ça risquait de la choquer. Elle demanda s'il y avait quoi que ce soit qu'elle pourrait faire pour eux deux et elle était sincère. Elle aurait fait tout ce qu'ils lui auraient demandé. Mais ils dirent qu'ils avaient tout ce qu'il fallait, donc elle finit son thé et rentra chez elle.

Le téléphone sonnait quand elle arriva à la maison, il sonnait avec une sorte d'irritabilité obstinée, les bras pliés, très guindé. Amy allait décrocher quand une pensée contrariante la frappa. Si elle le laissait sonner encore cinq fois de plus, ce ne serait pas M. Tort. Elle le laissa sonner encore cinq fois. C'était Prince. Sa voix dit :

— Bonsoir, c'est moi. Où donc étais-tu ? Je devenais *fou*, ici… Oh, je vois. C'est arrivé ?… Et ça a été agréable ?… Bien, bien. Je suis content. Écoute, j'ai encore quelques petites choses à faire. Je rentrerai ce soir, j'espère… Je ne pourrai pas te rappeler, mais attends-moi, d'accord ?… Attends. À bientôt donc. Au revoir, Amy.

Minuit passa.

Amy n'était pas inquiète, non, pas du tout. Comment pouvait-elle être en danger si Prince pouvait la laisser seule comme ça ? Pourtant il y avait comme de l'inquiétude en elle. C'était à cause du ton de sa voix la dernière fois qu'il avait appelé, quelque chose de réconcilié, presque mélancolique, mais teinté d'une nouvelle sorte de préoccupation. Il viendrait. Et pourquoi devrait-elle avoir peur ?

Il n'y avait rien d'autre à faire qu'attendre. Une heure vint à pas de loup. Amy avait deux livres à côté d'elle sur le canapé, elle les lisait en même temps, comme elle en avait l'habitude. Elle essayait de s'absorber dans chacun à tour de rôle, mais ses yeux ne pouvaient pas suivre les caractères compliqués, et les lignes défilaient devant elle, vides de sens. Elle posa le livre ; elle sentait que ça n'était bon ni elle ni pour lui. Elle tâta brièvement du gramophone, mit le premier mouvement du concerto pour piano qui lui plaisait particulièrement. Mais il y avait quelque chose d'irrésolu dans sa stridence, de même qu'il y avait eu quelque chose d'exclusif dans l'ordre idéal que les livres avaient évoqué passivement, l'ordre des mots. Amy n'était pas encore entière, et il faudrait qu'elle remplisse le temps elle-même, qu'elle passe le temps, le tue.

La grande aiguille acheva son lent vol entre deux heures et trois heures. Ce n'était pas maintenant le temps et le temps n'était pas maintenant. Amy alla chercher son journal. Elle décrivit sa journée, elle décrivit Baby. Elle relut quelques-uns des premiers passages, mais eux aussi lui parurent trop futiles, pitoyables ; ça ne pesait pas lourd, non, comme passé ? « Comment sais-je que je suis moi ? » ... Elle fit un dernier effort pour remonter le temps. Elle avait été enfant avec Baby jadis ; elle avait grandi ; elle était devenue blasée, elle avait rencontré l'homme, elle avait mal tourné ; elle avait été cruelle avec son père et sa mère et beaucoup d'autres ; l'homme l'avait presque tuée ; il *pensait* l'avoir fait, mais il se trompait. Puis elle s'était réveillée et la mémoire commençait.

Non, elle ne pouvait pas se rappeler. Elle se revoyait seulement entrer dans une pièce pleine de monde, se réveiller tôt le week-end, s'arrêter net dans une cour figée par la lumière, pleurer sur une chaise à l'école, vouloir éclairer l'intérieur des maisons des autres quand les garçons étaient tous rentrés chez eux. Elle écouta la course des secondes. L'aube vint, mais Prince ne vint pas.

Amy n'était pas préoccupée, Amy n'était pas inquiète. La lumière ramenait le présent. Elle était debout dans le jardin, ses cheveux humides de rosée, et elle regardait l'étoile du matin disparaître. Elle se fit du café et donna à David son petit déjeuner illicite, qu'il mangea sans remords. David avait neuf vies. Elle aurait voulu qu'il sût à quel point celle-là était bonne : quatre repas par jour et des caresses plus ou moins incessantes. D'autres chats avaient des vies bien plus dures ; mais c'était un des privilèges des chats que d'être indifférents au sort des autres chats.

Elle marchait dans la ville dortoir qui s'éveillait. Maintenant, étirées par le temps, ses perceptions avaient perdu beaucoup de leur acuité douloureuse, mais tout ceci était toujours intéressant, toujours intéressant, intéressant ; et elle regardait tous les gens sous leur jour humain, dans leur commerce humain. Une certaine lucidité indésirée subsistait. Quand elle voyait les autres, elle voyait toujours comment ils seraient quand ils seraient vieux et comment ils étaient quand ils étaient jeunes. C'était poignant, mais fatigant. Elle marchait en souriant aux très jeunes et aux très vieux. L'affection qu'elle portait aux choses semblait leur être proportionnelle ; l'affection qu'elle portait à un moineau était petite, peut-être de la même taille que l'oiseau. Elle n'éprouvait pas le moindre désir de rentrer. Il ne s'en préoccuperait pas, il ne s'inquiéterait pas. Il pouvait toujours venir la chercher.

Elle s'assit sur un banc dans le parc plat. Un vieil homme s'approcha et l'ennuya pour la forme, mais ça l'ennuya vite de l'ennuyer… Elle était assise, immobile, sans ciller. Comme le jour commençait à tourner sur son axe, la couleur saigna de l'herbe. Doucement landaus et poussettes s'entrecroisaient sous le drap blanc du ciel, l'étendue verte devint laiteuse et alcaline comme un lac, dans l'après-midi neutre. Elle ferma les yeux et les rouvrit. Quelque chose était en train de lui arriver, quelque chose d'infini et d'extatique. Tout dans le monde nommé se pressait pour être admis dans son cœur ; en même temps, elle savait que toutes ces choses, les arbres, les toits distants, les cieux, n'avaient rien à voir avec elle. Leur essence était distincte de la sienne, et c'est ce qui faisait leur beauté. Seule une petite partie de la vie a à voir avec vous, pensa-t-elle, soulagée, ravie. Elle se sentait, elle se sentait… morte. Ils ont tort de dire que la vie est trop courte. La vie n'est pas trop courte, elle est trop longue. J'ai assez vécu. Il peut venir me chercher maintenant.

Prince s'assit sur le banc à côté d'elle. Son souffle était rapide et rythmé. Au bout d'un moment il dit :

— Je suis vraiment désolé.

— Ça va maintenant, dit-elle. Tout va bien maintenant.

Il se rapprocha. Sa nuit blanche avait laissé sur le visage d'Amy des lunes pâles qui contrastaient avec ses sourcils et ses cheveux noirs ; et pourtant sa peau avait l'éclat de la fièvre qui monte doucement. Le souffle de Prince se rapprocha, doux et troublé comme celui d'Amy.

24

Temps

Il faisait encore nuit quand elle s'éveilla. L'agréable sensation de fatigue âcre dans sa gorge lui dit qu'elle n'avait pas dormi longtemps. Elle était dans la chambre de Prince, bien sûr, et dans son lit.

Il était assis nu, les pieds par terre, les épaules voûtées, il la regardait de biais. Elle pouvait voir aux plis de son front qu'il la regardait depuis un bon moment.

— Comment te sens-tu ? demanda-t-il.

— Je suis si heureuse, je pense que je dois être sur le point de mourir.

Il se détourna.

Amy dit :

— C'est ce qui va m'arriver, n'est-ce pas ? Je vais mourir ?

— Non, pas exactement, répondit-il en se levant. (Il lui prit la main.) Viens, Amy. Il est temps, j'en ai peur.

Au bout d'un moment, il se tourna et traversa la chambre. Amy rabattit le drap et s'assit, bras croisés sur la poitrine.

— Il y a juste une dernière chose à faire, dit-il en secouant ses vêtements. C'est… nous devons aller voir quelqu'un.

— M. Tort.

Il acquiesça.

— Oui, dit-il, c'est juste.

— Est-ce que ce sera très pénible ?

— Ni mieux ni pire que ça. Tu ne seras pas seule. Je ne te quitterai jamais, je te le promets. Jamais.

— Jamais ?… Je dois me laver.

— Oui.

— Comment est-il ? demanda Amy tandis qu'ils conduisaient dans Londres sombre et vide.

Elle se sentait comme un enfant qu'on emmène en vacances ou à l'hôpital à une heure impossible, le soumettant aux mécaniques des adultes. Il y avait de la brume qui flottait bas sur les sombres défilés, maigre et salée par endroits, puis aussi épaisse et grasse qu'un nuage effondré.

Prince haussa les épaules.

— Oh, je pense qu'il te plaira. Après tout, il t'a toujours plu.

— Pourquoi me fais-tu ça ?

— Tu sais, continua-t-il, et sa voix avait cette qualité pressante, énergique qu'elle lui avait déjà entendue, je pense qu'il te plaisait pour les mêmes raisons que moi. Le policier, l'assassin. Nous sommes tous les deux en marge.

Amy se détourna de lui. La brume se leva brièvement sur la voûte ouverte du fleuve. L'eau était plate et tendue, comme si on la tirait des deux côtés. Elle brillait comme une armure rayée. Elle entrevit l'usine panachée, sentit la masse distante des entrepôts, vit l'herbe noire et sa mare elliptique.

— Tu sais pourquoi nous faisons ça ? demanda-t-il. Tu le sais, n'est-ce pas ?

— Je pense que oui.

— Tu ne peux pas avoir une nouvelle vie sans…

— Je sais, dit-elle. Je n'avais jamais cru qu'on pouvait.

Ils revinrent au fleuve, ou à un autre fleuve, peut-être. Ceux qui l'avaient tiré avaient lâché prise à nouveau. L'eau tourbillonnait maintenant, lunaire et millénaire sous la brume trouble. Il arrêta la voiture au même endroit. Il n'y avait plus personne, et les chiens élimés semblables à des rats étaient les maîtres de cette terre.

— Pourquoi n'y a-t-il personne ? Il y avait des gens avant.

— C'est complètement mort, maintenant, dit Prince en lui montrant le chemin. Condamné.

Il passa sous la même porte, ouvrit avec ses propres clefs. L'humidité végétale imprégnait maintenant le bâtiment de son osmose moite. L'air était difficile à respirer ; quelque chose dans les poumons l'empêchait d'entrer. Prince s'arrêta dans l'escalier, pour écouter.

Ils montèrent jusqu'à la grande pièce. Il l'aida à passer par la trappe. Elle était contente d'être aussi fatiguée ; cela rendrait la chose plus facile à supporter. Une bouteille cliqueta soudain, et il y eut un bruit de course affolé.

— Seulement des rats, dit-il.

Il tira un cordon et une ampoule violette nue res-
suscita. Prince s'engagea sur le plancher souillé ; il était
humide et peu ferme. Il la guida dans l'ombre profonde où se trouvait la porte.

— Maintenant nous passons derrière cette porte.

Elle se tourna vers lui.

— Je suis… je suis fatiguée, dit-elle.

— Je sais.

Il l'embrassa sur le front. Il passa derrière elle,
tourna la poignée et la poussa à entrer dans la pièce.

Dès qu'elle entendit la porte se refermer derrière
elle, elle sut que Prince n'était plus là. Elle se tourna
rapidement. Elle avait raison. Elle essaya d'ouvrir la
porte. Rien à faire. Elle entendit des pas quelque part.
Elle se redressa. Rien n'avait d'importance.

Une lueur rouge traversait des voiles fins ou des
rideaux pendus au plafond. Elle entendit le grincement
distant de quelqu'un qui déplaçait son poids sur une
chaise. La pièce était étonnamment longue et étroite,
presque un tunnel.

— Amy ? appela-t-il. Approche-toi. C'est vraiment
toi ?

Elle passa sous le voile ; il glissa doucement sur sa
tête, sembla s'attarder dans ses cheveux, comme une
main ou le sillage d'un oiseau, ou comme une robe
connue d'un rose intime.

— Est-ce que ça te rappelle quelque chose ? dit-il.

Amy regardait de tous ses yeux. L'homme était loin
d'elle. Elle voyait qu'il portait une sorte de capuche ou
de cagoule. Il commença à s'approcher d'elle. Elle avait
le temps de courir, mais elle ne courut pas. Peut-être

qu'elle n'avait pas le temps, pas vraiment. Elle savait qui était cet homme maintenant.

— Tu te souviens ?

— Oui, je me souviens, dit-elle.

— Regarde ce que tu m'as fait. Regarde ce que je t'ai fait…

— Est-ce… vas-tu me tuer maintenant ?

— De nouveau ? Comment le pourrais-je ? Tu es déjà morte, tu ne le vois pas ? La vie est un enfer, la vie est mortelle, mais la mort ressemble terriblement à la vie. La mort est très facile à croire.

Il s'approchait depuis déjà un bon moment, mais il lui restait encore beaucoup de chemin à parcourir. Elle commença à s'avancer vers lui pour accélérer les choses, pour gagner du temps.

— Tu sais qui je suis ?

— Oui.

— Et maintenant, tu sais que je ne pourrai jamais te quitter. Je suis le policier, je suis l'assassin. Essaie de nouveau, fais attention, conduis-toi bien. Ta vie était trop lamentable pour ne pas durer toujours. Rectifie-la, maintenant. Viens, j'irai très vite en besogne.

Ses bras l'enserrèrent. Elle éprouva une sensation de vitesse si intense que son nez perçut la saveur de l'air en combustion. Elle vit une plage rouge boursouflée de trous d'eau sous un soleil furieux et instable. Elle sentit qu'elle ruisselait, elle sentit qu'elle se défaisait partout. Oh, Dieu, ma bouche est pleine *d'étoiles*. Je t'en prie, éteins-les et emmène-moi dans mon lit à la maison.

La sensation de vitesse revint un instant, puis plus rien.

Son premier sentiment, en humant l'air, fut un sentiment de gratitude intense et impuissant. « Je vais bien, pensa-t-elle avec un hoquet. Le temps… il recommence. » Elle essaya de cligner des paupières pour chasser toute l'eau de ses yeux, mais il y en avait trop et elle les referma aussitôt.

— Ça va maintenant, Amy ? demanda sa mère.

— Oui.

— Tu es de nouveau toi-même ? Tu en es sûre ?

Amy ouvrit les yeux. Elle était couchée dans son lit.

— Je te demande pardon, dit-elle.

— Je ne sais pas ce qui te prend parfois. Tu n'en fais qu'à ta tête ! Enfin. Allez, ça va pour cette fois.

— Merci. Excuse-moi.

— Conduis-toi bien, maintenant.

Sa mère quitta la pièce. Amy s'assit. Elle avait dû pleurer longtemps. Elle était soulagée de pouvoir arrêter et de faire à nouveau partie des choses. Elle essuya ses larmes devant le miroir et se hâta de brosser ses cheveux.

Elle descendit l'escalier en courant. Son père était debout, le dos tourné à l'entrée. Il remontait la grande horloge. Elle s'avança jusqu'à lui et posa sa main sur son épaule, le visage plein de douce insistance.

— Amy, dit-il, et il se tourna lentement. De retour parmi les vivants ?

— Pardonnée ?

Il prit sa main et l'embrassa.

— Pardonnée. Maintenant, fais attention. Amy ouvrit la porte et sortit dans l'après-midi.

Épilogue

Ceci est une promesse. Je ne lui ferai rien si ce n'est pas elle qui le veut. Je ne lui ferai rien à moins qu'elle ne me le *demande.* Et ce n'est guère probable, non, à son âge ? Ça n'est pas très *réaliste* ? Enfin, elle est tout au moins majeure, tout juste, j'en suis sûr.

La voilà qui vient, elle ferme la porte derrière elle et traverse vite le jardin. Je me tiens dans l'ombre profonde de l'autre côté de la rue. Même de si loin, je vois à ses yeux brillants qu'elle a pleuré. Pauvre petite... Oh, Seigneur, qu'est-ce que cette fille me fait ? Elle me fait quelque chose. Je finirai par trouver avec le temps. Le temps... J'ai l'impression d'avoir déjà fait ces choses et je suis forcé de les refaire, je n'y peux rien. Mais peut-être qu'on a cette sensation avec toutes les choses comme ça. Je suis... je suis fatigué. Je n'ai plus le contrôle, plus maintenant. Oh, au diable ! Il faut en finir.

À tout moment maintenant, je vais faire un pas dans la rue. Je la vois arriver au bout du chemin et hésiter, regarder de-ci de-là et se demander de quel côté aller.

Le Livre de Poche s'engage pour
l'environnement en réduisant
l'empreinte carbone de ses livres.
Celle de cet exemplaire est de :
300 g éq. CO_2
PAPIER À BASE DE   Rendez-vous sur
FIBRES CERTIFIÉES   www.livredepoche-durable.fr

Composition réalisée par Belle Page

Achevé d'imprimer en juin 2015 en France par
CPI BRODARD ET TAUPIN
La Flèche (Sarthe)
N° d'impression : 3012020
Dépôt légal 1re publication : septembre 2015
LIBRAIRIE GÉNÉRALE FRANÇAISE
31, rue de Fleurus – 75278 Paris Cedex 06

13/0393/5